JN150703

STAMP BOOKS

あいだのわたしたち

ユリア・ラビノヴィチ 作
細井直子 訳

岩波書店

今回もまた私が出会った、
居場所をさがしている
すべての子どもたち、若者たち、
そしてナイーマに捧《ささ》ぐ

DAZWISCHEN: WIR
by Julya Rabinowich

© 2022 Carl Hanser Verlag GmbH & Co. KG, München

First published 2022 by Carl Hanser Verlag GmbH & Co. KG, München.

This Japanese edition published 2025
by Iwanami Shoten, Publishers, Tokyo
by arrangement with Carl Hanser Verlag GmbH & Co. KG, München
through Meike Marx Literary Agency, Japan.

目次

カバー画　蓮池もも

おもな登場人物

マディーナ……十五歳。家族といっしょに故郷《くに》から逃れてきた
ラミィ……マディーナの弟
パパ……マディーナの父親。祖国に帰り、音信不通
ママ……マディーナの母親
アミーナおばさん……マディーナの母親の姉。夫を亡くしている
おばあちゃん……パパの母親

ラウラ……マディーナの親友
マルクス……ラウラの兄
スージー……ラウラとマルクスの母親。マディーナたちによくしてくれる
リンネ……ラウラの幼稚園からの友だち
キング先生……マディーナのクラス担任。ドイツ語の先生
ヴィシュマン先生……社会福祉士《しゃかいふくしし》。マディーナの相談に乗ってくれる

あいだのわたしたち

1

わたしは庭の椅子《いす》にすわって、雲が流れていくのをながめていた。雲はだんだんひろがって、ほぐれて、きゅうに消える。パパみたいに。またはかわっていく。新しいものになる。わたしみたいに。

何も変わってないようなふりをして、来る日も来る日も日記を書くなんてばかげてる。何もかも変わってしまった。それでもわたしは書く。だって、ほかに何ができる？　わたしはパパがいつもしてたようにするだけ。前を向く。ぜったいにふりかえらない。わたしたちが故郷《くに》を脱出《だっしゅつ》してからずっと、パパはそうしてきた。なのにいつの間にか、後ろをふりかえってた。そしてそのまま後ろを見るのをやめられなくなった。手遅《ておく》れになるまで。わたしはそんなことしない。それがパパから学んだこと。だから、二冊めの日記を書く。どんなにつらくても。

今日はお日さまが出てる。

午後になったら森へ行こう。ランニングしに。

夏休みは半分くらい過ぎたところ。その後は、また学校がはじまる。でも、いまはまだ気持ちいい暑さで、庭のベリーも熟してる。わたしたちはほとんど毎日泳ぎに行く。ラウラとマルクスとわたしで。だから夕方にはだるくて、まるで一トンの米袋《こめぶくろ》みたいに体が重たい。でも、たいていはまだ寝《ね》られない。何かママにたのまれるから。アミーナおばさんには一度も、何もたのまれたことないのに。

ラウラが小さい犬を見つけた。実物を見たんじゃなくて、保護犬のウェブサイトで。すごく小さい犬の赤ちゃん。黒い犬で、耳はコウモリみたい。それに子どもの目。子犬がほしいってラウラがあんまりねだるから、お母さんはカリカリしてる。ラウラの家にはきれいなじゅうたんがたくさんあるから、お母さんがぜんぜん賛成してくれないんだって。わたしもその子犬はすごくかわいいと思う。だけど、うちのママは犬がこわい。それに犬は汚《きたな》いって。だからあんなもじゃもじゃの毛の犬なんか、夢にも飼わせてもらえっこない。万年待ったってカメすらむりだろう。カメのたとえを聞いて、ラウラはわらった。それからこういった。

「だけどマディーナ、あんたにはラミィがいるじゃない」

ちぇっ、冗談《じょうだん》じゃない。弟が子犬の半分でもわたしのいうことを聞くなら上等だけど。あいつはわたしのいうことも、ママのいうことも聞かない。ほんとに疫病神《やくびょうがみ》。半年前はまだ子どもの疫病神《やくびょうがみ》だったけど、いまはもうりっぱな大疫病神《やくびょうがみ》だ。なのにママは何もしようとしない。それってよくないと思う。

もっと早くお仕置きしてやるんだった。

「だったら、ラミィを散歩させてみれば」そういったら、ラウラはわらいころげた。わたしはわらいころげるラウラを見ながら、二、三か月前ならわたしもいっしょにわらっただろうな、って思った。でも、いまはちがう。わたしはラウラを追《お》い越《こ》しちゃった気がする。かけっこと同じだ。いま、ラウラはわたしの後ろにいる。となりのコースに取り残されてる。わたしは何度もそんな考えを追いはらおうとした。考えたくないから。二人はいつもいっしょ、そう思いたい。わたしたちは同じ場所にいて、同じ友情を分かちあってるけど、でもほんとは、わたしたちの状況《じょうきょう》はもう前と同じじゃない。

いや、ちょっと待って。そもそも元からこうだったんじゃないか。ラウラはわたしの状況《じょうきょう》を経験したことなんかないし、わたしだってラウラの状況《じょうきょう》を経験したことはない。でも前は毎日、ほぼ二十四時間いっしょにいるなんてことはなかった。いろんなことを知らなかったし、たしかめようもなかった。だから気がつかなかったんだ。

わたしたちの新しい家は、ラウラの家の下の階だ。玄関《げんかん》の壁《かべ》には、わたしたち用のドアホンのとなりに、四つ穴が開いてる。表札の跡《あと》だ。ラウラのお父さんのだ。お父さんの会社の事務所があった。ラウラはお父さんを嫌《きら》ってる。どうして穴をふさがないの、ってラウラに聞いたことがある。思い出しちゃうでしょ。そしたら、ラウラはいった。ありのままを記憶《きおく》に残しておきたいんだって。わたしにはわからない。わたしは、パパのいい思い出だけを残しておきたい。

ラウラが高床式《たかゆかしき》のプランターを作りたいっていいだした。そろそろ秋が来るっていうのに！　わたしたちの家とちがって、ここはすぐに寒くなる。もちろん昔の家のことだけど。ほんとはここがもうわたしの家だ。なのに季節の感じ方だけがまだずれてる。

「大丈夫《だいじょうぶ》」ラウラはいった。「ちょっと花を育てるくらい、まだ間に合うって」

ラウラはタンクトップ姿ですわっていた。日に焼けた肌《はだ》、腕《うで》とおなかと肩《かた》の金色のうぶ毛。ラウラのこのうぶ毛がすごくきれいだなって、いつも思ってた。マルクスのもだけど。わたしのうぶ毛はハエの脚《あし》みたいに黒くて濃《こ》い。わたしは頭がおかしい人みたいにすね毛を剃《そ》る。一度剃《そ》ったら、二度とやめられない。前よりもっと太い毛が生えてくるから。それに、つるつるの肌《はだ》ざわりに慣れちゃうから。ママはそれに気がついて、ちょっと小言をいった。

同じクラスのティナは、剃《そ》っちゃだめ、ってわたしにいう。女の人はどこの毛だろうと好きなだけ生やしておいていいんだから、って。ママは、わたしがまだ剃《そ》っちゃいけない年《とし》ごろだから剃《そ》るな、っていう。二人ともじぶんの好きなようにすればいい。でも、わたしのことはほっといてほしい。以上。

アミーナおばさんがわたしをわきへ引っぱって行って、おばさんがいつもしてた砂糖を使う脱毛法《だつもうほう》をこっそり教えてくれた。ママにはひみつ、だって。

「さてと」ラウラはそういって立ちあがると、うーんと手足をのばした。「ひと休みしたら、次は土を持ってきて、プランターに入れよっか」

ラウラはほんとにきれいな脚《あし》をしてる。細くて、太ももだけちょっとふっくらしてて、ちょうどいい曲線。わたしの脚《あし》はもっとすじばってる。たくさんスポーツをするからだ。ラウラはスポーツがきらいだ。ランニングならいっしょにするけど。もともとわたしにランニングを教えてくれたのはラウラだ。

「このあと、マルクスと映画を見ることになってるんだけど」

「マルクスならどっちみちまだ帰ってないし」ラウラはいつも何かしら理由を見つけて、マルクスとじゃなく、じぶんといっしょにわたしに何かさせようとする。わかってる、ラウラは気に入らないんだ。じぶんに彼氏《かれし》がいないときは特に。

わたしは立ちあがって、スカートのおしりに付いた葉っぱを手ではらった。ラウラみたいなショートパンツはいまだにはく勇気がない。パパがいなくなったいまでも。ママが号泣《ごうきゅう》しそうだ。

「結果がどうなるかは問題じゃない」ラウラは土の入った袋《ふくろ》をプランターの上によいしょ、と持ちあげながら、わけ知り顔でいった。「やってみることが大事なの」

そうかな。わたしは働いたらやっぱり成果が見たいと思うけどな。でも、それをあえて口には出さない。

わたしたちは土を混ぜた。混ぜながら、わたしは前にじぶんが作ったおとぎの森のことを考えた。わたしの頭のなかの森。逃《に》げ場を見つけるため、考えないようにするため、前に進むためだった。いまはもう森はない。パパがいなくなってから。マルクスと付き合うようになってから。人生ではじめて、きゅうに大人にならなきゃいけなくなってから。あんなの子どもだましだった。わたしはもうそんな年じゃない。

「ちょっと、なんでそんな一週間雨に降られっぱなしみたいな顔してんの」ラウラが聞きながら、顔にはりついた髪《かみ》の毛を引きはがした。ラウラの手は真っ黒だったから、あっという間にカモフラージュした兵士みたいな顔になった。

「なんでもない」

わたしは目をそらした。その話はしたくない。もう十分。話したって何も変わらない。話したってパパは帰ってこない。

ラウラは泥《どろ》だらけの手をやさしくわたしの肩《かた》においた。泥《どろ》と、気持ちのいいあたたかさ。

「いい、いつでもあたしに話して。そばにいるから」

またあのいまいましい涙《なみだ》がこみあげてくるのを感じた。ほんの目のはしっこ、まだ間に合う。わたしはぎゅっと目をつぶり、何か目に入ったみたいなふりをした。ほんとに目に入ったんだ。わたしの過去が。

わたしはうなずいた。それから立ちあがってスカートで手を拭《ふ》き、家のなかに入った。

「ねえ、出てきてよ」トイレのドアの前で、ラウラがすがるようにいった。わたしはトイレのなか

にすわって、じっと壁《かべ》をにらんでる。最高なのは、いまではうちだけのトイレがあるってこと。わたしは好きなだけこもっていられる。まあ、ずっと、ってわけにはいかないけど。ママはラミィと散歩に出かけた。アミーナおばさんはドイツ語講座に行ってる。だからいまはぜんぶわたし専用だ。二つある部屋も、トイレも、キッチンも、一階ぜんぶまるごと。

「おなかがいたいの」わたしは嘘《うそ》をついた。

「そんなこといって、あんたじぶんだって信じないでしょ」ラウラがいいかえしてきた。

わたしはドアを開けた。ラウラがそこに立って、にんまりわらってみせた。

「話してみる?」

「話しても何も変わらないって」そういってすぐ、わたしは泣きだしてしまった。ひどくしゃくりあげて、息ができない。鼻水の海でおぼれそうになった。ラウラがわたしを抱《だ》きしめた。バラの香りと汗《あせ》のにおい。わたしのおばあちゃんみたい。

「おいで」ラウラはわたしの顔をぎゅっと胸に押《お》しつけた。ラウラの胸はやわらかくて引きしまってた。おばあちゃんとはぜんぜんちがう。わたしはその胸に顔をうずめて、かたく目を閉じた。まぶたの裏《うら》の暗闇《くらやみ》にぐるぐるの渦《うず》まきがうかびあがって見えた。

- - - - - - - - - - - - - -

マルクスが友だちを連れてきた。わたしは気に食わない。前もって知らせずにいきなり連れてこられると、わたしはまた最初から、新しい顔に合わせなきゃならない。前はわくわくした。でもあのころはマルクスに毎日会ってたわけじゃない。ラウラとは毎日会うのがちょうどいい感じ。だけど彼《かれ》とはそうじゃない。彼《かれ》の友だちなんか、なおさらだ。一人は赤いバイクに乗ってきて、庭の門の前にいつまでも突《つ》っ立って、エンジンをかけっぱなしにした。そうすればラウラが気づいてくれるとでも思ったんじゃないか。わたしはげんなりして、ラウラを呼びに行った。くさくて吐《は》きそうだったから。

「どうしたんだよ」マルクスが聞いた。わたしと同じくらいいらいらして。

「ごめん」わたしはそういって部屋から出ていった。

わたしは下におりて、じぶんの部屋に行った。ってことはつまり、ラミィの部屋でもあるんだけど。ラミィは寝《ね》てると思ったのに、いない。ラミィのベッドは空っぽだった。

「ラミィはどこ?」わたしはママに聞いた。ママはまたテーブルの前にすわってる。両手であごをささえて、目はじっと紅茶のカップを見つめたまま、背中をまるめてる。前はいつも背すじをのばしてすわってたのに。ママがすぐに答えないから、わたしはもう一度聞いた。

「さあ、わからないわ」ママはそういいながら、そのたよりない返事にじぶんでもびっくりしたみたいだった。

「もう寝《ね》る時間じゃないの?」

「そうね」

「呼んだら」

「もう呼んだのよ」

わたしはため息をついた。わかってる。ママには立ちあがって、ラミィを探しに行くだけの気力がないんだ。わたしはぶつぶついいながら、カーディガンをはおって、庭に出た。宇宙の暗闇《くらやみ》のなかへ。小さな惑星《わくせい》のようなソーラーライトがぽつぽつ点《つ》く。モーションセンサーのせいだ。

「ラミィ！」

返事はない。

「ちょっと、ふざけないで。すぐ出てきなさい。怒《おこ》られたいの」

どこかしげみでがさごそ音がした。ネコか。アナグマか。それともわたしのアホでむかつく弟か。

わたしはもう二歩前に出た。

「このバカ弟」わたしはどなった。「ママが心配するでしょ！」

「だから何？」

その声は小さかった。それにぜんぜん自信がなさそうだった。ほとんど質問みたいだった。わたしは声のした方へ近づいた。奥《おく》のライラックのしげみの根元に、ラミィがうずくまっていた。ぎゅっと肩《かた》をすぼめて。

「なんでそんな所にすわってるの」

「そうしたいから」

「なかに入ろう」わたしがさわろうとすると、ラミィは後ずさりした。ラミィがもぐりこんでいるしげみの枝がわたしのじゃまをする。

「ちょっと、何なのよ」

「あっち行け」ラミィは下くちびるを突《つ》き出した。「あっち行け。おまえらのいうことなんか聞かない。パパのいうことしか聞かない」

「パパはいまいないの」わたしは数段やさしめのトーンでいった。そしてラミィのほうへ手をのばした。ラミィはがぶりとかみついた。わたしはそのままにさせておいた。

「パパは帰ってくるもん！　ぜったい帰ってくる！　ぼく知ってるもん！」

わたしはラミィからちょっと距離《きょり》をおいて、地面に腰《こし》をおろした。

「ガムあるけど、いる？」

ラミィはまん丸な目でわたしをじっと見るだけだ。目に涙《なみだ》がたまってる。わたしはガムを一枚さしだした。まるで野良《のら》ネコをおびきよせるみたいに。ラミィはさらに奥《おく》へもぐりこんだ。

「ねえ、ラミィ」わたしはいった。「うちはいま、かなりつらい状況《じょうきょう》になってる、そうだよね。だけど、それでも前に進むしかないんだよ」

それから二人ともだまってすわってた。わたしはラミィを見ないで、星空を見あげた。もうじきペルセウス座流星群が来る。そしたら願いごとをするんだ。流れ星一つ見るごとに何をお願いするか、もう決めてある。いつの間にか、さしだしたガムはなくなっていた。いつの間にか、ラミィが這《は》い出してきて、わたしに寄りかかってる。そして泣いてる。わたしは泣かない。いま、わたしにはやらなきゃいけないことがあるから。

ーーーーーーーーーー

ラミィがようやく寝息《ねいき》をたてはじめると、わたしはナイトランプを消して、キッチンへ行った。そこにはまだママがすわってた。アミーナおばさんはもう寝《ね》たらしい。ママをそっとしておいてあげようと思ったのかもしれない。わたしはティーポットに手をのばした。なかの紅茶は冷たくなってる。なのにママのカップには、あいかわらずなみなみと紅茶が入ったままだ。わたしはママのとなりにすわって、ママの手をにぎった。ママはちょっと顔をふせた。でもその前にちらりと涙《なみだ》が見えてしまった。

「ママ」

「がんばらなきゃって、がんばれたらいいなって……いつも思ってるのよ」ママは小声でいった。「これでも毎日、努力してる。だけど、うまくいかないの」

わたしは冷たくなった紅茶をカップに注いで、ひと口飲んだ。長くおきすぎて苦いし、色も地獄《じごく》みたいにどす黒い。角砂糖を一つ入れてみたけど、もちろん溶《と》けるわけない。こういうとき、わたしはいつも途方《とほう》に暮れてしまう。毎回そうだ。ヴィシュマン先生はいう。ママには支えが必要なんだって。そしてその支えは、わたしじゃだめなんだって。ヴィシュマン先生のことを考えるだけで、夏休みが終わるのが楽しみ。そしたらまた会えるから。週一回、ヴィシュマン先生のとこへ避難《ひなん》しに行く。そこではほんとにわたしのことだけ考えればいい。そういうふうにできてて、ほんとによかった。あの憩《いこ》いの島みたいな時間がなかったら、とっくにおかしくなってたと思う。いろいろありすぎて。最後に会ったとき、ヴィシュマン先生はけっこうはっきりいった。「あなたのママは深い穴に落ちてしまったの。だけどあなた一人の力じゃ助けられない」

ママが落ちちゃった深い穴は、うつ、っていう。でもママはわたしみたいに、ヴィシュマン先生みたいな人に相談しようとしない。知らない人と話したがらない。だからってわたしが強制するわけにもいかない。ママはわたしとしか話さない。あとアミーナおばさん。それからたまにラウラのお母さん。ラウラのお母さんの家に、わたしたちはふた月くらい前から住まわせてもらってる。もしまだ難民滞在施設《なんみんたいざいしせつ》に住んでたらどうなってたか、想像もつかない。きっと悪夢。だからわたしはママをできるかぎりぎゅうっと抱《だ》きしめる。ママをかわいそうって思う気持ちといっしょにわいてくるモヤモヤをわきへ押《お》しのけて。だってわたし、もう限界。もうぜんぶ、いいかげん限界なんだってば！　ママが両手をのろのろと持ちあげて、わたしを抱《だ》きしめかえすまで、少し時間がかかった。それでもママが抱《だ》きしめてくれたとき、わたしはやっぱりうれしかった。

2

朝、ラウラがバタン、とドアを閉める音とキスでわたしを起こした。歯みがき粉と洗いたての石けんのにおい。シャワーから出てきたばかりなんだ。ラウラが抱《かか》えるかごのなかには、ゆで卵と丸パン、バター、甘《あま》いアンズジャムが入っている。

「手作りジャムだよ」ラウラがいって、にんまりした。

「知ってる、いっしょに作ったんだから」わたしはいう。眠《ねむ》すぎて目が開かない。

「ほら起きて、さわやかな朝がお待ちかねだよ」

ラウラがコーヒーのポットをキッチンで火にかけて、トースターのスイッチをオンにした。わたしはベッドのなかで起きあがった。まぶしい日ざしが窓から入ってきている、だれかがカーテンを開けたんだ。ラミィはいない。さしこんでくる太陽は、もうかなり高い位置にある。ものすごく寝《ね》ぼうした。

「みんなはどこ」わたしはあくびした。みんなのうちのだれかが何かやらかして、またわたしが面《めん》倒《どう》見なきゃいけないことになりませんように。

「歳《とし》の市《いち》に行ってる。うちのママと。三人とも」

歳《とし》の市《いち》のこと、すっかり忘れてた。屋台が昨日のうちに建てられてたっけ。ラミィは超特別《ちょうとくべつ》な日をすごすんだろうな。メリーゴーラウンドにわたあめ。それであの子がちょっとはましになるといいんだけど。少なくとも何日かは。

わたしはパジャマのまま、のろのろとキッチンへ行った。まるでミイラになった気分、歩いてるうちに塵《ちり》になっちゃいそう。ラウラがどん、と音をたてて、コーヒーカップをわたしの鼻先においた。いい香り。丸パンもいいにおいだ。ジャムはもちろん。わたしはコーヒーを一気に飲みほして、くちびるをやけどする。

「おかわり？」

「うん、おねがい。今日は百杯《ばい》くらい必要かも」

「ところであたし、やっぱりママを説得できるかも。犬の赤ちゃんの話だけど」

ラウラはわたしに背をむけて、コーヒーをかきまぜている。わたしはそっと近づいて、ラウラにすりすりする。もしラウラがいなかったらどうすればいいんだろう、ってときどき思う。

「あたしたちも夕方、歳《とし》の市《いち》に行くから」ラウラがいう。「今回はあんたもいっしょだよ。いいわけなしね」

わたしはまるで歯みがきするときみたいに、コーヒーを口のなかでまわした、すぐに答えなくていいように。

「ね、マディーナってば」

わたしはコーヒーをごくりと飲みこむ。

「オーケー」わたしはいう。今回はほんとに、だれもわたしにだめっていえないはず。パパはいないんだから。

――――――――――――――――

ママはわたしに反対しようとした。でも、本気で押《お》しきろうとはしなかった。そんなわけで、わたしは今日出かける。みんなといっしょに。まったくはじめてだ、そんなことできるの。

「マルクスもいっしょなの？」とだけ、ママは聞いた。

「うん」わたしはいった。

「それはよかった。それならマルクスに責任をお願いしましょう」マルクスに直接伝えるために、ママは二階へ上がろうとした。まるで魔法《まほう》みたいに、日が暮れたらマルクスがわたしの責任を負うんだって。まるでわたしが呪《のろ》いをかけられたお姫《ひめ》さまで、日没《にちぼつ》と同時に怪物《かいぶつ》に変身するから、暴れて被《ひ》害《がい》を出したりしないように、見はってなきゃいけないとでもいうように。しかもママは、いつもみたいにわたしがおとなしくついて行って、通訳するのを期待してるらしかった。わたしは何歩かいっしょに行きかけた。

それから追いこして、階段の上のママの行く手に立ちふさがった。

「いいの、ママ。責任ならわたしがとる。ほかのだれでもなく」

ママは足を止めて、階段の手すりにぎゅっとつかまって、じぶんとたたかっていた。そして見たこともないほどつらそうな目で、わたしを見つめた。

「なんておそろしいことを」ママはいった。「あなたのお父さんがいてくれたら。そうして私を守ってくれたら。ママはただ、あなたにはママより幸せになってほしいだけなのに……」

わたしはにっこりした。

「わたしなら大丈夫」わたしはいった。「わたしがじぶんでできることを、わたしから取りあげるなんて、だれにもできないんだよ。ね」


そのあと、わたしたちはラウラの部屋で支度《したく》をした。わたしの髪《かみ》はいまだにあごまでしかなくて、今日みたいに湿気《しっけ》が多いときは、毛束がくるくる巻いて、短いヘビがびっしり生えたメドゥーサの頭みたいになる。わたしはじぶんの巻き毛が好き。いまでも好き。ラウラは髪《かみ》を真っ赤に染めた。うなじや手にまだ色がついてる。お風呂《ふろ》は屠殺場《とさつじょう》みたいなありさまだ。あとできれいに掃除《そうじ》しなきゃ。でないと子犬どころじゃなくなる、と思うんだ。ラウラはまずその重要性を理解しないと。ラウラはお母さんをかなり本気で怒《おこ》らせるようなことをするとき、マジでわかってないことがある。たとえばこういう血の海とか。

ラウラは黒のぴちぴちのショートパンツをはいてるんだけど、おしりがちょっとはみ出てる。わたしはそんなのぞっとする。ラウラのおしりがきらいだからじゃない。そうじゃなくて、じぶんのおしりの半分を人に見せるなんて、わたしなら恥《は》ずかしくてたえられないと思うから。ラウラはそのパンツに、お母さんの下着みたいに見えるトップスを合わせようとしてる。

「いや、じっさいママの下着だよ、これ」ラウラはわたしの質問に答えた。

「子犬のこと考えなよ、ラウラ」

わたしはわたしのいちばんきれいな夏用ワンピースを着た。こまかい柄《がら》のある、黄緑色のワンピース。ふんわり薄手《うすで》で、おしゃれな細いストラップが背中でクロスしている。丈《たけ》は短すぎない。でも、長すぎもしない。前なら考えられなかっただろう。わたしがたたかって勝ちとった、小さな変化だ。ママは学んではいるけど、ほんのちっちゃい一歩ずつだ。わたしはいつだって辛抱《しんぼう》づよくママと接しなきゃならない。でないとぶつかっちゃう。そうするとママが泣いて、そのうちわたしも泣くことになる。ひっきりなしに泣いていたい人なんていないでしょ。

ラウラはぜんぜんそんな会話をしなくていい。お母さんのハイヒールや口紅を、聞きもしないで使う。お母さんはたまに怒《おこ》ることもあるけど、ラウラがそんなふうに人生を楽しんでることに、たいていは感動してる。でも、ラウラのお母さんがわたしにも口紅、それも赤い口紅をくれようとしたとき、わたしはことわった。

「ありがとう、スージー」わたしはいった。ここに越《こ》してきてから、ラウラのお母さんのことをスージーって呼んでいいことになったんだ。最初はすごく変な感じだったけど、そのうち慣れた。ここの日常にだんだん慣れてきてるのと同じ。いいこと、楽なことにはあっという間に慣れる。「気持ちはすごくうれしい。でもそれ、わたしは使わないと思う。仮装してるみたいな気がしちゃうと思うんだ」

ラウラのお母さんは口紅を手のひらでころがした。黒く光る筒《つつ》のなかに、きれいがつまってる。でも、わたしの思うきれいとはちがう。

「あなたの肌《はだ》の色にすごく合うと思うんだけど」

「ありがとう、でも、ほんとに使わないから」

もしかしたら、ちょっと意固地すぎたかもしれない。もしかしたら、心のどこか片すみで、あの赤い口紅をつけてみたい気持ちもあったかも。わたしが思ってるじぶんのイメージとは、ぜんぜんちがうけど。ラウラのお母さんはおどろいてた。わたしが反論したから。前はラウラのお母さんがくれる物を、何でも受けとってた。すごくすてきな物もいっぱいあった。でも、ぜんぶじゃない。けど、ことわる勇気がなかった。生意気だと思われそうで。それに恩知らずだって。でも、もう嘘《うそ》はつきたくない。たとえそれが礼儀《れいぎ》からつく嘘《うそ》だとしても。

「何考えてんの」ラウラが聞いた。ラウラはアイライナーで最後の仕上げをしてるところだった。すご腕《うで》の外科《げか》医《い》みたいに、冷静で正確な手つき。

「どうして？」

「あんた、また下くちびる噛《か》んでたから」

「見えるの？　片目つぶって、もう片方の目だけで化粧《けしょう》してるのに？」

「あたしは万在なの、親友ちゃん」

「それをいうなら万能《ばんのう》でしょ」

わたしたちはわらった。悲しいときでもいっしょにわらえるだれかがいる、ってすてき。もしそういうだれかがいない人は、お医者さんにいますぐ処方箋《しょほうせん》を書いてもらったほうがいい。マジでいま。もしわたしにラウラがいなかったら、ぜったいラウラを処方してもらう。

下で車のクラクションが鳴った。しつこい鳴らし方だ。長い大きな音、恋《こい》のクラクション。ラウラを呼んでるんだ。ラウラは目をむいた。

「またあいつじゃないよね……」

わたしにはだれかわかってる。わたしたちがときどきアイスやケーキを食べに行く、カフェの男だ。そこで店員をしてる。どこかその辺から毎日通ってくるんだけど、マフラーをいじった赤い目立ちたがり屋の車で、すごいうるさい音をたてるもんだから、そいつが来たってみんながわかる。夕方も似たような光景がくりひろげられる。わたしとラウラはとくによく知ってる。そいつが町へ行くたびに、うちの庭の前を毎回わざとらしく通りすぎて、クラクションを鳴らすからだ。そいつにラウラが、ほんの退屈《たいくつ》しのぎに色目を使ったから。わたしははっきり警告したのに。だってわたしなら、死んでもあんなやつに色目なんか使わないから。

「ただの冗談《じょうだん》だって」ラウラはいったけど、おかげでわたしたちはこうして毎日、あのクラクション野郎《やろう》に苦しめられてるわけだ。おしりに変なはれ物ができるよりいらつく。わたしはサンダルに足をすべりこませた。ターコイズブルーのサンダルで、ベルトと、ちっちゃいグリーンのヒールがついてる。これをはくと、すごく大人になった気分。ラウラのお母さんが、誕生日にプレゼントしてくれたんだ。わたしは何かバイトしようって心に誓《ちか》った。ラウラのお母さんの次の誕生日に、わたしからも何かすてきな物をわたせるように。前みたいに、ただのくだらない何々券とか、野原で摘《つ》んだ花とかじゃなくて。掃除機《そうじき》かけ券。アイロンがけ券。おつかい券。そんな誕生日プレゼントってある？そういうこと。ところが、そうしたらパパのことがあって、バイトする時間なんかなくなっちゃった。

外でまたあの神経にさわる音が鳴りひびいた。あいつがまたクラクションを鳴らす。何度も、何度も。ラウラがいきおいよく窓を開けた。

「乗せてってやるよ」そいつが目立ちたがり屋車からどなってよこした。

「どうも、けど、けっこうです！」ラウラが下へどなりかえした。

「降りてこいよ！」

「あたしたち、もうじきお迎《むか》えが来るから！」

そいつは車の窓を閉めた。まるで安っぽい騎士《きし》のかぶとを閉めるみたいに。そしてタイヤをきしませて走り去った。

「まったく、いらつくったら」ラウラが毒づいた。

「ねえ、だれが迎《むか》えに来るの？」わたしはちょっと面くらった。何も聞いてなかったから。

「ミスター名なしと、知らないいくんだよ」ラウラがわらった。

「何それ、だめだよ」わたしはいった。「どうして嘘《うそ》つくの？」

ラウラはわたしと腕《うで》を組んだ。

「だってどうでもいいから」

「いっしょに行きたくないって、あいつにいえばいいじゃん。でないとあいつ、ずっとあきらめないよ」

「いいから、忘れなって」ラウラがわらった。

夜が終わる。でも、わたしはまだこうしてすわって書いてる。はじめて夕方遅《おそ》い時間にラウラと出かけて、わくわくした。でも、ラウラと二人だけで森を歩くのはちょっとこわかった。枝をひろげる木々、そのあいだの影《かげ》。

わたしはわざとしげみを見ないようにした。いつか迷子になりかけた森のことや、きれいな極楽鳥《ごくらくちょう》や危険な生き物がいる、わたしのおとぎの森のことを考えた。わたしはあそこを抜《ぬ》けてきたんだから。こんな森、マジでどうってことない。わたしは戦争だってくぐり抜《ぬ》けてきたんだから、それよりぜんぜんどうってことない。パパを、むりやりあの戦争に連れもどしたブタどもより、ぜんぜんどうってことない。わたしの故郷《くに》に残されたもののぜんぶより、ぜんぜんどうってことない。わたしは首をそらして、星をあおいだ。未知の世界の巨大《きょだい》な地図。光ったり、またたいたりしながら、無限にひろがっている。ラウラがジョークを聞かせてくれたけど、どんな話か覚えてない。わたしはそれでもわらった。暗闇《くらやみ》の奥《おく》へ進むにつれて、わたしはもっと大きな声でわらった。

「すてきな夜があたしたちを待ってるよ!」ラウラがいった。

うん、ほんとにそうだ、ってわたしは思った。楽しみだった。

遠くからにぎやかな音が聞こえてきた。音はだんだん大きくなった。人びとがさけんだり、わらったりしている。スピーカーからはありとあらゆる音楽が流れてきて音であふれてる。赤や緑や青のランプが点滅《てんめつ》する。その光に照らされた人びとが、まるでホラー映画のワンシーンみたいに見えた。若い人、年とった人、おめかしした人、ぼろぼろの服の人。この辺に住んでる人全員と、それ以外の人たちも来てたんじゃないかと思う。広場の真ん中に大ダコがいて、その腕《うで》にゴンドラが固定してあった。ゴンドラはくるくる回り、大ダコもそれよりちょっとゆっくりの速度で回転する。大ダコのむこうにソーセージやカクテル、わたあめを売るどぎつい照明の屋台がならんで、まわりにいる人たちをゾンビみたいに染める。大ダコの手前にはピザの店がいくつもあった。

「あの大ダコ、ためしてみなきゃ!」ラウラがさけんだ。

「食べる前、それとも食べてから?」わたしは聞いた。

「食べてからだよ、もちろん」ラウラはいちばん近くの屋台に向かった。「やるならとことんやろう!」

わたしたちはならんだ。わたしたちをかすめて、ビールのジョッキが飛んでいった。「おっと」ラウラはそういって、頭をひっこめた。

焼きソーセージとフライドポテトを買った。油がしたたってサクサクの、本気でやばいポテトに、ケチャップ、マヨネーズ、その他ぜんぶトッピング。ラウラが芝生《しばふ》にすわった。わたしもとなりにすわる。二人同時にソーダの缶《かん》を開ける。学校でもそんなふうにしたことがあったっけ。ソーダを飲むのも二人組で!

「マルクスは?」わたしは聞いた。

「友だちといっしょに、遠くから来る子たちを迎《むか》えに行ってる。もうじき着くよ」

心のどこかに、あのクラクション野郎《やろう》が姿をあらわすかもしれない、っていう不吉《ふきつ》な、はりつめた気持ちがひそんでいた。でもそうなったら、ラウラがむりなら、わたしが追いはらってやる、って決めた。あいつのほうがわたしよりずっと年上でも。そんなの、クソ食《く》らえだ。

学校で知ってる女の子が何人か通りかかった。あいさつして、手をふって、ちょっとおしゃべりする。それからはなれてく。わたしにもラウラとまったく同じように親しそうに話しかけてくるなんて、すごい！　やっと、わたしと話すのがふつうになったってことだ。わたしはもう変な異物じゃなくなったんだ。みんなのうちの一人になったんだ。とにかく、そうだって信じる。一年前とは感じがちがう。ぜんぜんちがう。去年はほとんどの人がだまりこむか、緊張《きんちょう》しておかしな話し方をするかだった。わたしはまだ施設《しせつ》に住んでて、まるで勝手がわからなかった。でもいつの間にかわかるようになった、とにかくパパとママよりは。そしたら二人とも、そのせいでわたしに腹を立てるようになった。ほんとにクレイジーな一年だったな。でも、ラウラはいつもわたしの味方でいてくれた。おかげでこの一年たえられた。ちょっとずつよくもなった。パパが消えちゃうまでは。

わたしたちは大ダコの吸盤《きゅうばん》のゴンドラに乗りこむ。

「あんたが食べたソーセージにさよならして！」ラウラがはしゃいでさけんだ。ゴンドラがちょっとゆれて、また反対側にゆれる、回転しながらどんどん高く、スピードを上げてのぼっていくにつれて、大ダコの腕《うで》がギシギシ、ミシミシ音をたてる。半分くらいの高さまで来て、もう地面からずっとはなれたところでじぶんの靴《くつ》がぶらぶらしてるのに気づいたとき、一瞬《いっしゅん》不安になった。わたしたちはふわっと浮《う》かびあがった、そしてすべてがぐるぐる回りはじめた。ラウラがさけぶ。わらう。わたしはしんとなった。髪《かみ》の毛が顔を打つ、わたしは顔をぐっと上げる、星がおでこのまわりを飛びまわってる。

「あたしといっしょにさけんでごらん！」ラウラがどなった。「ほら、マディーナ！」

ラウラはわたしの腕《うで》にぎゅっとつかまる、それがわたしに力をくれる、わたしは口をうんと大きく開けて、ラウラといっしょにさけぶ。するとわたしたちの声が一つに溶《と》け合って、大ダコの上へのぼっていき、ならんだ屋台の上も飛びこえる。そしてわたしたちのまわりでスピードを上げながらぐるぐる回ってる星空へと、高く高くのぼっていく。

ちなみに、もちろんわたしは吐《は》いた。どうってことない。

ラウラのおこづかいの半分を飲み物と甘《あま》い物につぎこんで、もうリラックスしきって、超《ちょう》うるさい音楽に合わせてラウラとちょっとステップまで踏《ふ》んで、みんなみたいになれたことをマジで、マジで、ほんとにマジで楽しんでた、そのタイミングで、やつの声がした。

「ラウラ！　ラウラ！　おーい！」

どうせわかってた。あのクラクション野郎《やろう》は、ただ「ほかの人と出かけるから」なんて言葉くらいじゃ追っぱらえないって。

「おまえの連れはどこにいるんだ、ラウラ？」

もう何杯《なんばい》か飲んだらしく、ゆらゆらしながらわたしたちのほうへ近づいてくる。カッコいいTシャツに、ひざのやぶれたジーンズ、派手なカウボーイブーツをはいてる。真《ま》っ青《さお》な目に、いまはまぶたがとろんとかぶさってる。イケメンっていえたかもしれない、こんなに酔《よ》っぱらって気味悪くなかったら。こんなにおそろしく、ほんとにおそろしく気味悪くなかったら。そいつはつまずきながらわたしたちのほうに寄ってきた。ラウラがにやりとした。ラウラの目もとろんとしてる。

「なんだ、やっぱり一人じゃねえか！」ろれつの回らない舌でいうと、ラウラのほうへ腕《うで》をのばした。ラウラが後ろに下がる。

「もうすぐ来るから」

「ひょっとして、ほんとにおまえらだけで来てんじゃないのか」

「あんたに関係ないでしょ」ラウラがいった。わらいは顔から消えていた。人ごみのほうを見る。

マルクスはいまだに来ないし、さっきの女子たちもいなくなってる。

「来いよ、オレと踊《おど》ろう」そいつはいって、またラウラにむかって腕《うで》をのばした。わたしは怒《いか》りが煮《に》えたぎるのを感じた。わたしは思わずラウラの前に立ちふさがった。そいつはさらに目を細めた。

「いやだって。この子は踊《おど》らないよ」

「おまえはうせろ！」

後ろからラウラの速くてあたたかい息がかかるのを首すじに感じた。

わたしはさらに体を大きく見せるように立った。

「おい、いったろ、うせろって、この……この……」そいつは言葉をさがしてるみたいだった。見つかるまで時間がかかった。「この、ラクダ乗りが！」

わたしは最初、そいつが何をいってるのかぜんぜんわからなかった。わたしは本物のラクダを一度も見たことない。

「あっち行け」ラウラもいった。

するとそいつはもっと大きな声を出した。そしてわたしのほうに近づいてきた。

「おまえはどっちみち、ここにいていい人間じゃないんだよ、クソ難民め」

わたしは思わず息をのんだ。そういう言葉を聞いたことはあったけど、ずっと前のことだ。しかも夜、大人ぬきで出かけてるときに聞いたことなんてなかった。こんなに攻撃的《こうげきてき》にいわれたこともなかった。わたしはまわりを見まわした、みんなわたしたちのそばを通りすぎてく。わたしたちが助けを必要としてるって、だれも気づいていないみたいだった。

「おまえはここの人間にむかって、何もいえることなんかないんだよ！」

そいつはもうわたしのすぐそばまで来ていた、酒くさい息がわたしの顔にかかった。

わたしはパニックになって、まわりじゅう見まわした。わたしたちはじりじりと下がった。そこにはわたあめ屋さんがあって、太った女の人が立って、いろんな色のわたあめを根気強く棒に巻きとっていた。その指は、まるで魔法《まほう》のなべをかきまぜる魔女《まじょ》の指みたいに、器用に動いた。

「なんだよ、きゅうにしずかになったな」

わたしはもう一歩後ろに下がって、ラウラにぶつかった、そして押《お》されたラウラは屋台の壁板《かべいた》にどしんとぶつかった。店のおばさんが顔を上げた。

「お願いします、助けてください」わたしはいった。

「なに、どうしたの？」

その瞬間《しゅんかん》、クラクション野郎《やろう》はその場でくるりと一回転した。まるで棒に巻かれたわたあめみたいに、おばさんの指みたいに、くるりと回って、ぐらっとかたむいたと思うと、黄色いゲロをいきおいよく口から吐《は》きだした。

「どうやら飲みすぎたようだね、兄さん！」おばさんは出てきて、べとべとする手をエプロンで拭《ふ》いた。「もう家へ帰る時間だよ」

わたしたちはそのすきを利用して、人ごみのなかへ逃《に》げこんだ。音楽が大音響《だいおんきょう》で鳴ってる。ファイナル・カウントダウンだ。

「お二人さん、なんて顔してるんだ？」その後まもなくわたしたちと合流したマルクスが、けげんそうにいった。「お祭りってムードじゃなさそうだな」

ラウラがマルクスの首に抱《だ》きついた。わたしはそこに突《つ》っ立ったまま、まるで石になった気分だった。マルクスがわたしの体に腕《うで》をまわして、ぎゅっと抱《だ》きよせてくれるまで。

ビールの屋台のテントに入ったとき、わたしの膝《ひざ》はまだふるえていた。マルクスがわたしにレモネードをさしだした。

「せっかくの夜を台なしにすることないよ。さっきのはただの酔《よ》っぱらいのアホだったんだ」

たぶんマルクスのいう通りなんだろう、でも、それはほんとにはなぐさめにならなかった。その酔《よ》っぱらいのアホのおかげで、わたしはじぶんで思ってたほどここの一員になれてないんだってことを、はっきり思い知らされた。あいつがゆさぶったのは、この一夜だけじゃない。「わたしはここにいていい人間なんだ」っていうわたしの気持ちまでゆさぶった。そんなのばかげてる、ってわかってる。

あいつがコンプレックスのかたまりのクソ野郎《やろう》だってことも。それでも、あいつの言葉は胸を刺《さ》した。わたしの心の深くまで食いこんで、ようやく治ったばかりの傷口をぱっくりと開かせた。わたしはにっこりしようとした。いつだって、そうやって何でもわらいとばしてきた。今度もできるはず。わたしはわたしを知ってる。

「さあ、踊《おど》ろう」マルクスがさそった。マルクスとラウラがダンスのフロアーへわたしを引っぱっていくのにまかせながら、わたしは目を閉じて、また星空とわくわくを感じようとした。今夜はママの反対を押《お》しきって出かけてきたんだから。いつの間にか、わたしはマルクスに寄りかかってた。いつの間にか、マルクスがわたしにキスした。いつの間にか、また何もかもがふつうになったような気がしてきた。っていうのはつまり、親友の家に住んで、お母さんがうつで、お父さんが行方不明《ゆくえふめい》、っていう状況《じょうきょう》で可能なかぎりふつう、って意味だけど。しかもわたしたちが故郷《くに》から逃《に》げてきたのは、そんなに昔のことじゃない。わたしはそういうのをぜんぶおいとくことにした、何一つ、思い出にこわされたくない、あのクラクション野郎《やろう》にだって。あいつは例のゲロの噴火《ふんか》のあといなくなった、そしてその後も姿を見せなかった。よかった。夜はまたわたしたちのものだ。わたしは踊《おど》った、まるで舞踏会《ぶとうかい》のシンデレラみたいに。わたしがサンダルをなくしたって意味じゃない。そうじゃなくて、ほんとはもう帰らなきゃ、っていう、ちょっとうしろめたい気持ちがあったってこと。それでもすごくすてきで楽しかった。ラウラの好きな曲がかかってて、わたしたちは大きな声でいっしょに歌った。時の経つのがものすごく速い。それで気がついたら、もうほとんど夜明けになっていた。

わたしたちは大声で歌ったり、がなったりしながら、国道をぶらぶら歩いて帰った。村へ帰る道と同じくらい、星がかがやいていた。三人で腕《うで》を組んで歩いた。わたしが真ん中。それもすてきだった。はるかむこうの地平線に、銀色の細いすじがうっすら見えた。どこかあのあたりで、朝がのびをして、まだ起きたくないっていってるみたい。それってわかる。朝だって、わたしとちがわないはずだもん。

家の扉《とびら》をそっと開けたときには、もう庭の鳥たちが鳴きはじめていた。やわらかい鳥の声に、扉《とびら》のちょうつがいがキイッときしむ音。すきまからなかにすべりこむ。だれかを起こしたくなかった。約束したより帰りがずっと遅《おそ》くなったことに気づいた。サンダルを脱《ぬ》いで、そうっとつま先立ちでリビングへ……そのとき、何かが動くのが聞こえた。びくっとする。キッチンの扉《とびら》が開いていた。なるほど。わたしはごくふつうに歩くことにした。ママは何もいわなかった。

ママは昔パパが着てた茶色いカフタンにくるまって、テーブルの前にすわっていた。まるでぶかぶかのカフタンのなかでおぼれているみたいに見えた。ママはパパよりずっと小さい上に、もう前みたいにまるっこくないからだ。ママはすごくやせた。そうしてカフタンのなかでおぼれながらすわっていた。昨日も、一昨日も、そのまた前の日もそうしてたみたいに。

「わたしを待ってたの？　ママ」

「もちろん」

「そんな必要なかったのに、ほんとに。ほんとに」

ママはうなずいた。「もちろん必要にきまってるわ」

「わたしの帰りが遅《おそ》かったから、怒《おこ》ってるの？」

ママはわたしのほうに顔を向けた。明け方の薄暗《うすくら》がりのなかで、小さな青白い月みたい。月は二つの黒い目を持ってる、でも、月には旦那《だんな》さんがいない。それがママにはわたしよりこたえた。ママには何もかもがこたえた。

「いいえ。目を閉じるのが、こわかったの」

「ママ」

「つぎに目を開けたら、あなたがいなくなってるんじゃないかと思って、こわくて」

わたしはママを抱《だ》きしめた。ママはほんの一瞬《いっしゅん》わたしに寄りかかって、すぐに身を引いた。

「タバコとお酒のにおいがする」

「わたしはタバコもお酒も飲んでないよ、ママ」

「こんなのだめよ、マディーナ。お祭りに行くなんていけない、だって……だって……」

ママはみじめなくらい小さくなって、くずおれた。

「わたしが出かけたからって、パパがいなくなったことは何も変わらないよ」

「まるで何もなかったみたいに、いままで通りふるまうなんていけない！」

ママはほとんどさけんでいた。

「ママ、みんなが起きちゃう」

「だったら夜どおし外をうろつくんじゃありません！」

今度はママは泣きはじめた。小さな声でしくしく泣くんじゃなくて、泣きわめいている。ママらしくなかった。

「あなたのお父さんは、こんなのぜったいに望んでいないはずよ！　お父さんなら、ぜったいに許さなかった！」

わたしは何も答えなかった。歯を食いしばって、だまって冷蔵庫を開ける。まるであくびしてるみたいに空っぽだった。ラミィの朝食がない、わたしの分はいうにおよばずだ。外はもう明るくなっていた。

「だれがラミィを幼稚園《ようちえん》へ送るの？」わたしは聞いた。

ママは反抗的《はんこうてき》な顔で目から涙《なみだ》をぬぐった。

「あなたのおばさんが行ってくれるわ」

「アミーナおばさんはドイツ語講座があるんじゃないの？」

「あるけど。今日は始まりが遅《おそ》いの」

わたしはママの手をとった。道を渡《わた》るときに、子どもの手をとるみたいに。

「ママ。何とかしないと」ママは目を伏《ふ》せた。「ラミィの食べる物がない。このままじゃだめだよ」

「やろうとしたのよ……」ママはいいかけた。目にまた涙《なみだ》がどっとあふれてくる。わたしはこのさかさまになった役割がいやでたまらなかった。これはよくない気がする。しかも、すぐに何か変わりそうには思えなかった。

「ママ、聞いて。わたしがお祭りに行っても行かなくても、このままじゃだめってことに何も変わりはないんだよ。わたしはお祭りに行っても、また帰ってきて、家族の面倒《めんどう》を見る。でもまた学校が始まったら、もうそんなにママの代わりはできない」

わたしはひそかに、すべてが変わってほしい、よくなってほしい、って心から望んでいた。学校が始まったら。じぶんがまた学校に行くのをかなり楽しみにしてることに、わたしはようやく気づいた。じぶんのことだけすればいい時間。少なくとも一日のうち何時間か。学校の生徒でいていい時間。

3

ラウラとマルクスといっしょにカフェへ行った。ラウラははじめ、あのアホのせいで、ぜんぜん行く気になれなかった。でもマルクスが、どうしても行くんだ、ってゆずらなかった。ここはおれたちのなわばりだ、っていって。あのクソ野郎《やろう》は、いくらでもクラクションを鳴らすがいい。わたしたちはそっくり返って、わざと投げやりな態度で入っていった。最初はどこを見たらいいか、まるでわからなかった。「ラクダ乗り」と「クソ難民」っていう言葉が、頭のなかでぐるぐる回っていたから。ビルの上にどっかりすわったキングコングの頭の上を、ぶんぶん飛びまわる飛行機みたいに。そしてキングコングは、わたしは正しくて、あのアホがまちがってるんだ、っていうわたしの思いなんだ。わたしはここの一員。だからわたしは、じぶんの考えをあいつにいっていいんだ。マル。以上。そこまで。おしまい。

それでわたしたちはなかに入って、すぐわきのテーブルについた。カウンターのほうは見ずに。でも、そこにはどっちみちだれもいなかった。調理場のなかをちらっと見るために、わたしがわざとトイレに行ったら、なんと新しい店員が出てきた。巻き毛で、きれいにととのえた眉毛《まゆげ》と白いブラウスの。びっくり。

そうそう。子犬ちゃん。明日、見に行くんだ。すごく楽しみ。

わたしは行けないことになった。ママがラミィを持てあましてて。わたしは弟じゃなくて、犬がほしい。そんなこと考えるなんて、ひどいよね？　でも、悪いと思えないときがある。

わたしはときどき庭にすわって、携帯《けいたい》電話をとりだして、ヴィシュマン先生の番号をじっと見る。それだけでちょっとほっとする。二週間したらまた先生に会えるってことも。

ラウラが子犬の動画を大量に見せてくれた。やせてて、黒くて、耳はとがって離《はな》れてて、胸が一か所白い。それに子どもみたいな黒い目。地底の湖みたいに真っ黒。おとぎ話の生き物みたい。どうしてもこの子犬がほしい。いますぐ。この子は夜、わたしの足をあっためてくれるだろう。そして寒い日には、わたしがこの子の耳をあったためてあげるんだ。

ラウラのお母さんが、ぜったい犬は飼わないっていう。うちのママが犬をこわがるだろうからって。でもわたしが思うに、それはただのいいわけで、ほんとの理由は、ラウラのお母さんのデザイナーズもののソファと、ペルシャじゅうたんなんじゃないか。ラウラはひきつづきねばるって。わたしはひたすら祈《いの》りつづける。

ヴィシュマン先生に会えない六週間は、世界でいちばん長い六週間だ。

湖へ水あびに行った。雷《かみなり》の来そうな、むしむしする日だった。燃えるように熱い渡《わた》り板《いた》の上に寝《ね》そべって、黒い雲がだんだん大きくなっていくのをじっとながめた。

「あの雲、ドラゴンみたい」ラウラがいった。

「太ったゾウじゃないか」マルクスがいった。

わたしは空を見あげながら、パパと山歩きに行った日のことを思《おも》い浮《う》かべていた。あの日、山のてっぺんに立って、谷を見下ろしたっけ。これと同じくらい真っ黒い雲が壁《かべ》みたいにそびえて、そこからときどき不気味な光がぴかっと放たれた。手紙を燃やすときに、ふちが赤く光るのに似ていた。

あれはパパがわたしに、どうすれば目的地にたどり着けるか学びなさい、っていった日だ。慎重《しんちょう》に足をはこぶこと。ねばり強くあきらめないこと。

帰り道、わたしがここへ来てからはじめてっていうくらい、ひどいどしゃ降りに遭《あ》った。水が茶色い濁流《だくりゅう》になって国道を流れ、あまりに強い風で、わたしは何度もたおれそうになった。マルクスはラウラとわたしを上着でおおって雨から守ろうとしてくれたけど、うまくいかなかった。わたしの白いTシャツがびしょぬれになった。ブラをしてなかったから、ぜんぶまる見えになって、恥《は》ずかしくて死にそうだった。マルクスがきゅうにこっちを見た。わたしがいつもどぎまぎしちゃう、あの目。どう対応すればいいか、わからないから。雷《かみなり》が空を切りさいて、ほとんど鼓膜《こまく》がやぶれそうだった。ラウラはわらって、赤い髪《かみ》をぶるっと振《ふ》った。雨のしずくがたくさん飛び散った。わたしたちはきゃあきゃあいいながら車寄せの下に駆《か》けこむと、家をまわりこんで玄関《げんかん》の扉《とびら》へ行く前に、そこでちょっと雨宿りした。次の稲妻《いなずま》が、庭を薄紫色《うすむらさきいろ》の地獄《じごく》に染める。直後に雷《かみなり》の音。嵐《あらし》はもう真上に来ていた。一階の窓が開く。

「マディーナ、マディーナなの？」ママの声はいつも通り、不安そうだ。

「すぐ行くから」わたしは声をかけた。

マルクスがわたしのぬれて冷たくなった肩《かた》をなでた。

「あとで上に来る？」マルクスが聞いた。このごろしょっちゅうそう聞いてくる。答えはいつも同じだって、わかってるはずなのに。

「夜はマルクスのとこに行っちゃだめなの、わかってるでしょ」

「ああ、わかってる。だけどマディーナのお母さんだって、いつまでもそんなことといっていられないだろ！」

「それが、見てのとおりなの」

「そんなのばかげてるって！　おれたち同じ家に住んでるんだぞ！　もう知り合ってどれくらいになる？」

わたしは内心ぶつぶついった。なんで学習しないんだろう。どうして何度も聞くんだろう。

「うちのママにはむりなんだよ」

マルクスは両手をポケットにつっこんだ。何かいいたいのを飲みこんだっぽい。わたしはそれが何か知りたいとも思わなかった。マルクスはため息をついた。それからほほえんだ。

「いいよ。わかってるって」

わたしは何もいわなかった。何をいってもそぐわない気がして。もしかしたらマルクスも同じことを考えたかもしれない。じぶんの彼女《かのじょ》が夜、部屋でいっしょに過ごしちゃいけないとしたら、もう何もいいようがないよね。わたしは彼《かれ》の手をにぎった。彼《かれ》は手を引っこめなかった。それもまたすてきだった。この瞬間《しゅんかん》は。


ラウラにショートメッセージが来た。「ごめん」って書いてあった。名前はない。けど、だれかわかる気がする。ラウラはそれを消した。

「おいで、イチゴ狩《が》りに行くよ」わたしはラミィにいった。ラミィはふくれっ面《つら》ですわって、飛行機の絵を描《か》いていた。飛行機から爆弾《ばくだん》が落ちてきている。しばらくそういう絵を描《か》いてなかったのに。

「森は兵士がいるもん」ラミィはそういうと、手で鉄砲《てっぽう》をつくって、ダダダダダ、といいながら、わたしとママとアミーナおばさんを撃《う》ち殺《ころ》した。

「ばかいわないの。森にいるのはせいぜいウサギだよ」

「ほんと?」ラミィの顔がぱっと明るくなった。「フランツィがね、ウサギもらったんだよ。かわいいんだ」

「フランツィって?」

「ぼくのようちえんの友だち」

ラミィは立ちあがって、わたしの手をとった。

「行こう!　ぼくもウサギほしい!」

「あのね、ラミィ。森にいるのはそういうウサギじゃなくて。野生のウサギなんだよ」

ラミィはわたしの手をはなした。「ならせる?」

「いいから、おいで」

ラミィはわたしの後について、庭を通りぬけ、草原をこえて、森のはしまで来た。草原の草と森の地面の細いすきまに、ヤマドリタケが一本生えていた。わたしはそれをとって、パーカーのおなかのポケットに入れた。おなかにキノコの赤ちゃんがいるカンガルーだ。ラミィはやる気まんまんだった。しげみを見つけるたびに、ウサギがいないか、いちいち下をのぞきこんだ。そしていまからもうウサギの寝《ね》る場所や、朝ごはんに何をあげるかまで考えた。一時間過ぎるころには、野生のイチゴがわんさかとれたけど、ウサギはフン一つ見つからなかった。

ラミィにペットがいたらいいのに。マジでほんとに。午後ずっと、ラミィはウサギの絵ばかり描《か》いていた。爆弾《ばくだん》は一つも描《か》かなかった。

クソ難民。その言葉が、まるで焼いた鉄のこてを押《お》しあてられた傷みたいに、深く刻みつけられた。ふちがただれた傷。認めたくなかったけど、わたしは必要以上に何度もそれを思い出した。クソ野郎《やろう》。この、くだらないクソ野郎《やろう》。あいつにそういってやればよかった。だまるんじゃなくて。

わたしはラウラに、クラクション野郎《やろう》のことをどう思うか聞いた。ラウラは見るからに居心地《いごこち》悪そうだった。それについて二人で冗談《じょうだん》をいってみたりしても、ラウラのわらいはわざとらしい感じがした。何かある。わたしはそれ以上追及しなかった。

　スージーがわたしたちを食事に招待してくれた。少なくとも週一回はそうしてくれるんだ。みんなでうきうきしながらスージーのところへ行く。ママとアミーナおばさんはいちばんきれいな服を着て、スージーに野の花を摘《つ》んでいく。またはキノコとか。森で野イチゴを摘むこともある。そのときあるものをあげるんだ。りっぱな三品料理に、すてきな音楽に、ロウソクの火。それからちょっとだけ、「ぜんぶうまくいく」っていう気持ち。ぜんぶふつう。そういうの、すごく好き。あと、スージーはママに何度も、レシピを教えてくれないか、って聞いた。故郷《くに》でいつも食べてた料理を作れるように。テーブルはまるで何かすごいお祝いでもするみたいに、超豪華《ちょうごうか》に飾《かざ》ってあった。きれいな麻《あさ》のテーブルクロスに、銀色の刺《し》しゅうのされたテーブルランナー、柄《え》の長いきゃしゃなグラス、クジャクの羽の形に折ったペーパーナプキン。それから花。わたしはスージーの食卓《しょくたく》が大好き。スージーにおもてなししてもらうと、まるでプリンセスになった気分だ。はじめて食事に招待してもらったときは、一冊めの日記帳をプレゼントしてもらったときと同じような気持ちになった。いまこうして書いてるのは、もう二冊め。一冊めはブルーのビロードだった。こっちは赤のビロード。女王《クイーン》さまのマントみたい。もうプリンセスのマントじゃなくて。

　わたしたちはテーブルについた。ラミィがいつものようにふざける。やさしくて気がきくマルクスが、ラミィをテーブルの下からさそい出して、自動車の雑誌を見せてあげる。わたしはほんとにわからない、どうしてじぶんがときどきすごくいらついちゃうのか、どうしてしょっちゅうマルクスにいらっとくるのか。だってマルクスはとっても、とってもいい人なんだから。ほんとに。

全員がテーブルにつくと、マルクスがうれしそうにわたしにわらいかける。わたしがやっと満足して、満面の笑顔《えがお》になっていたからだ。わたしもにっこりわらいかえす。ほんとにいい気分、何もかもちょっとだけふつうの感じっていうか。するとスージーがかがんで、どぎついターコイズブルーのイヤリングをカシャカシャいわせながら、今度いっしょに何の料理を作ろうかしら、ってママに聞いた。もしかして、前にわたしが話したことのあるシチューとか？　わたしはあのシチューをよく覚えていた。ママがシチューを作ると、わたしはきまって三杯《ばい》おかわりした。ナスに、とろとろに煮《に》えた牛肉に、タマネギ、トウガラシ。わたしはよだれが出そうになった。でも、スージーにそう聞かれたとたん、ママが目に涙《なみだ》を浮《う》かべるのが見えた。昔と関係があるものはぜんぶ、つらいんだ。おいしい食事でさえ。ママはすごく料理上手で、料理好きだったのに。故郷《くに》では。一度に四十人分も作ったんだよ！　よくお客さんが来たから。夏、うちの庭で。串焼き肉《シャシュリク》、香辛料《こうしんりょう》のきいたスープ、サラダ、ハチミツたっぷりの甘《あま》いトルテ。花ズッキーニのオーブン焼きに、ピクルス。それから魚、ああ、すごくいい魚だったな、炭火の上でシューシュー焼けてた、レモンとハーブが入ってて！　それにふちがこんがり焦《こ》げた、ほくほくの焼きジャガイモ！　オレンジケーキに、レーズン入りリンゴのフランベ……

まるっこくてにこにこしてる昔のママと、やせ細って目の下にクマがあるいまのママのあいだには、残念ながらかなりへだたりがあった。つらくて大きなへだたりが。

そんなわけで、わたしはスージーの質問の嵐《あらし》に割って入った。話題を変えるために、おいしいローストビーフと手の込《こ》んだソースを大げさにほめ、どうやって作るか覚えたい、っていった。スージーは気をよくして、すぐにたくさんの香辛料《こうしんりょう》の名前や焼き時間を話しはじめた。そして、ドイツ語講座でもういくつか単語を知っているアミーナおばさんは、ママの前に身を乗りだしてひじでかばいながら、わたしたちの会話についてこようとした。集中するあまり、おでこに深いしわができてたけど、パパがいなくなる前には久しく見なかったくらい、すごく生き生きした目だった。アミーナおばさんは前より元気になった。もうおばさんをつつきまわす人はいない。ドイツ語講座に通い、わたしみたいにセラピーを受けてる。ママも何か始めてくれたらな。そのためならわたしは何だってするのに！　スージーとアミーナおばさんは、身ぶり手ぶりをまじえて話しはじめた。わたしは後ろに下がった。ラウラがそれに気づいて、わたしのそばに来てすわった。マルクスはローストビーフの大きなかたまりをむしゃむしゃ食べつづけていた。Tシャツにソースのしみができてる。ラミィみたい、ってふと思った。それに、パパみたい。そういうところがパパも似てるなんて、いままで思いもしなかった。パパはわたしにとって、いつだって特別な存在だったから。ほんとに。

わたしはママの手をさすった。そしてラウラがわたしの手をさすってくれた。みんな、大好き。

夜、ラウラといっしょに庭のブランコベンチにすわった。二人のあいだにおいたまるいソーラーライトのせいで、悪魔《あくま》みたいな顔に見えた。わたしたちはそうっとブランコをゆらした。わたしは気持ち悪くなりかけたけど、あくまでなりかけだ。荒波《あらなみ》にゆられる感覚というよりは、おなかのなかにい

る赤ちゃんが、お母さんが散歩してるときとか、地面が平らじゃないときに感じるような感覚かもしれない。バラの香りがして、コオロギが鳴いていた。ペルセウス座流星群はもう見えなかった。願いごとをし足りなかったな。

「卒業したら何になりたいか、じぶんの心に聞いてみたことある?」

ラウラは目を閉じて、眠《ねむ》そうなうっとりした声でいった。「あたしは世界旅行がしたい。またはたっぷり休暇《きゅうか》をとる。そのあと、またやりたいことを探すの」ラウラはいった。「で、マディーナは?」

ふしぎなことに、わたしはもう決まっていた。じぶんの心に聞いてみる必要なんかない。もうずっと前から心に決めてた。

「わたしは医者になりたいんだ」わたしはいった。じぶんにはそれができる、ってわかってる。そして、どれくらいたくさんの人の手術を手伝ったか、考えた。パパの患者《かんじゃ》さんたち、爆弾《ばくだん》の地下室で。

そうだ、わたしにはわかってる、じぶんにはできるって。その目標を達成できるって、わたしにはわかってる。

4

日が暮れるのが早くなった。きれいな星空。このプラネタリウムに、これまで以上に長くすわっていられるってこと。わたしの好きな星座は、大熊座。昔、故郷《くに》で、親友といっしょに星空を見ながら、人生について考えたっけ。その子とは、ラウラよりもっとずっと長いあいだ友だちだった。うんと小さいころからの友だち。ただ残念なことに、わたしは生きてて、その子の時間は止まっちゃったけど。戦争ってそういうこと。そういうことが起きるんだ。そしていまでは、ラウラとこんなに仲良くしても、ほとんどうしろめたさを感じなくなった。ラウラとたくさんの星や、星くずをまいたみたいに伸《の》びている天の川を見あげても。大熊座を見ても。

ラウラは馬車座っていってる。ここではそう呼ばれてるんだ。でもわたしには、これからも大熊座のままだと思う。ごめん。

- - - - - - - - - - - -

ラウラとわたしは、庭でカラフルなレジャーシートの上にすわって、本を読んでいた。ラウラは足をわたしの足の上に重ねている。ラウラのお母さんがアイスティーと、ピンクのちっちゃい傘《かさ》を飾《かざ》ったクラッシュドアイスのグラスを持ってきてくれた。それから薄手《うすで》の麻《あさ》のワンピースをするっと脱《ぬ》いで、布の面積がすごく少ない白のビキニ姿で、わたしたちのとなりに寝《ね》そべった。ラウラのお母さんは夏のあいだに、きれいな黄金色《こがねいろ》の光を肌《はだ》に集めていた。まるで秋に向かって熟していく果物みたい。ただ、うちのママとちがって、ちっとも恥《は》ずかしがらなくていいそのやわらかいおなかには、白い線が縦横に走って、不規則な形を作っていた。まるで鉄条網《てつじょうもう》みたいにはりめぐらされた傷あと。どうしてそうなったのか、わたしは知ってる、でもいまは考えたくない。それよりもその足、きれいに赤いペディキュアを塗《ぬ》った、完ぺきにまるく形を整えた爪《つめ》をじっと見つめていたい。ラウラのお母さんはつるんとした、オイルをすりこんだ脚《あし》を組んで、カラフルな写真がのった雑誌を開いて、インテリアを研究していた。鳥が一羽《わ》、わたしたちの頭の上のしげみのどこかでさえずっている。ミツバチがぶんぶん飛んでいる。わたしは草むらに腕《うで》をのばして、草の一本一本や、そよ風をじぶんの肌《はだ》で感じようとした。天国ってこんなふうにちがいない。でも、後ろに隠《かく》れてたクソったれの弟が、わたしたちのおしりに氷を投げつけてきて、天国はおしまいになった。ラウラはラウラのキャーッという声を録音して、何回も再生した。いまに携帯《けいたい》電話をあんたの口に突《つ》っこんでやるから、ってわたしがいったら、ママが来て、そんなおそろしいことというんじゃありません、って怒《おこ》った。ラミィはママのスカートの後ろに隠《かく》れて、わたしに舌を出してみせた。わたしが内心怒《いか》り狂《くる》ってると、ラウラがグラスの残りの氷をラミィのTシャツの背中に流しこんだ。

「こうするんだよ、マディーナ」

「ママ、ママ」ラミィがわめいたけど、ママはラミィの鼻先で扉《とびら》をバタンと閉めてしまった。アミーナおばさんはサイクリングに行ってる。スージーから自転車をもらったんだ。スージーが使わなくなったやつを。だからラミィはもうだれにも味方してもらえない。あはは。

――――――――――

自転車でカフェに行った。マルクス、ラウラ、わたしの三人で。わたしは自転車を持ってない。アミーナおばさんが自転車に夢中になっちゃって、ラウラとマルクスの自転車のほかにはその一台しかないから、わたしは後ろの荷台に乗せてもらった。マジですわり心地《ごこち》が悪くて、おしりに跡《あと》がついちゃった。カフェは先週よりもずっと混んでた。みんなバカンスから戻《もど》ってきてて、日に焼けた顔でプラスチックの椅子《いす》にすわってのんびりくつろぎながら、海や山の話をしていた。もしかしたら、ってわたしは考えた。もしかしたら来年、わたしたちもどこかへ行くかも。故郷《くに》を逃《に》げてきてから、わたしはこの周辺以外、まだどこにも行ってなかった。いままででいちばん遠い場所は、学校の遠足で行った小さな町だ。そこで博物館を見学した。発掘《はっくつ》したいろんな破片《はへん》とか骨とか。

クリスティアンもちょっと話しに来た。いまでもマルクスの友だちなんだ。あんなにひどいふられ方をしたせいで、ラウラはクリスティアンのことをよく思ってないのに。まあ、そのかわり、ラウラのほうもクリスティアンの親友にキスしたんだけど。クリスティアンがやけに長い、毛深い脚《あし》をとなりにのばすものだから、わたしはわきへどいた。クリスティアンはうーんとのびをして、午後の暑さのなかであくびしながら、バカンスの話をした。イタリア。砂浜《すなはま》にカクテル、ダンス、それにおいしいピザ。わたしはピザが大好き。ってもう書いたっけ？　書いてない？　だったらいま書くね。この国に着いて、難民滞在施設《なんみんたいざいしせつ》に入所してから最初にわたしがほんとに好きになったことは、ラウラの家に逃《に》げこんで、いっしょにピザを食べることだった。ピザはわたしにとって、新しい世界の使者みたいな感じだった。大歓迎《だいかんげい》の使者。

そんなわけで、クリスティアンはすてきなピザの話をした。それから水の上に造られた街の話も。すごくたくさんの運河や、だんだん海に沈《しず》んでいくりっぱな館のことも。クリスティアンは携帯電話《けいたい》を出して、写真を見せた。わたしはちょっとがっかりした、だってアトランティスみたいなのを期待してたから。でもそこにあるのは通りじゃなくて、ただの水路だった。とはいえ、その街がまるでおとぎ話の街みたいに見えることに変わりはなかった。わたしのおとぎの森のなかにあったとしても、何の問題もなさそう。ただ、この街はほんとにあるんだ。ほんとにここに行けるんだ。ヴェネツィア！　わたしはその写真をじっと見つめた。金色にかがやく美しい丸屋根のむこうに、太陽が沈《しず》んでいく。いますぐこの場所へ行けたら。魔法《まほう》の靴《くつ》のかかとを三回鳴らして、この場所へ行きたい、ってお願いする。そうして目を開けたら、もうそこに立ってるんだ。白い大理石の橋の真ん中に。すてき。

クリスティアンが携帯《けいたい》電話をしまった。

「で、おまえは今年どこに行ったんだ、マルクス」

「ここにいた」

クリスティアンは眉毛《まゆげ》をつりあげた。「なんでだよ？　いつもなら夏じゅうどっか行ってるだろ」

「行きたくなかったんだよ」マルクスはそっけなく答えた。

クリスティアンがわらった。「信じないね」

「マディーナといっしょじゃなきゃ行かない」

「そうか、だったらいっしょに行きゃいいだろ！」

マルクスは手でふりはらうようなしぐさをした。「忘れろ。いまはむりなんだよ」

マルクスはため息をついた。ちょっといらっとしてるように見えた。わたしにか、クリスティアンにか。正直、はっきり知りたいとは思わなかった。クリスティアンがいなくなってから、マルクスはわたしの肩《かた》に腕《うで》をまわした。そしていった。「いつかいっしょに旅に出よう。きっと」

わたしは何もいわなかった。わたしにとって「旅に出る」っていう言葉は、不安や心配と結びついてる。前回旅をしたときは、生きるか死ぬかだった。

「すてきだろうな」マルクスがいった。「いっしょに列車に乗るんだ。そして出発する。どこかで降りて、ちょっと見てまわる。気に入らなかったら、また列車で先へ進めばいい。どこまでも。そして海に出る。または北のフィヨルド。フランスの山もいいな」

わたしはその旅を想像しようとしてみた。楽しさを感じるために。

「山の上の牧草地で日の出を見たことある？」マルクスが聞いた。わたしは首を横にふった。心のどこかで好奇心《こうきしん》が動くのを感じた。フィヨルドとか。氷河の雪とか。わたしはそういうものを一度も、ただの一度も見たことがなかった。マルクスがさらにわたしのほうにかがみこんだ。

「おれは一度、そういう旅をしたことがあるんだ。インターレールはそんなに高くない。小さいリュックだけ持っていけばいい。そしたらおれたちは自由だ」

わたしはマルクスに頭をもたせかけた。そして涼《すず》しい山の風が顔にあたるのを想像してみた。空が燃えるように赤く染まる。牛が一頭通り過ぎる。

「おれたち二人きりで」マルクスがいう。「あと寝袋《ねぶくろ》一つ」

マルクスはわたしの顔にかかった髪《かみ》をそっと手でかきわけた。わたしの髪《かみ》は少し伸《の》びてきていて、もうじき一つに結べそうだ。

「外の世界がどれくらい大きいか、知ってる？　そしてどんなにすてきか」

わたしはマルクスの言葉を信じたかった。

「あの水の都へ行きたいな」わたしはつぶやいた。そして、あの魔法《まほう》の靴《くつ》がほしいと思った。そしたらだれの許可もいらないし、帰りが遅《おそ》くなるのを心配する必要もない。

ラウラがすごく怒《おこ》ってる。うちに出入り禁止のクリスティアンと、わたしがしゃべったから。わたしは親切にしたかっただけなのに。そんなわけで、ラウラとケンカしなくていいように、わたしはだまって景色を見つめた。すると、犬がかんたんにおしっこできないように、中央広場の小さな公園をぐるりとかこんでいる低い塀《へい》に、赤いしみが付いているのが目に入った。「オレらはほしくない」と書いてあったけど、まるできゅうに中断しなきゃいけなくなったみたいに、途中《とちゅう》で終わっていた。ほしくない物なら、わたしにもいろいろある。たとえば、ラウラとケンカすることとか。「見て、あそこに何か落書きがしてある」わたしは話題を変えるためにそういった。

そしたらラウラがいった。「そんなの、いまはどうだっていい」

ラウラとわたしはケンカしても、長く引きずったことは一度もない。それってすごくありがたい。怒《いか》りがすぐに消えるように、わたしたちは散歩に出かけた。森の道を全速力で走る、光と影《かげ》をくぐって。木々の枝が顔をかすめる。速く、もっと速く、もっともっと速く。のどの空気が焼けつくようで、心臓が耳から飛びだしそうになる。汗《あせ》が背中を流れ落ちる。わたしたちはまわれ右して、リラックスして、庭の入り口へ戻《もど》ってくる。まだ遠くから、しばらく聞かなかったものが聞こえる。女の人が小声で歌ってる。アミーナおばさんは、もう何年も歌っていなかった。

- - - - - - - - - - - -

スージーがアミーナおばさんに、黒地に赤い花もようのワンピースをプレゼントした。おばさんはそのワンピースを着て、ブランコベンチにすわって、リンゴをケーキ用にスライスしてる。おばさんの手の爪《つめ》はまた赤くなった。足の爪《つめ》も。昔みたいに。その代わり、ママはパパの茶色いカフタンにくるまって、天気のいい日でも、だまって家のなかにすわってる。ほんとどうかしてる。まるでママとアミーナおばさんが入れかわったみたい。パパがいなくなってから、ぜんぶがおかしくなった。わたしはママが毎日、郵便受けにお参りしてるのを知っている。手紙を待ってるんだ。でも、何か入ってたためしはない。毎日郵便受けに行くっていうパパの仕事を、ママがひきついだみたい。難民の認定《にんてい》がもらえるのを待ちわびてた、あのころ。希望があった。それに不安も。けっして変わらないものってあるんだな。

――――――――――

嘘《うそ》ついちゃった、昨日。郵便受けを見に行ってるのは、もちろんママだけじゃない。わたしも行ってる。何回も何回も。手紙を期待するなんて、ばかげてるのはわかってる。パパが車に乗りこんでから、音信はとだえてる。あの車がパパを国境のむこうへ連れてった。まだよく覚えてる、みんなで立ちつくしてたときのこと。難民滞在施設《なんみんたいざいしせつ》の扉《とびら》の前に。ママはまるでパパがただの遠足に行くみたいに、パパにわたすお弁当を手に持っていた。ラミィはわあわあ泣きながら、ママのスカートにつかまってた。そしてパパはラミィの頭をなでて、わたしの肩《かた》に手をおいた。まるで大人の男の人同士がするみたいに。わたしの顔をじっと見た。そしてうなずいて、車に乗った。ドアがばたんと閉まって、車は埃《ほこり》をたてながら走り去った。その埃《ほこり》は、わたしとパパを結びつける最後のものになった。埃《ほこり》が渦《うず》をまいて、だんだんおさまっていく。音もなく。それからエンジン音。車がスピードを上げて遠ざかっていくにつれて、小さくなっていった。口のなかで鉄の味がした。くちびるを噛《か》んだからだ。

あのとき、わたしの心の一部が割れて、そのかけらがまるで鏡の破片《はへん》みたいにのどに食いこんでる。パパがわたしたちにもう二度と会えないと思っていたことを、わたしはよく知ってる。人生って、マジでクソだ。

――――――――――

クラクション野郎《やろう》がまたラウラに連絡してきた。でも、わたしがそれを知ってるのは、たまたまラウラのとなりにすわってたから。ラウラはぜんぜん話したがらない。メッセージを消して、だまりこんでる。だからわたしも何もいわなかった。

そうそう、例の子犬ちゃんだけど。ラウラがねばりにねばって、スージーはとうとうそこの動物保護施設《しせつ》へ行くのを承知した。でも見るだけよ、だって！　今回はわたしも、何が何でもついて行くんだ。

日が暮れるのが早くなってきてる。夏が終わってほしくないのに。でも、ヴィシュマン先生には早く戻《もど》ってきてほしい。お願い。

子犬は先約が入ってる。だれかほかの人の。それでも会いに行く。だってまだ引き取られたわけじゃないから。スージーはラウラに、ネコにしてくれないかって。ネコだって最高だよ。みんなでずっと森の湖に出かけてたから、たくさん書く気力ない。ごめん。

ヴィシュマン先生の携帯《けいたい》電話の番号をじっと見つめる。どこかのスターに絶望的に惚《ほ》れこんじゃったファンみたいに。そんなことしても、何の役にも立たないけど。もう二回電話しちゃった、がまんできなくて。それに夏休みの最後の週には連絡《れんらく》がつくって、先生がいってたから。けど、ただの留守電だった。二回めにかけたときは、先生がもう二度と出ないんじゃないかって、きゅうにすごく不安になった。そんなの頭おかしいってわかってる。それでも。わたしの人生からとつぜん消えちゃった人をたくさん知ってるから。パパだけじゃない。戦争ではたくさんの人が消えた。戦争は、黒い霧《きり》の野原。爆弾《ばくだん》がはじける一瞬《いっしゅん》の光とともに、人も動物も家も吸いこまれる。そして戦争は、そのあとに来る静寂《せいじゃく》。その静寂《せいじゃく》のなかで、あたりを見まわしてたしかめる勇気がない。何がまだ残っていて、何がうばわれてしまったか。昔知っていたものが、いま知っている世界のなかに、いまでもとつぜん押《お》し入ってくる。それがすごくいや。いやでたまらない。わたしのなかに入ってこないでほしい。国境警察と鉄条網《てつじょうもう》と警察犬のかわりに、大きなドラゴンに守ってほしい。ドラゴンはほんとに必要。昔のわたしと関係あるものは、遠くにとどまっていてほしい。

もう終わったんだから。終わった。終わった。終わったんだってば、もう。

運命なんかクソ食《く》らえ！　子犬がべつの人に引き取られちゃった。一度も会えないまま！　スージ

ーは内心、小おどりしてるんじゃないかな。

犬がいたとしたら、きっとお世話が大変だったろう。そうじぶんにいい聞かせてみる。じぶんをなぐさめるために。

――――――――――――――――

夜、目が覚める。ラミィの小さないびきを聞きながら、天井《てんじょう》を見つめる。何かもっといい方法があったのかな。

ううん、ない。

じゃあ、もっとだめな方法は。

その可能性はあった、たぶん。

わたしはパパを止められなかった。パパが一度決めたら、だれにも止められやしない。パパはわたしと同じくらい頑固《がんこ》だから。パパは行くって決めた。そして、わたしは残るって決めた。なのにこの小さな、甘《あま》ったるい希望を消せない。いつかまた会えるって。パパと抱《だ》きしめあって、そしておたがい大好きだってことをたしかめあえるって。

そう、すごくパパに会いたい。だけど同時に、もしパパが残ってたとしたら、わたしはぜったいにマルクスに会わせてもらえないのもわかってる。ラウラとも出かけられない。わたしはぜんぜんちがうマディーナになってたはずだ。そんなわたしを好きになれないと思う。むかつく選択肢《せんたくし》しか残らない。そのうちにママがキッチンでごそごそ動きまわるのが聞こえた。わたしは起きて、ママのところへ行った。

「ママもわたしといっしょに、ヴィシュマン先生のところに行ってほしいんだけど」わたしは何の前ぶれもなくいった。

「何のために?」ママはいった。

「わたしが、これ以上むりなときがあるから」わたしはいった。

ママはだまった。

「ママがわたしの髪《かみ》をとかしてくれたころのこと、覚えてる? 毎晩、寝《ね》る前に」わたしは聞いた。

「それから歌もうたってくれたよね」

ママはほほえんだ。「ええ、もちろん」

「わたし、昔のママに会いたい」わたしはいった。「ママはどう?」

ママはしばらくだまっていた。そして小さな声でいった。「私は、エリに会いたいわ」

エリ。パパの名前を、ママはもうしばらく口にしていなかった。

秋が近づいているのが感じられる。夜が涼《すず》しくなって、空気も澄《す》んできた。アミーナおばさんは講座の時間割が前より増えて、ラミィは幼稚園《ようちえん》でハリネズミと果物の絵を描《か》いてきた。ぜんぶカメみた

いに見えるけど。

アミーナおばさんを味方につけることにした。おばさんはうなずいた。そしておばさんがいうには、わたしは心配なんだ、っていった。ママのことが。だけど、ママはぜったい手を借りようとしないらしい。ぜったいに。ママとはしょっちゅう話してるんだって。二人とも旦那《だんな》さんを亡《な》くした者同士みたいな態度で話すからかもしれない。もしかするとおばさんが、ママはいまもパパのことを待ちつづけてる。でもおばさんの旦那《だんな》さんは、まちがいなくもう死んじゃってるんだから。

夏休み最後の週がもう半分過ぎた。もうじき自由も終わりだ。ラウラとアイスを食べに行った。マルクスは来なかった。けど、それほど残念でもなかった。

わたしは何時間も、もうもうと立ちこめる煙《けむり》と薄暗《うすくら》がりと闘《たたか》いながら進んでいる。空気がのどを刺《さ》す。わたしは目を細める。

「パパ」わたしはさけぶ。「パパ、どこにいるの?」

雷《かみなり》と風の音、でも返事はない。わたしの顔は煤《すす》だらけで、頬《ほお》にはひとすじ傷がついてるけど、ふしぎなことにちっとも痛くない。もとは家の壁《かべ》だった大きな板石をよじのぼる。いまはまるで、巨人《きょじん》の子どもがだだをこねて壊《こわ》したおもちゃみたいに見える。影《かげ》と炎《ほのお》。わたしは死体がどんなふうか知ってる。死体をパパといっしょに持ち上げて、車に乗せたこともあるし、バラバラになった体を拾い集めたこともある。ここでキノコをとるのと同じように、何も見落とさないように、しずかに集中するんだ。または、パパの手術台から死体をおろしたこともある。はやく次の生存者の手当てができるように、時間をむだにしないように。生きるか死ぬかは時間の問題。そして運の問題でもある。どこか、はるか遠くで、キーッという金属のきしむ音と、巨大《きょだい》なけものが鳴くような、長く尾《お》を引く奇妙《きみょう》な吠《ほ》え声《ごえ》。もしかすると船の汽笛かもしれない。または怪物《かいぶつ》かも。わたしの足元には熱い砂。この砂の感《かん》触《しょく》を、子どものころ、よくはだしの足の裏に感じたっけ。赤さび色の砂。ヘナで染めた髪《かみ》の色みたい、またはちょっと血とか、辛《から》い香辛料《こうしんりょう》の色みたい。わたしははだしだ。騒《さわ》ぎにまぎれて、どこで靴《くつ》をなくしたんだろう……

「ママ!」わたしはさけんだ。「ラミィ!」

返事はない。

二人を案じる気持ちが、鋭《するど》い果物ナイフみたいに心に深く突《つ》き刺《さ》さる。空がにわかに昼の明るさになる。廃墟《はいきょ》のどこかから打ち上げられて、闇《やみ》に消えていく狼煙《のろし》の光だ。わたしは巨大《きょだい》なすり鉢《ばち》のなかにいた。原初の力だけが大地にうがつことができるような、石器時代の怪物《かいぶつ》が歯をたてて、ひと口またひと口と嚙《か》みちぎったような穴のなかに。地平線が赤く燃え、わたしの頭に灰の雨が降り注ぐ。そしてその赤い光のなかで、廃墟《はいきょ》の奥《おく》に、巨大《きょだい》な空っぽの地面が見える。わたしはひとりぼっちだった。何キロにもわたって、永遠にひとりぼっち。ふとじぶんの頭に手をやると、またあの長くて太い三つ編み、腰《こし》まであったわたしの髪《かみ》に指が触《ふ》れた。それでじぶんが夢を見ているにちがいない、って気づいた。そして目が覚めた。ものすごく強力な深い夢だったから、目が覚めたあと、ほんとにここに、じぶんの部屋にいるってわからなかった。ラウラの家。この国に、安全な場所にいるんだ。

前は、マットレスを照明のスイッチのそばにくっつけないと眠《ねむ》れなかった。施設《しせつ》にいたころ。いつでも明かりがつけられる、って安心できないとだめだった。いつでもだ。暗闇《くらやみ》のなかで寝《ね》るのは、それでもやっぱりこわかったけど。暗闇《くらやみ》にいると、いまだにいろんなことを思い出して、どうにもならなくなっちゃうんだ。ときどきだけど。

ラウラは新学期を楽しみにしてる。新しい服や新しいカバンを買ってもらえるから。美容院にも行かせてもらえるし、メイク用品ももらえる。ぜんぶ新しいんだ。もし、スージーもうちのママみたいにすごくつらそうなときがあって、キッチンにワインのびんがならんでるのをラウラがそっと片づけてるのを知らなかったら、うらやましく思っただろう。ラウラは何でもないふりしてるけど。スージーが泣いてるのが聞こえちゃったこともある。夜。ラウラにはいわない。ラウラにはわたしみたいに、

いっぱい心配してほしくないから。もしかするとラウラにも、わたしと同じように聞こえてるのかもしれないけど。でも、ラウラが何もいわないなら、そっとしておく。


最初の寒い夕暮れ。ぶあつい靴下《くつした》をはいて、テラスにすわって、熱いココアをすする。「今日、出かけるんだ」ラウラがいきなりいった。

「じゃあわたし、ママにいってこないと」わたしはいった。

ラウラが変な顔をして、いった。「あたし一人で出かけたいの」

そんなの、いままで一度もしたことなかったのに。たったの一度も。


わたしはそれ以上聞かずに、上のリビングへ行って、テレビの前にどさっとすわり、マルクスと映画を見た。スターウォーズ。興味ゼロ。ストーリーについていけなくて、ラウラのことを考えてた。


ラウラは思ったより早く帰ってきた。何となくはしゃいでる感じ。わたしの質問に遠まわしにしか答えない。わたしは最初むっとしたけど、そのうちに不安になった。

「どうしたのよ、あんたにはマルクスがいるでしょ」ラウラがぴしゃりといった。

ラウラのほうが大事、ともいえなくて。だって、彼氏《かれし》が友だちほど大事じゃないって、どういうこと？　しかも、それが彼氏《かれし》の妹だなんて。

幼稚園《ようちえん》から電話がかかってきた。で、もちろん、わたしが出なきゃならない。アミーナおばさんはドイツ語を習ってはいるけど、まだ十分じゃない。そしてママは、このごろ故郷《くに》の言葉すらしゃべらないときがあるくらいだから、ドイツ語どころじゃない。幼稚園《ようちえん》に正式に伝えてある番号は、それから役所関係ぜんぶもだけど、わたしの携帯《けいたい》電話の番号なんだ。何か解決しなきゃいけないことがあると、大人にじゃなくて、わたしに電話してくる。去年はまだ、それがじまんだった。でも今年はもう、すごくいらつく。毎回、引きはがされる気分。毎回毎回、わたしはみんなと同じだっていう幻想《げんそう》がやぶられる。わたしは同じじゃないんだ。それって、うちの家族がもともとここの人間じゃない、ってだけの問題じゃない。「もともとここの人間じゃない」ことと、うちの家族がどう向きあってるかが問題なんだ。ほかのみんながそうってわけじゃない。たとえばリンネのお父さんも、もともとここの人間じゃないけど、だからってリンネはお父さんのために何もしなくていい。ほんとに何も。まったく。何一つ。

電話がかかってきて、お母さんとお話ししたい、っていわれた。ママはまるで観葉植物みたいに、テーブルの前にくたっとすわりこんでいる。わたしはママのとなりにすわった。

「ラミィのことだって」ママに話しかける。ママはいまいち反応しない。「ちょっと問題がありまして。お子さん、しょっちゅうトイレが間に合わないんです」幼稚園《ようちえん》の先生はいった。それからちょっと咳《せき》ばらいした。わたしにそれを伝えるのが、明らかに気まずいみたいだった。咳《せき》ばらいして、付け足した。「それから、ほかの子をつねるんです」

ママは顔を上げもしなかった。ただ小さな声でいった。

「うちの子は、そんな子じゃありません」

ふん、だよね。もちろん。ラミィはママには「そんな子」だったためしはないんだから。ラミィはかわいい宝物で、わたしはいつだって貧乏《びんぼう》くじ。ああ、むかつく！　まんまるの目で、じっとかわいく見つめてくるってだけで。わたしには、その手はきかないけどね。

そんなわけで、わたしは通訳するのをやめることにした。もうまったくやる気なし。パパのために通訳してきた、この二年間。こっちの言葉をあっちの言葉へ、こっちの人からあっちの人へ、いつも手わたしてきた。わたしはただの導線、ただのお使い、いろんな言葉の入れ物だった。わたしはいつだって、わたしじゃなかった。しかもパパは、わたしにたよらなきゃいけないのが気に入らないふしがあった。そうだよ。パパだって、ドイツ語を覚えればよかったんだ。少なくとも、努力くらいできたはず。リンネのお父さんだってやれたんだから。つまり、不可能じゃないってこと！　でも、パパはもういない。そしてママも、いまはドイツ語を勉強する気をなくしてる。アミーナおばさんだけだ。わたしはアミーナおばさんには何の文句もない。

もうたくさん。もうやりたくない。パパのためにも、ママのためにもしたくない。だれのためでも。だからわたしはママに背中を向けた。そして幼稚園《ようちえん》の先生に、それはいつからなのか聞いた。そしたら先生は、だいたい一か月くらい前からだって。そしてこうもいった。「それからラミィくん、犬みたいに鳴くんです。何度も何度も。もうずっと」

わたしは知ってる、うちのほんとの家長はだれか。少なくとも、ラミィじゃないことだけはたしか。

ヴィシュマン先生は、あいかわらず電話に出ない。わたしも新学期が楽しみになってきた、だってそうしたら先生に会えるから。ヴィシュマン先生は、わたしの暗闇《くらやみ》にさす光だ。わたしの心の大切な宝の玉。またはそんなようなもの。

ラウラが本気でむかついてる。この前出かけたときのことを、わたしがしつこく聞いたから。ラウラはそういうのはよくない、って思ってる。束縛《そくばく》だって思ってる。けどわたしは、ラウラは一度もそんなことしたことなかったのに、って思ってる。ラウラの日常から、わたしを閉め出すなんて。そんなの、たえられない。でも、ラウラはわかってくれない。ううん、わかろうともしないんだ。もう、ラウラのカバ。わたしの心臓にくっついちゃうくらい好きなのに。今夜寝《ね》たら、わたしの心臓にくっついた、りっぱなカバの夢を見るかもしれない。茶色いカバの夢。

5

まるで戦争にでも行くみたいに、学校に持っていくかばんの準備をした。または世界旅行に出かけるみたいに。どきどきしながら、すごく集中してる。初日に必要なものは多くない。スージーがプレゼントしてくれた新しいペンケースのなかで、わたしの筆記用具がカラフルな軍隊みたいに並んでる。何を着ていくか、何時間も考える。カッコいい服？　カッコいい服なら、いまじゃいっぱい持ってる。きれいな服？　去年はほとんど考える必要もなかった。リサイクルボックスからもらった物しか持ってなかったから。そういう服が合わないことはよくあった。袖《そで》が短すぎたり。ズボンがぶかぶかだったり。かなり恥《は》ずかしかった。でも、いまはたくさん持ってる。ラウラやスージーや、ラウラの友だちからもらったんだ。超《ちょう》いっぱいある。髪《かみ》を洗って、カーラーを巻いてみた。まさにライオンのたてがみみたいになった。あはは。

ライオンのたてがみが、ちょっと手に負えなくなった。これじゃ、まるで黒い火の玉みたい。手を水でぬらして、くるくるの髪《かみ》をならす。

「やーい」ラミィがさわいだ。「マディーナのみえっぱり」わたしは通りすがりにラミィのすねを蹴《け》ってやった。ラミィがわめいた。

「わたしはスポーティなの、みえっぱりじゃなくて。覚えときなさい」

アミーナおばさんがわたしといっしょに起きて、朝食を作ってくれた。なんてやさしいんだろ。

「成功と幸運をね」アミーナおばさんはそういって、戸口でわたしに手をふった。

ママは何もいわなかった。

「首と足おっちゃえ。マディーナのばーか」ラミィが窓からどなってよこした。

「あんたこそ、ばーか」わたしはどなりかえした。でも、二人ともわらってた。

「さ、行くよ」ラウラがせかした。「マルクスとはあとでいくらでもいちゃいちゃできるでしょ。ちょっとお兄さん、前足どけて」

ラウラはマルクスのわきを通りすぎて、わたしを引っぱっていった、そうしてわたしたちはバス停へ向かった。バス停は角をまがってすぐだ。わたしにはまだ慣れない、新しい通学路。もう去年みたいに、ばかみたいに早起きしなくてもいいんだ。わくわくするし、楽しみ。去年は学校へ行くのに、もっとずっと長い時間がかかった。まず森を通《とお》りぬけて、そこからバス停へ。難民滞在施設《なんみんたいざいしせつ》は地の果てにあったから。あそこに住んでるあいだは、いまいちわかってなかったけど。何かいやなことがあるときって、もっといい環境《かんきょう》になってはじめて、そのいやなことがどの程度のものだったかわかるんだ。それまでは何となく、それがふつうになっちゃってるけど。わたしはいい環境《かんきょう》のままがいいな。だれだっていい環境《かんきょう》のほうがよくない？

わたしたちがバスに乗ると、同じ学年の半分が先にすわってた。いや、半分とまではいえないかもしれないけど。でも四分の一はいた。あるいは学校の三分の一。とにかく、そんなふうに感じた。まるで鳥小屋のなかにいるみたいだった。すごくうるさい鳥がいっぱいの鳥小屋。運転手さんは注意するのをあきらめてるみたいだった。だれもかれも、だれかに何か超重要《ちょうじゅうよう》なことを話したがっていた。できればボリューム最大で。わたしの前にすわってたローザがくるっとふりむいて、わたしがここの学校に入って以来、はじめて話しかけてきた。

「カッコいいジャケットじゃん」

「ありがと」わたしはいった。

ラウラが誕生日にくれたんだ。おなかにポケットがあって、フードがついてるデニムジャケット。ちょっとカンガルーと強盗《ごうとう》と映画のヒロインがまざったみたいな感じ。短いスカートと長いスカートにすごく合う。あと、ジーンズにも。でも、ジーンズはいまだに持ってない。それは次に達成したい目標なんだ。わたしがパンツをはきたいっていっても、ママが泣かなくなること。遠くへ旅に出ようとしてるのに、スカートばかりはいていられないでしょ。いつもママにいってるんだ。そうするとママは大泣きして、パパがいたらそんなことぜったいに許さないだろうって。ローザは背もたれから身を乗りだして、青いマスカラを塗《ぬ》ったまつ毛をぱちぱちさせてる。ラウラは携帯《けいたい》電話から目をはなして、ローザのまねをした。ちなみにラウラは、まるで戦いにでも行くみたいなメイクをしてる。赤い口紅、ピンクのアイシャドー、緑色のアイライン。それに金色のニワトリの足のイヤリングを片耳につけてる。そのニワトリの足で手まねきされて、ローザは一瞬《いっしゅん》いらついてた。そしてまたおしゃべりをつづけた。まるでわたしたちが、前からまったくふつうの関係だったみたいに。まるでわたしがみんなの仲間じゃなかったことなんて、一度もなかったみたいに。ローザとその友だちから「あのくさい子」としか呼ばれなかったことなんて、なかったみたいに。

「あんたは夏休み、どうだった?」

わたしは深呼吸して、自信たっぷりに答えられた。「すごくすてきだった。わたしたち、マジで楽しいことといっぱいやったんだ」

そういう言葉をいえたのは、はかりしれないくらい大きなことだった。わたしたち。楽しい。すてき。

ラウラがわたしの肩《かた》に腕《うで》をまわして、信じられないくらい甘《あま》ったるいアップルシナモンの香水《こうすい》のにおいをぷんぷんさせた。その瞬間《しゅんかん》が大好き、って思った。

教室に入って、みんな席についた。何となく、はじまりのムードがただよってる。いよいよ上級生になれたんだ。わたしはいろんなことに感動しすぎて、キング先生が教室に入ってくるのを見てもうれしくなったくらい。いつもと同じ、どの季節も同じ、ハイネックの黒いワンピース。ベルト付きの、ぺたんこのエナメルの靴《くつ》。透《す》けないタイツにつつまれた細い脚《あし》。この九月にだ。とがった鼻、やせこけた体。お葬式《そうしき》のカラスみたい。でも、先生は去年、わたしをすごくいっぱい助けてくれた。だから感謝してる。そして先生はわたしを無事に進級させることに成功したんだ。わたしがここに来てから、まだ二年もたってないのに。わたしのいちばん大きな不安、つまりもし落第して留年しなきゃいけな

くなったら、ラウラを失うんだっていう不安を、先生はとりのぞいてくれた。そのことを先生はこれからもじまんに思ってくれていい。わたしはぜったいに忘れない。ぜったいに。先生の家でドイツ語の勉強をした終わりのない時間を思い出すと、ぞっとするけど。イギリスの甘《あま》い紅茶と、ぱさぱさの粉っぽいショートブレッド。そしてわたしの脳のしわに、大きなハンマーを使って、それでもうまくいかなければ、骨を切るのこぎりまで使って、ドイツ語を刻みこもうという先生のねばりづよい努力。それから、いつもテーブルに飾《かざ》ってあった写真のことも思い出した。先生のイギリス人の旦那《だんな》さん、結婚《けっこん》してすぐ亡《な》くなってしまったっていう。その後、先生がひとりぼっちで生きぬかなきゃならなかったこと。イギリスで。先生は強くて、はっきりものをいって、そしてちょっと変わってる。でも、いい人だ。そう思ってるのはクラスのなかでわたしくらいだけど、でもわたしは流れに逆らって泳ぐのがきらいじゃない。いつの間にか、そんなふうにできるようになってた。わたしは平気。

みんなは新しい体育の先生にきゃあきゃあいっていればいい。すごいイケメンで、まるでスポーツ用品のコマーシャルから出てきた人みたいに、学校の廊下《ろうか》を歩いてる。または、テクノが好きでクールな、女の音楽の先生とか。関係ない。わたしはとにかくキング先生が好き。だれかがキング先生のこと好きにならなきゃ、ね。ふつうにあいさつをすませたあと、先生はわたしのところで立ち止まって、肩《かた》に軽く手をおいた。

「どう、元気?」先生は聞いた。

先生は二か月前よりしわが増えたように見えた。皮膚《ひふ》がすごく青白くて、妙《みょう》に薄《うす》い感じ。まるで羊皮紙みたい。

わたしはぐっとつばを飲みこんだ。「元気です」わたしはいった。

先生はわたしをじっと見た。鳥のように注意深い目。

するともう、家でわたしを待っているみじめな状況《じょうきょう》がいっぺんに思い出された。涙《なみだ》がこみあげてくるのを感じた。わたしはマスカラを塗《ぬ》っていた。ラウラのメイク祭りの横で、みんなにいいところを見せたかったから。もうじきマスカラがほっぺに流れちゃう、って思った。そしたらみんながどうしたの、って聞くだろう、ほんとは知ってるのに。そしたらわたしはまた、クラスで一人だけぜんぜんちがう人になっちゃう、そうなりたくない。もういやだ。わたしはにっこりわらって、目をそらした。

先生は咳《せき》ばらいした。そして立ち去った。わたしはトイレに行って、そっと涙《なみだ》をふいた。どこもくずれてない。ラッキー。


わたしたちは満員のくさいバスで家に帰りながら、キックスクーターを持ってるクラスメートをうらやましがった。話すことがたくさんあった。となりのクラスに転入生が来た。髪《かみ》が長くて、鼻にこぶがあるワイルドな感じの男子。日焼けしてて、きれいな二《に》の腕《うで》を明らかに見せびらかしてる。トラのタトゥーなんかしてるんだよ！　ラウラは長い休み時間ずっと、その子の教室の前の廊下《ろうか》をうろうろしてた。ラウラって、救いがたいくらい好奇心《こうきしん》のかたまりなんだ。ニコっていう名前なんだって。小耳にはさんだらしい。残念ながら、そいつはラウラのことをまるで無視した。ピンクのアイシャドーも役に立たなかったらしい。

「キングってば、いまからもういらつく」庭の門を開けながら、ラウラが文句をいった。「あれをこれからまる一年、がまんしなきゃいけないなんて！」

わたしは先生の具合が悪そうだったことを思い出した。でも、何もいわなかった。

「ママ」わたしは呼んだ。「ラミィ！」

あまりにしんとしていたので、わたしはぎょっとして、思わず息を止めた。そうっとドアに近づいて、ゆっくりと開ける。その瞬間《しゅんかん》、何か起きたんじゃないか、ってマジで想像できたからだ。玄関《げんかん》を通って、わたしの部屋、っていってもわたしとラミィの部屋なんだけど、なかをのぞいて、それからママとアミーナおばさんの部屋を見た。ベッドがきれいに整えられて、枕《まくら》もふくらませてある。だれもいない。

わたしは階段を駆《か》けあがって、ラウラのところに行った。

「マディーナったら、すぐヒステリックになるんだから」わたしの顔を見て、ラウラがいった。「お願いだから。リラックスして。落ち着いて。深呼吸して。力ぬいて」

わたしはあまりに頭にきていて、髪《かみ》の毛の先から怒《いか》りが火を吹《ふ》くんじゃないかと思った。

「あんたのママは、うちのママの半分も頭おかしくないでしょ！」わたしはラウラにかみついた。

ラウラはわたしの口をふさごうとでもするみたいに、レモネードのペットボトルをさしだした。

「おでかけだって、街まで。ほら。キッチンテーブルにメモがおいてあったよ。まったくあんたってば、マジで大げさなんだから」

わたしはメモを見た。ほんとに書いてある。

「街に出かけてるんだよ」

ハートと、わらってる花も描《か》いてあった。それから「スージー」って。うちのママは、わたしにメッセージを残そうと思わなかったんだ。わたしはメモをわきにどけて、レモネードをがぶっとひと口飲んだ。まるでゾウをまるごと飲みこんだみたいに、炭酸がのどをぶわっと押《お》した。そしてわたしはいった。「ちょっと休んでくる」そして庭に出て、電話をかけた。

十回鳴ってから電話がつながって、ほがらかな声が聞こえた。

「はい、ヴィシュマンです。もしもし?」

ヴィシュマン先生は、ほんとはカリンっていう名前なんだ。でも、先生のことをカリンなんて呼べない。ラウラのお母さんをスージーって呼ぶのはいい。でも、スージーはわたしのカウンセラーじゃない。公務員でもない。社会福祉士《しゃかいふくしし》でもない。ヴィシュマン先生が正確には何をする人なのか、じつはぜんぜんわかってない。どうでもいいから。わたしがわかってるのは、先生は去年、嵐《あらし》の海でわたしを救ってくれた救命浮輪《うきわ》だったたってこと。そして新しい港で、わたしをつなぎとめる錨《いかり》。理性のしずかな声。そしてとにかく、必要なときにいてくれる人だった。先生はパパと話しあおうとまでしてくれた。まあ、その結果どうだったのかははっきりしないけど。ていうのは第一に、パパが先生のいうことに耳を貸さなかったから。そして第二に、いまはもう、パパが生きてるかすらわからないから。先生のいうことをパパが聞けてたとしたら、こんな状況《じょうきょう》にはなってなかったはず。でも、前にも書いた通り。パパはだれのいうことも聞かない。たとえ理性の声ですら、それが女の人の声なら、ぜったた

いに聞こうとしないんだ。

今日いちばんいいニュースは、来週ヴィシュマン先生に会えるってこと。木曜日。あと十日だ。

一日目が終わった。あと九日。

あと八日。

七日！

ヴィシュマン先生にもうすぐ会えるっていうことに勇気づけられて、わたしは紙とペンを持ってきて、温室の窓に向かってすわった。そしてだんだん木々の見分けがつかなくなって、空と地上にあるすべてのものを、夜が一つの大きな闇《やみ》に溶《と》かしていくのを見守った。それからデスクランプをつけて、書きはじめた。このごろめったに手紙を書かなくなった。一度も返事が来ないから。それでもたまに書きたくなる。何もかもふつうで、ちゃんとしてるふりをしたいんだ。じぶんに力があるって感じら

れるときは。おじいちゃんとおばあちゃんが生きてる、って信じつづけられるくらい、じぶんを強く感じるときは。パパも。おじさんも。わたしはおばあちゃんに、子犬のことを書いた。ラウラのことも。それから、おばあちゃんに会いたいって。おばあちゃんが着てたガウンのにおいを、いまでもはっきり覚えてるって。香辛料《こうしんりょう》と汗《あせ》のにおい。それからおばあちゃんが、しわだらけの日に焼けた手をわたしの頭にのせたときの感触《かんしょく》も。わたしの耳に残ってるおばあちゃんのわらい声も。わたしが寝《ね》るとき、ハチミツのにおいのするロウソクのゆらめく炎《ほのお》ごしに、いろんなお話を聞かせてくれた、ささやくようなおばあちゃんの声も。それからわたしがバラのもようの毛布を鼻の上に引っぱりあげると、おばあちゃんが飼ってるしっぽの先が白いトラネコがわたしの足元にまるまって、わたしの眠《ねむ》りを守ってくれたっけ。ハチミツ入りアップルパイも覚えてる。おばあちゃんの庭の甘《あま》いリンゴがいっぱいつまってるんだ。毎年、赤いリンゴの実がたくさんなった。ぜんぶ焼きつくされてしまう前は。

わたしは気持ちをかき乱すことなく、それをぜんぶ思い出そうとした。ただそのまま認めるの、ってヴィシュマン先生ならいうだろう。先生はそういう表現が好きなんだ。昔、わたしの人生だった何か。わたしの人生のなかで、すてきだった何か。そうだ、何もかもがすてきだった。

朝早く郵便受けを見に行ったけど、入っていたのは広告だけ。くだらない家具の。わたしはパンフレットをびりびりやぶった。

あと一日。そしたらヴィシュマン先生に会える。まるでアホな囚人《しゅうじん》みたいに、一日一日×をつけてたんだ。

ヴィシュマン先生はピンク色のメガネを外して、にっこりした。そのとき二重あごが三重になって、ちょっとアコーディオンみたいに見えたけど、先生の場合はかわいく思えた。夏のあいだに太ったみたい。先生の増えた体重をうちのママにあげたら、二人とも前と同じに見えるかも、って思った。先生は髪《かみ》を高く結《ゆ》って、そこに鉛筆《えんぴつ》をさしていた。それから赤いネコのもようの緑色のワンピースを着ていた。先生はいつも、マジでワイルドなワンピースを着る。うちのパパが先生にショックを受けてたっけ。たぶん先生も、うちのパパにちょっとショックを受けてたと思うけど。

「夏休みはどうだった？　いろいろあった？」先生は聞いた。わたしはうなずいた。在留《ざいりゅう》の許可がおりて、引《ひ》っ越《こ》して、マルクス、ラウラ、ラミィ、ママ、アミーナおばさん……どこからはじめたらいいんだろう。

わたしは話した。タイマーが鳴った。もう時間だ。するとヴィシュマン先生はため息をついて、休《きゅう》憩《けい》時間をとばしてくれた。おかげであともう少し話せた。

6

学校生活はわりとすぐにストレスがかかりはじめた。いろんなことを指示されたり、要求されたりした。まさに、犯人から人質《ひとじち》にとられたみたいな状況《じょうきょう》。スージーがわたしたちに新しい学用品を買ってくれることになった。はあ。今年のわたしは全身まるごと新調だらけ。この前まで住んでいた難民《なんみん》滞在施設《たいざいしせつ》の施設長《しせつちょう》が、わたしたちにお金をわたすのを忘れるんじゃないか、って心配する必要もうない。そのせいでノートがないなんてこともない。だれか先生に、わたしがだらしないとか、不注意だとかいわれることもない。わたしのまわりにまるでハエ取りフィルムみたいに巻きつけられてた、軽い不信のまなざし。おまえはクズだ、おまえなんか何にもなれやしない、っていってるまなざし。わたしにぴったり貼《は》りついて、罪を認めさせようとするまなざし。どうせおまえは有罪なんだから、って、ひそかに思ってる。そういうまなざしを、わたしはずっと観察してきた。バスで。学校で。役所で。施設《しせつ》で。

そしてわたしは、じぶんをうんと大きく見せることを学んだ。あのまなざしに応えることを学んだ。肩《かた》をいからせて。動物がするみたいに。動物はじぶんを小さく見せたりしない。でないと、すぐに食われちゃうから。

マルクスは今年が最後の学年だ。その後は自由の身だ。とはいえ、いまはものすごいストレスを抱《かか》えてる。それに比べたら、わたしたちの授業のストレスなんて。もうしばらく学校に依存《いぞん》していられるのが、ありがたく思えるくらい。

かぎりなく不毛だ。感情と希望がたっぷりこもった手紙を書きつづけてるのに、一度も返事が来なくて、あるのはひたすら大きな沈黙《ちんもく》だけなんて。不毛、っていま書いたけど、ちっとも不毛なんかじゃない、ほんというと。信じられないくらい悲しくて、残酷《ざんこく》だ。それでもまた来週、じぶんをふるい立たせておばあちゃんに手紙を書く。そしていつか返事が来る、ってかたく信じるんだ。あきらめるのは手紙の返事だけ、ってラウラがいつかいった。ラウラのいう通りだ。わたしは手紙はあきらめても、希望はあきらめない。そういうこと。

あの子犬がまた出てる。保護犬を仲介《ちゅうかい》するウェブサイトに。返されたらしい。子犬はどんな気持ちだったろう、って想像してみる。ほんの一瞬《いっしゅん》、希望とわが家をもらえたと思ったら、また寒い外へ放りだされるなんて。

ごめん。

やっぱりやめた。

残念だけど、おまえはここに合わないんだ。じゃあね。

わたしだって、同じ目にあうかもしれない。ときどき不安になる、また同じことが起きるんじゃないかって。くりかえし不安になる。どの捨て犬の心のなかにもひそんでる不安。ほんとはこれからママと話さなきゃ。学校でいる物を用意しなきゃ。マルクスと散歩に行かなきゃ。わたしはその代わり、ただじっとすわって、いつまでもその写真をながめていた。黒い目。とがった耳。ラウラと二人で迎《むか》えに行くんだ。たとえ許してもらえなくても。約束したんだ。わたしはこの子のために、犬のおとぎの森を作ってあげよう。そこでなら休めるだろう。去年のわたしみたいに。


放課後、わたしたちはまた村の中央広場のカフェに行った。歳《とし》の市《いち》でわたしたちにからんできたクソ野郎《やろう》のことを考えないようにするには、あいかわらずちょっと骨が折れた。でもカフェに行ってあいつに会わずにすむたびに、不快な気持ちはちょっとずつ小さくなっていった。暗い影《かげ》が、日がのぼるにつれて、物の下に入りこんで隠《かく》れてしまうのに似ていた。

「気にしない」ラウラはいまだにカフェの入り口で毎回そういうけど、ラウラ自身もおびえてたことにはふれないんだ。あのとき。でも、わたしはあえて指摘《してき》しなかった。わたしが知っていれば十分だから。

例の新しい店員がいて、にこやかに給仕《きゅうじ》をしてくれた。感じはいいけど、すごいおしゃべりだ。お給仕《きゅうじ》するより、お客さんとおしゃべりしてる時間のほうが長い。注文した物がちゃんと来るか、しっかり気をつけてなきゃいけなかった。会計するにもおそろしく時間がかかった。店員がちょうどどこかのお客とおしゃべりに夢中になってるタイミングだったから、なおさらだ。それでもあのクラクション野郎《やろう》がいなくなって、わたしはうれしかった。ちょっとしずかになったときに、ラウラにもそう伝えた。ラウラはあいかわらず好奇心《こうきしん》のかたまりだから、店員がやっとおしゃべりから解放されて、わたしたちのところへ会計しに来たとき、前の店員がどうなったか知ってるか、って聞いた。店員はちょっと変な顔をした。

「あいつなら、クビになりましたよ」店員はいった。そして共犯者みたいに声を落として、ひそひそ声でささやいた。「でも、だれにも内緒《ないしょ》ですよ！　あんまりきゅうにクビになったもんだから、あたしがすぐに入らなきゃいけなくなったんです。ほんとなら、夏が終わってから始めるはずだったのに！」

ラウラも何オクターブか声を低くした。そしてまるで探偵《たんてい》みたいな顔になって聞いた。「どうしてか、知ってるんでしょ？」

店員は横を向いて、だれも聞いていないかたしかめてからささやいた。「いいえ！　でも、うわさなら聞いてます」

「どんな？」ラウラも共犯者っぽくささやいたけど、そのときカウンターのお客が呼んだので、店員はわたしたちのコップをさっとつかんで、巻き毛をととのえると、むこうへ行ってしまった。そのお客は店員にやたらと大きな声でいやらしいジョークをいって、それがわたしたちのところまで聞こえてきた。ぞっとするようなジョークだった。店員のわらい声はちょっとかん高すぎる気がした。そのお客なら知っている。うちのとなりに住んでる人で、奥《おく》さんも同じくらい変なんだ。それでもわたしたちが見てる前で、じぶんの旦那《だんな》さんが若い店員にちょっかいを出すなんて、奥《おく》さんが気の毒になった。


「犬を飼いたいんだけど」わたしはママにいった。ママはびくっとした。

「犬は清潔じゃないから」

「毎日洗うよ!」

「かわいそうな犬」アミーナおばさんがいった。

「犬!　犬!」ラミィがはしゃいだ。そして犬の鳴きまねをした。そしてまた鳴いた。

するとママがラミィを見つめた。じっと考えこんでいるみたいだった。


わたしはスージーのところへ行って、ひと晩交渉《こうしょう》した。そして幼稚園《ようちえん》でいわれたことを話した。スージーはちょっと考えるって約束してくれた。

「わたしたち、がんばらなきゃ。ラミィのために」わたしはラウラにいった。

ラウラはわたしの顔を見て、首をふった。「わたしたちのためにでしょ。でも、うちのママはぜったい許してくれないよ」

わたしは勝利を確信してほほえんだ。

「大丈夫《だいじょうぶ》、許してくれる。わたしたちがちゃんとお世話すればね。そう、ラウラもだよ。夜のあいだもね」

「あたしに先週だめっていったばかりだよ！」

「計画変更《へんこう》したんだよ。うちのママには、ぜんぶ決まってから話そう。でないとうまくいかないから」

「あんた、お母さんをだますの？」ラウラは信じられないというように聞いた。

「ママのためを思ってだよ。ていうか、ラミィのためだけど」

それはほんとだった。去年なら、ママに嘘《うそ》をつくなんてぜったいにしなかっただろう。ぜったいに。わざとちがうことを通訳したりしなかっただろう。ママに背中を向けて、大事な用件をわたし一人で片づけたりしなかっただろう。でも、だれかがここで舵《かじ》をにぎってなきゃ。そしてそのだれかっていうのは、どっちみちわたしなんだ。きびしい時代には、きびしい措置《そち》が必要。

「おまえら、頭がおかしいんじゃないか」今朝わたしたちがマルクスに、いっしょに街についてきてほしいってたのんだら、マルクスがいった。犬のところへ行くんだ。

「運命にしたがうだけだって」ラウラがいった。

マルクスは目をむいた。それからわたしの表情を見た。そしていった。「わかったよ」

スージーもいっしょに行ってくれる。


わたしたちは車に乗りながら、興奮のあまりおしっこをもらしそうだった。マルクスはクールな顔で、開いた窓から片方の腕《うで》を外にぶらりと出していた。その肌《はだ》はまだ、明るい黄金色《こがねいろ》をしていた。わたしにはそれがいつもすごくセクシーに見えた。はじめからそう思ってた。夏にいちばんきれいな色をしてるんだ。冬にはちょっと白っぽくなる。残念だけど。今日はあったかい。国道を走っていたとき、ラウラの携帯電話《けいたいでんわ》が鳴った。メッセージが来たときに鳴る音だ。ラウラはぎょっとした顔で、携《けい》帯《たい》電話をさっとジーンズのポケットにしまった。読みもしない、返事もしないで。わたしはそれをすぐにじぶんの頭から追いはらった。だってこれから犬のところへ行くんだから。でも、完全には追いはらえなかった。

何かを待っている犬でいっぱいの檻《おり》は、わたしがいままでこの国で見たなかでいちばん悲しいものだった。それを見て、どうしてそんなに悲しくなるのか、じぶんでもわからない。もしかすると、あの難民収容所を思い出すからかもしれない。何日も何日も、終わりなく待ちつづける。昨日も今日も、明日も変わらず。そして希望。希望。心をむしばむ不安のなかにぽっかりと浮《う》かぶ、希望。檻《おり》の鉄格子《てつごうし》のむこうの、あのまなざし、緊張感《きんちょうかん》。それでもわたしの故郷《くに》のように、路上で暮らさなきゃいけなかったり、殺されたりしないだけましなんだけど。わたしたちのかわいい子犬がいる檻《おり》は、真ん中あたりにあった。近づいていくと、すぐにその子犬が目に飛びこんできた。写真で見たより大きい。少しだけど。写真では膝《ひざ》に乗るサイズに見えた。どうでもいい。もしその子がドラゴンだったとしても、連れて帰りたいと思っただろう。またはちっちゃなモンスターでも。約束は約束だ。あの目、あの問いかけるような目は、写真のままだった。

帰り道、わたしは子犬をずっと腕《うで》に抱《だ》いていた。かすかにふるえている。あったかくてやわらかい、黒い毛皮。右耳の後ろに、ひどいかさぶたがある。しっぽは体にぴったり寄せられて、ほとんど見えない。子犬はずっとふるえていたけど、いつの間にか頭をわたしの肩《かた》にそっとおいて、目を閉じていた。すべてを神にゆだねているような感じ。わたしはこの国に来るまでの長い旅で、そんなふうにしたことは一度もなかったけど。

「大丈夫《だいじょうぶ》だよ」わたしはそういって、子犬の体に手をおいて、ふるえを止めようとした。そういうふるえをわたしもよく知っているから。「大丈夫《だいじょうぶ》だよ」

そしたらすぐにまた、パパのことを考えてしまった。わたしはその考えをわきへ押《お》しやって、心のなかでいった。わたしはここにとどまる。この犬のためにここにいる。パパはわたしのためにそうしてくれなかったけど。でも、わたしはパパじゃない。わたしはママじゃない。わたしはちがうんだ。

次の日、この世のだれでもよだれが出ちゃいそうな、すごくいいにおいのするケーキをスージーが焼いてくれた。それでよりによって、スージーがそのケーキをわたしにすすめてくれてるときに、むずかしい料理にもうしばらく挑戦《ちょうせん》していないママが、わたしを呼んだ。幼稚園《ようちえん》についてきてほしい、一人で行く自信がないから、ってたのむんだ。わたしは最初、目をむいた。そろそろわたしぬきで、少なくともやってみるくらいいいんじゃないか、って思ったから。けど、結局いっしょに行くことにした。ほかにどうしようがある？　そして同時に、ママにものすごく腹が立った。かわいそうだとは思う、だけど、ちゃんと回らなきゃいけないはずのものが、何も回ってないんだもん。だって、ああもう、ママがつらいのはわたしだってよくわかってる、だけど、それじゃだれがわたしのこと考えてくれるの？　だれも。一人もいないんだよ。

ラウラはよくいう、わたしが大げさだって。うちのママだってやさしいじゃん、って。たしかに、やさしいよ。でもラウラは一週間くらい、階下でわたしたちといっしょに暮らしてみたらいい。そのあとでまた話そうよ！　ラウラは朝食も、昼食も、おこづかいももらえるし、ほめ言葉もかけてもらえる。もうたくさん、っていうくらいもらえる。でもラウラは、何度もいわせてもらうけど、じぶんで責任を引き受けなきゃいけなかったことなんかいっぺんもないんだ。そしたら同情だって、うんと気前よくできるよね。マジで。

そんなわけで、出かけることになった。ママはまた、おそろしく長い、変なもようのスカートをはいてた。ママの体に合ってないし、みっともなくて、十メートルはなれたところからでも、ここの人間じゃないってすぐにわかる。それにもっとみっともないサンダル。それをはいたママの足は、ひどく不格好に見える。ラウラのお母さんから、もっとすてきなのをいっぱいもらってるのに。でも、ぜんぜん身につけようとしないんだ。理由はわからないけど。たぶん、旦那《だんな》さんがいなくなって悲しんでる奥《おく》さんにはふさわしくない、って思ってるんじゃないかな。そうしてわたしたちは幼稚園《ようちえん》へ出発したんだけど、わたしは道行く人たちの目つき、ちょっと軽蔑《けいべつ》するような目つきに出会うたびに、穴があったら入りたい気持ちになった。一歩ごとに。

わたしは目立たないように気をつけてる。わたしの髪《かみ》がそう見えないように、そしてたとえ長いスカートをはかなきゃいけないときでも、それがそんなふうに見えないように気をつけてる。わたしはここのみんなみたいになりたいんだ。マジでもうちょっと、あとほんのもうちょっとのところまで行く。そうするときまって家族のだれかが、台なしにしてくれるんだ。最初はパパ。校門のところであばれた上に、みんなの前でわたしをなぐった。わたしがラウラの家に泊《と》まったっていうだけの理由で。それで警察が来て、パパは連れて行かれた。まるで荷物かなんかみたいに。それで夕方ようやく帰ってきたんだ。それから何週間も、わたしは話のネタ、ナンバーワンだった(でも、そのかわり――一つだけよかったのは――その一件のおかげで、ヴィシュマン先生がわたしの人生にあらわれた)。つぎはママ。すっかりなげやりになってる。ただなげやりなだけじゃなく、どんどん落ちていってる。わたしはくりかえしママを引っぱり上げるんだけど、ママは全体重でわたしにぶら下がってる。わたしはもうすっかり頭にきて、幼稚園《ようちえん》に着いたとたん、ラミィを叱《しか》りとばしちゃった。フェアじゃないって、よくわかってるのに。そのあとすぐに悪かったって思ったけど、だからって怒《いか》りが消えるほどじゃなかった。怒《いか》りって、地下室においた服のカビくさいにおいに似てる。永遠に消えない。

そんなわけで、家に帰ってからは態度をやわらげてやさしくしようと思ったのに、なぜだかもっと腹が立ってきた。キッチンと寝室《しんしつ》のあいだの天井《てんじょう》がわたしの頭の上に落ちてきそうな、そんな気持ちだった。ここから出なきゃ。

まだ名前がない犬がわたしを待ってる。犬のことをママはまだ知らない。いまは頭にきすぎてて、ママに話すどころじゃない。

ママにおやすみをいって、ラウラの部屋で寝《ね》るから、って伝える。ママはうなずく。でもマルクスの部屋はだめよ、ってママの目がいってる。わたしの目が答える、わかってるって。

ラウラの部屋で犬が待ってる、ってわかってなかったら、もっと頭にきてただろうな。

わたしはパジャマを持って、はだしで階段を上った。

ラウラがドアを細めに開けて、わたしを引っぱりこむ。「しずかに」ラウラはいった。わたしは薄《うす》暗《くら》がりに一歩足を踏《ふ》み入れて、いきなりしめった布を踏《ふ》んでしまう。びしょびしょの布。はだしで。

「うえっ」

「そうなの、おもらししちゃったんだ」ラウラはタオルをもう一枚、床《ゆか》にひろげた。「あと、下痢《げり》もしてる」
犬はどこにも見えない。
「ベッドの下にいるよ」
わたしは膝《ひざ》をつく。ベッドの下の暗闇《くらやみ》に、二つの黒い目が光っているのが見える。わたしは手をのばした。目がだんだん近づいてくる。それから小さなしめった舌をわたしの指に感じた。そのとき永遠の絆《きずな》が交《か》わされた。血で署名した悪魔《あくま》の契約《けいやく》より、もっと固い絆《きずな》。とにかく、そういうことなんだ。

時間がない。あとで。

あいかわらず時間がない。

わたしたちは犬を自転車のカゴに入れて、そっと外に出ると、川や池や森を見せてあげた。ランニング道ってわたしたちが呼んでいる道は、家の裏からはじまって、森をつっきって、水浴びのできる池までつながっている。前はどうしても森へ遊びに行く勇気がなかった。一人では。犬といっしょなら、行けるかも。犬がいっしょなら、一人じゃないもん。いつだって。

トイレに行くときすら、一人じゃない。犬が前足でトイレのドアを開けるもんだから、おしっこしてるところがまる見えになる。それがこの日曜日の最高の瞬間《しゅんかん》だった。ラウラは今日になってもまだ、その話でわらってる。わたしたちはいつものように、大きな倒木《とうぼく》に腰《こし》かけた。そして犬をひもからはなした。すると犬はきゅうにそわそわしだした。わたしたちもそわそわした。池。道。水辺でカサカサ音をたてる茶色い草。犬が感じてるわくわくが、わたしたちにも伝わってきた。犬ははじめ、わたしたちからはなれようとしなかった。でも、そのうちにだんだん大胆《だいたん》になっていった。

「で、これからどうする?」わたしはいった。「うちのママに永遠に隠《かく》しとくわけにはいかないし」

ラウラはだまった。

わたしは嘘《うそ》がきらい。だまされたって気づいた人が、いやな思いをするだけだ。嘘《うそ》をつくほうも、けっこう神経をすり減らす。嘘《うそ》の話をよく覚えておいて、毎回正確にくりかえさなきゃいけないから。そんなの大変だから、だったらわたしは正直に話すほうがいい。そっちもすごく大変だけど。まちがいなく。

「考えてみよう」ラウラがいった。

「考えるのは、解決じゃないよ」わたしはいった。ラウラはため息をついた。

犬はわたしの太ももに頭をのせた。それからとことこと水辺に近づいた。はじめての水、なんてそうっと触《ふ》れるんだろう! 犬が水にちょっと前足をつけると、そこから小さな波紋《はもん》がひろがった。インクのように黒い水のなかで波が消えていくのを、慎重《しんちょう》に見守っている。まさに魔法《まほう》だ。そのあともう帰らなきゃいけない時間になったら、犬は森の道に突《つ》っ立って、脚《あし》を踏《ふ》んばった。もう優雅《ゆうが》とはいえない。そこから一歩も動こうとしなかった。明らかに、まだ散歩は終わりじゃない、って意見なんだ。残念ながら、スージーが夕食を作って待っててくれる。わたしたちは犬をラウラの部屋に閉じこめた。ドアをカリカリ引っかいてる。これ以上隠《かく》しておくのはよくなさそうだ。

いまいましい郵便受けを見に行った。またしても何も入ってない。

部屋へもどる途中《とちゅう》で、ママに出くわした。ママはわたしの顔を見て、また部屋にもどっていった。すぐわかったんだ。

幼稚園《ようちえん》からまた電話がかかってきた。ラミィはもっとお世話が必要だって。

「友だちはいるんですか」わたしは聞いた。ヴィシュマン先生がそう聞いてみるように教えてくれたんだ。

「ええ、一人ね」

7

ラミィが家に友だちを連れてきていいことになった。いままではじめてだ。ラミィは信じられないくらいじまんそうで、そわそわしてた。ママもだ。あとでフランツィのお母さんが迎《むか》えに来ることになっていたから、ママは特別いい印象をあたえようとして、朝早くからヒステリックにあちこちみがいていた。ラミィがこの国のだれかを連れてくるのは、はじめてのことだった。アミーナおばさんはわざわざ本格的なマームール・クッキーを焼いた。なかにデーツが入ってる。家じゅういいにおいがした。昔みたいに。おばさんはおめかしして、ママにもきれいなワンピースを出してきた。「お客さんへの敬意としてね」そしてじぶんはどぎつい緑色のネコの目みたいなお化粧《けしょう》をした。ママは長い髪《かみ》をととのえた。ママの髪《かみ》はこの一年で、ほとんど白髪《しらが》になっていた。真っ黒い色が髪《かみ》から流れ出しちゃったんだ。まるで牛乳をこぼすみたいに。ただし色は逆に、黒から白になったんだけど。昔みたい、でも完ぺきじゃない。

「あなたもたまにはおめかししなさいよ」おばさんはそういって、ママを抱《だ》きしめた。

ラミィの友だちのフランツィは、ほんとにいい子だった。ウサギを飼っていて、自転車が好き。と

にかくウサギのことばかり話してたから、わたしはもう今後の展開が予想できた。ラミィは少なくとも一週間は、ペットが飼いたいってぐずぐずいいつづけるだろう。二人は庭で遊んだ。そのうちに暗くなって、フランツィのお母さんが来ると、ママがおごそかに紅茶とデーツのクッキーを出した。フランツィのお母さんは玄関《げんかん》に立ったまま、ハンドバッグのベルトをこねくりまわしていた。ちょっと年配の感じで、髪《かみ》を後ろにぴっちりとかしつけている。キッチンのなかに入ってくるのをためらっていた。アミーナおばさんがキッチンから声をかける――ドイツ語で。すごくなまってるけど、はっきりわかる。アミーナおばさんがこんなに長くドイツ語を話すのを聞いたのは、はじめてだった。耳慣れない。でも、ものすごく聞きとりやすかった。フランツィのお母さんは何となくそわそわして、ちょっと不安そうっていうか、両手をどこへやったらいいかいまだにわからないみたいで、笑顔《えがお》がちょっぴり多すぎた。

「さあさあ、なかへどうぞ」わたしはそういって、フランツィのお母さんに向かってにっこりした。緊張をほぐす。わたしにはできる。こういう反応なら知ってる。ここの人たちはどうふるまえばいいか、いまいちわからないんだ。わたしたちみたいな人に、いままで一度も個人的に会ったことがなかったから。まるでわたしたちが遠い国から来た猛獣《もうじゅう》で、慎重《しんちょう》に扱《あつか》わなきゃいけないみたいに。近づいても大丈夫《だいじょうぶ》そうに見えるけど、どういう行動をするかよくわからないと思ってるんだ。でも、腹は立たない。わたしだって、どうしたらいいかわからないだろう。わたしがここの人たちの立場だったら。だって、わたしもここに来た最初のころは、何も知らなかったもん。でも、あれこれ考えてるひまはなかった。あれこれ考えられるのは、安全なところに着いてからだ。到着《とうちゃく》してから。本当にそこに来てからなんだ。
ここの人たちがわたしたちをおかしな生卵みたいに扱《あつか》うのを見るのは、いつもちょっと居心地《いごこち》が悪かったけど、おもしろくもあった。居心地《いごこち》が悪いとおもしろいが、ほどよく混ざった感じ。スージーだって最初はそうだった。でも、いまはわたしたち、ここで暮らしてる。それってすてきだ。ちなみに、ラウラがそんなだったことは一度もない。ラウラはとにかく何も気にしないんだ。ラウラはラウラ、カッコいいよね。
別れぎわ、フランツィのお母さんの笑顔《えがお》はもう作りわらいじゃなくて、本物だった。そしてうちのママは紙ナプキンにつつんだクッキーを、フランツィのお母さんの手に押《お》しつけた。ほんとに昔みたいだった。

今日の学校は、息がつまるほど退屈《たいくつ》だった。音楽の授業すら楽しくなかった。もっとも、こないだラウラがさわいでたニコなら見たけど。トラのタトゥーも。たしかに、二の腕《うで》はほんとにきれいだった。トラも。ラウラにもそういった。ところが、ラウラはびっくりするくらい無関心だった。まるで男子のきれいな腕《うで》が、きゅうに世界でいちばんどうでもいいものになったみたいだった。

ラウラは何か秘密にしてる。わたしはそれがいやだ。ラウラはじぶんの携帯《けいたい》電話をその辺におきっ

ぱなしにしなくなった。そしてメールを打ってる。でも、いままでどこかの男子と知り合いになってメールをやりとりしてたときとちがって、わたしには何も話してくれない。それでわたしはまいってる。すっかりまいっちゃってる。どうしてわたしに隠《かく》すんだろう。二人は親友なのに。わたしはラウラに聞けない。まだ。でも、そのうちにわたしの頭が心配でいっぱいになって、吐《は》き出すしかなくなる。でも、いまはまだそのときじゃない。まだ。

ほんの一瞬《いっしゅん》、ばかげた疑いが心に浮《う》かんだ。ラウラはあのクラクション野郎《やろう》とメールしてるんじゃないか。ラウラがそんなことするはずない。じぶんにそういい聞かせる。ね、そうだよね？

ううん。ラウラがわたしにそんなことするはずない。ぜったいにない。

今日はまたラウラのところで寝《ね》た。ママが変な顔をした。疑ってるんだ。わたしがこんなにしょっちゅう上に行くのは、マルクスのためじゃないのに。はは、ママが知ってたらな。

犬が夜じゅうクンクン鳴いてる。ラウラは反応ゼロ。わたしはベッドからはい出した。あったかくていいにおいのするラウラは、まるでピューマみたいにいびきをかいている。肩《かた》をゆさぶると、くるりとむこうを向いて、ふとんにもぐってしまった。もう一度ゆさぶる。

「ほっといて、ゾフィー」ラウラがいった。ゾフィー？　わたしはゾフィーなんて子は知らなかった。何かの夢を見てるのかもしれない。犬が長くクーンと鳴いた。「しぃーっ」わたしはささやいた。だまって。しずかに。おしまい。とにかくこれ以上、時間を失いたくなかった。ぶつぶついいながら、犬をセーターの下に押《お》しこんで、どろぼうみたいに忍《しの》び足で階段を下りた。犬がいるって家族のだれにも気づかれないように、庭へ逃《に》げだした。そして犬といっしょにブランコベンチにすわって、おしりが凍《こお》りそうになった。犬はわたしに体をあずけて、いつの間にかクンクン鳴くのをやめていた。新《しん》鮮《せん》な空気と、わたしの息とわたしの手を頭の上に感じて、落ち着いたとでもいうように。犬は長い耳をぴったり頭にくっつけて、鼻づらをわたしのわきにうずめていた。そして朝五時ごろに吐《は》いた。ゆらゆらしすぎたのかもしれない。

「ラウラ」わたしは二階に向かってそっと呼んだ。「ラウラ！」

ラウラはわたしとちがって、まるで一日で何百袋《ふくろ》も小麦粉を運んでくたくたになった粉屋さんみたいに熟睡《じゅくすい》する。わたしはどっちかというと、財宝を守るドラゴンみたいな眠《ねむ》り方。いつも聞き耳をたてて、すぐに飛び起きて、宝物を守る準備ができてるんだ。もしわたしが部屋だとしたら、入居者募《ぼ》集《しゅう》広告に「耳がいい」って書けるだろう。ところが、ラミィがわたしの声を聞きつけていた。まもなくキイ、と音をたててドアが開き、ブルーのストライプのパジャマを着たラミィがとことこ出てきた。ちっちゃい妖精みたい。半分不安そうに、半分好奇心《こうきしん》いっぱいで。わたしはセーターを犬にかぶせた。ラミィが近づいてくる。

「なんでさけんでたの？」ラミィはそういって、眠《ねむ》そうに目をこすった。

「いいからベッドに戻《もど》りなさい」わたしは猫なで声でいった。猫なで声を聞いたとたん、ラミィは疑《うたぐ》り深くなった。っていうのも、ラミィはほんとにむかつくけど、ばかじゃないから。ぜんぜんばかじゃない。わたしの弟だし。

「なんでこんな外にすわってるの」ラミィはそう聞いて、さらに近づいてきながらあくびをした。「まってるの？」

わたしは答えなかった。あまりにおかしな質問だったからだ。ラミィはわたしのとなりによじのぼると、はだしの足をぶらぶらさせた。

「パパをまってるの？　だったらぼくもいっしょにまつ」

わたしたちはちょっとだまってすわっていた。でもわたしは、だまっているのがいやになった。いま何もいわないのは、嘘《うそ》をつくのとほとんど変わらない。そして前に書いたとおり、わたしは嘘《うそ》ががまんできないんだ。

「そうじゃないの、わたしはパパを待ってたわけじゃなくて」わたしはいった。「そうじゃなくて……」

犬がセーターの下でひどくあばれだした。

わたしがセーターの上から犬をぎゅっと押《お》さえつけていたから、犬がいやがって、じたばたしながら唸《うな》った。ラミィはおどろいて、ブランコベンチから落っこちそうになった。すると、とがった耳が片方出てきた。それから鼻。それから犬全体。ラミィの目がどんどん大きくなって、空飛ぶ二枚の皿みたいにまんまるになった。わたしが止めるまもなく、ラミィがさっと手をのばして、犬の頭をなでた。

「なんてなまえ？」

ラミィの興味があるのは、それだけだった。どうして犬がここにいるのかとか、なんで内緒《ないしょ》なのかとかじゃなく。

「名前はまだないの」

「だめだよそんなの」ラミィは憤慨《ふんがい》した。「この子にはなまえがなくちゃ！　なまえはぜったいひつようだよ」

犬はセーターをはらいのけて、ラミィのとなりにすわった。わたしからはなれて。ラミィに体を寄せている。わたしはちょっと嫉妬《しっと》した。わたしだって、まだちょっとしか抱《だ》っこしてないのに。ラミィは犬を抱《だ》きしめた。

「ぼくがなまえつけてあげるね」

うちの明かりがついた。だれかがキッチンに行ったらしい。たぶんママだ。

「ママ！」ラミィがすっかり興奮してさけんだ。

「ちょっと、しずかに」わたしはささやいた。「ママはこのこと知らないんだから」

明かりはついたままだった、そして次はもちろん窓まで開いた。そこに後光につつまれたママの頭があらわれた。キッチンの明かりを後ろから浴びているせいだ。まるで物語の世界。

「二人とも、頭がおかしくなったの？　はやく入ってらっしゃい！　外にいたら死んでしまうわ！」

いつものことだ。ほんとに。いつも大げさなんだ。鼻カゼをひくわよ、ってぜったいいえないんだ。または咳《せき》が出るとか。またはちょっとのどが痛くなるとか。まるで黒死病《ペスト》かコレラみたいに大さわぎするんだから。

「ママ、ママ」ラミィがどなった。わたしが力いっぱいすねを蹴《け》とばしたのに。「見て！」

ラミィがあんまりどなったので、犬はブランコから飛び降りて、耳を寝《ね》かせて、駆《か》けだした。

「だめ」わたしはさけんだ。「ストップ！　待て！　おすわり！」

ばかだった、そういうのを教えておかないなんて。まあ、そんな時間もなかったけど。犬は一瞬《いっしゅん》わたしのほうをふりかえった。「ほらリラックスして、ぜんぶわかってる」って、ちょっと勇気づけるみたいに。そして家のなかへ駆《か》けもどった。ラミィがうれしさのあまりさけびながら追いかけた。それから上のスージーのところでも明かりがついた。百点満点だよ、マジで。

「なんなの、この動物は」ママがきいきいいいながら、キッチンスツールの上にとび乗った。ママがそんな器用にジャンプするのを、わたしは見たことがなかった。「マディーナ！　マディーナ！　どういうこと？」

アミーナおばさんが駆《か》けつけてきた。かかとまであるネグリジェを踏《ふ》んづけてころびそうになっている。まるで背の高い幽霊《ゆうれい》みたい。

犬はまるで狂《くる》ったコマみたいに、キッチンテーブルとママが立っているスツールのまわりをぐるぐるまわった。そして犬の後ろを、ラミィがほとんど同じスピードでまわった。犬をつかまえようとしたんだ。そのうちにスージーまで降りてきた。マルクスも。一人だけ、あいかわらず死んだように寝《ね》てたのは、ラウラだった。すごいよ、ラウラ。マジですごい。

何をいえばいい。とにかく、めちゃくちゃエスカレートしちゃったってだけ。

ごめん。たくさんありすぎて、何も書けない。もしかしたら夜遅《よるおそ》くに書くかも。

もうぜんぜん書く力が残ってない。とにかく手短に。これだけ書いとく。犬をおいとけることになった。スージーがママを説得したんだ。
そうだ、犬の名前はカッサンドラになった。だって女の子だから。

犬がわたしの足元でまるくなってるのって、すごくすてき。そうして犬をなでられるのって。犬の毛は、ぼうぼうとふわふわの中間。まあまあぼうぼう。この子の毛。カッサンドラの毛。

わたしは純粋《じゅんすい》に心配で(あと白状するけど、嫉妬《しっと》もある)、ラウラの携帯《けいたい》電話をまるで三流のスパイみたいに追いかけるようになった。でも、ラウラのほうがわたしより優秀《ゆうしゅう》なスパイだから、それに気づいて、もっとうまく隠《かく》すようになった。何度もさがして、ようやく見つけられたことがあったけど、ラウラはパスコードを変えていた。いっしょに住むようになって以来、わたしたちはおたがいのパスコードを知ってたのに。

ラウラに直接聞けばいいのかもしれない。クラクション野郎《やろう》なのかって。ラウラがわたしにほんとのことをいわない理由は、それくらいしか考えられない。いずれにしても、まるで滝《たき》みたいにあふれてくる、ぜんぜん論理的じゃないいろんな説明のなかで、わたしが思いつくまともな理由は、それしかない。

マルクスは、部屋に来ないか、ってわたしに聞くのをあきらめたみたい。でもそれだけじゃなく、ふだんも距離《きょり》をおいてる感じがする。秋はきらいだ。みんなきらいだ。

犬はきらいじゃないよ。

ほんとに、カッサンドラ以外はみんなきらい。世界じゅうに火をつけてやる。こんなとき、ラウラならそういうだろう。でもわたしは、世界じゅうが燃えたらどんな感じになるか知ってる。だから冗《じょう》談《だん》でもそんなことはいいたくない。

午後、わたし一人だけでカッサンドラの散歩に行ったけど、いまいち自信がなかった。だってカッサンドラがいつの間にか自信たっぷりのおてんば娘《むすめ》になってるのに、わたしはというと、子犬も子ゾウも同じくらいしか知らないから。わたしはまるでおぼれかけた人みたいに、散歩ひもにしがみついていた。とはいえ、こんなふうに正々堂々と散歩ひもを手に持って、ひもの先に犬がいるのはマジですてきだった。ちょっとだれかと、アホみたいに手をつないでる感じ。

ところで、アホみたいに手をつなぐ、っていえば。ラウラはあいかわらず頭が変だし、マルクスももうまたおかしくなってきた。あの家族の体質なのかもしれない。

さっき書いたことはひどすぎた。マジで。だってラウラの家族が変なら、わたしの家族はどうなの。うちの家族は全員、完全にいかれてるんだから。カッサンドラだけがまとも。ラウラはあいかわらず妙《みょう》。ラウラのところへ行って、わたしはそのせいで超悲《ちょうかな》しいって伝えた。ラウラはにっこりして、わたしを抱《だ》きしめたけど、何かがちがった。空気みたいに軽くない。

もしかすると、単にわたしのせいかもしれない。いまぜんぶおかしくなっちゃってるのは。となりのクラスのヨナスとまで派手なケンカになった。ふだんはわたし、ケンカなんかほとんどしないのに。

だけど、もしもやっぱり……あいつだったら。だとしたら、おそろしい。

カッサンドラと出かけるってことは、近所の犬好きの人全員と、容赦《ようしゃ》なく知り合いになるってことなんだ。そういう人はアホみたいにたくさんいる。それで毎回、散歩が予定より長くなる。みんながカッサンドラをなでたがる。みんながかわいいっていう。ま、そりゃそうでしょ。

- - - - - - - - - - - - -

ラミィはカッサンドラのお世話係になったのがすごくじまんだ。わたしは残念ながら、ちょっと去年を思い出しちゃう。パパがラミィに、わたしのお目付役をさせたんだ。家族で二番めの男だから。どっちがよりつらかったか、ぜんぜんわからない。わたしか、ラミィか。二人は憎《にく》しみあった。ラミィは泣いてばかりいた。それでもわたしについて来るしかなかった。どこへ行くにも。

パパは鋼みたいにきびしかった。妥協《だきょう》しなかった。

ラウラの誕生日パーティーにまで、ラミィはついてこなきゃいけなかった。そうしないとわたしはパーティーに行かせてもらえなかった。「ラミィなしなら、パーティーもなしだ」パパは落ち着きはらってスージーにそういった。おまけにわたしはそれを通訳しなきゃならなかった。あのころはぜんぶ通訳する必要があった。居心地《いごこち》悪かった。マルクスがラミィをプレイステーションの前にすわらせて、わたしを助けてくれなかったら、わたしにとってパーティーぜんぶが台なしになってただろう。

わたしは思い出す。あったかい夏の夕べ、リンゴの枝からぶらさがる提灯《ちょうちん》の下に、二人で立っていたっけ。マルクスとわたし。頭上に星空がひろがって、マルクスの腕《うで》がわたしの肩《かた》にはじめてふれた。ずいぶん昔のことに思える。そして思い出す。ううん、そんなことない。ほんの数か月前のことだ。

わたしはそういうのを忘れたい。だって、パパの悪いところじゃなくて、いいところを思い出したいから。悪いことじゃなくて。わたしは思い出したいんだ、パパと森へ出かけて、山の頂上までいっしょに登るんだって、パパがわたしをはげましてくれたときのこと。頂上に立って、はるか遠くから、わたしたちの施設《しせつ》を見下ろしたときのこと。むこうの山や、雷雲《らいうん》や、茶色いヘビみたいに谷間を流れる川、わたしたちの顔に吹《ふ》きつける、モミの葉っぱのにおいのする新鮮《しんせん》な風。パパがわたしにいったこと。「どうすれば目標を達成できるか、おまえにわかってほしいんだ」って。そしてわたしがその言葉をとても真剣《しんけん》に受けとめたこと。

パンとチーズを食べたこと。谷を見下ろしながら、日ざしで温められた山頂の十字架《じゅうじか》にもたれかかって。施設《しせつ》のみじめな食堂で食べるより、三倍もおいしかった。食堂ではみんないつもケンカばかりしてたし、調理員のおばさんはわたしたちがまだ食べ終わらないのに、わたしたちの食事をつつんで持ち帰った。あのころはそれが当たり前だと思ってたけど。あのころはそうだったんだ。まったく同じパンを、四時間以上かかって山頂まで運んだら、まだ味わったことがないほどおいしかった。それに小川の新鮮《しんせん》な水。そういうのをよく思い出す。

パパに寄りかかって、守られてるって感じた。それにパパのセーターは、あとでパパが出ていったころみたいなタバコのにおいじゃなくて、かぎ慣れたパパのにおいがした。

パパがわたしに、わたしが望めば何かをできるんだ、っていい聞かせたこと。そしてもっと昔、パパがわたしのことをほめて、じまんに思ってくれてたこと。パパがわたしを心から信用して、助手にしてくれたこと。ほんとは……そう、助手をやるのはこわかった。でも戦争のときは、だれもじぶんの気持ちなんか気にしていられない。ただ行動するだけ。そして行動したあともまだ生きていたら、喜ぶだけ。

そう、パパはいつもわたしにフェアだったわけじゃない。そして正直いって、わたしの記憶《きおく》が正しければ、アミーナおばさんにはまったくフェアじゃなかった。パパはひどく意地悪だった。アミーナおばさんがママとちがって、じぶんの考えをすごくはっきり持ってる人だから。派手なお化粧《けしょう》をして、ヒールの靴《くつ》をはいていたから。昔はわたしも、それが当たり前のように思ってた。あのころは。でも、歩きつづけてるわたしのいまの視点から、昔のパパっていう谷間をふりかえると、はっきり見える。あれはとにかくよくなかった、ってわかるんだ。アミーナおばさんみたいにすることは、ちっとも悪くない。それはおばさんがじぶんで選択《せんたく》したことだ。おばさんの正当な権利なんだ。以上。でもパパは、わたしがこんなことをいうのすら許さなかっただろう。ぜったいに。

- - - - - - - - - - - -

それでも、朝早く目が覚めると、パパに会いたいって思う。それから寝《ね》るときも、パパに会いたくなる。昼間はそういう気持ちもちょっとすり減ってきてるけど。すごく堅《かた》い木を何度も何度も削《けず》った刃《は》みたいに。

8

今日、学校でキング先生にほめられた。がんばってるわねって。今年はもう、毎週先生の家へ行って、補習を受けなくてもいい。今年はもう、ほかのみんなと同じように授業についていける。わたしはほんのちょっとだけ、じまんに思った。

ぬか喜びだった。その二日後にとつぜんキング先生から、月に一度、先生の家に来るようにいわれた。復習と確認《かくにん》のためだって。わたしはまた、ミイラの棺《ひつぎ》のなかの塵《ちり》よりパサパサのショートブレッドと紅茶を出されるんだ。あと、お小言の発作《ほっさ》も。わたしはみんなと同じじゃなくなった。まだ努力が必要なんだ。キング先生に腹を立てるのはマジでフェアじゃないってわかってる。だって先生はほんとに善意でしてくれるんだから。それでも。

学校が始まって五週間たつ。なかなかちゃんと日記を書けなくなった。少なくとも夏休みほどたくさんは書けない。天気のいい日はまだつづいていて、まるで沈《しず》む小さな夕日みたいに、オレンジ色のカボチャが畑にころがってる。

ラウラとわたしはまるでふつうみたいなふりしてるけど、ほんとはそうじゃないのは二人ともわかってる。でもわたしはケンカするのがこわすぎて、小さくなってる。いま、ラウラを失うなんてできない。いまはむり。

マルクスとわたしも、まるでふつうのふりしてる。あんまり会わなくなってる。マルクスはほとんど時間がないし、わたしもないから。二人が同じ家に住んでるのはいい。だって少なくともいっしょに食事したり、休憩《きゅうけい》するときに庭をぶらぶらできるから。一度マルクスに、ラウラがどうしたのか知ってる、って聞いてみた。そしたら肩《かた》をすくめて、いった。「変だよな、あいつ」

それでこの話題はおしまいになった。

やっと週末だ！　少し休めるって期待した。

けど、そうはならなかった。リンネが登場したからだ。例によって、前もって何の知らせもなく、お父さんがくれたトルコのお菓子《かし》を山ほど抱《かか》えて。リンネはこめかみの髪《かみ》をそり落としてた。そしててっぺんはオレンジ色に染めてある。燃える火星みたい。火星が爆発《ばくはつ》したみたい。ラウラはあまりのうらやましさに、口をぽかんと開けたままだった。

リンネはさっそく、お父さんの新しいお芝居《しばい》の話をした。わたしはまだ、リンネのお父さんのお芝《しば》居《い》を一度も見たことがない。でも今年はリンネも出るんだって！　それなら見に行かなきゃ。ぜったいに。

「あとまだ何か月か稽古《けいこ》するんだ」リンネはそういって、リンゴの種をベランダに吐《は》きだした。「で、春に公演開始。あんたたちには、あたしがチケットあげるからね。一列め、脚《あし》のばせる席ね。まかせといて」

「そう、こないだみたいにね」ラウラが辛《しん》らつな口調でいった。「前回は立ち見席しかもらえなかったよ！　後ろのほうの列だった！」

「あのときは、あたしは舞台《ぶたい》に出てなかったから。今回はあたしにも決定権があるんです、お嬢《じょう》さん」

リンネは誇《ほこ》りに満ち満ちていて、もうちょっとで誇《ほこ》りが耳あかみたいに耳からあふれ出しそうだった。黄金色《こがねいろ》にぬった耳あか。リンネが来てくれたのが、わたしはめちゃくちゃうれしかった。ラウラとの緊張《きんちょう》状態を上塗《うわぬ》りしてくれるから。三人いっしょのほうが気楽で、にぎやかで、アホみたいだった。おもしろい意味で、アホみたいってこと。最後にリンネはリンゴの木からさかさまにぶら下がって、お父さんの前回のお芝居《しばい》の一部を朗読してくれた——ドイツ語とトルコ語で。今回リンネはめずらしく、イスタンブールのお芝居《しばい》の夕べの話をしなかった。代わりにお父さんがここにたどり着くまでの、ほんとにたくさんのまわり道のことを話してくれた。うん、うちのパパとはぜんぜんちがう。パパもそんなふうに、うまくやれたらよかったのに。そしたらほんとにすてきだったのに。

もしかして、とラウラが期待にみちた顔でいった。もしかしてじぶんもちょっと、お芝居《しばい》に出られるかな。

「そうだね、できるかも」リンネがいった。「この世はぜんぶお芝居《しばい》なんだから」

もしかすると、リンネのいう通りかもしれない。しかも、ときどきは喜劇かも。わたしは喜劇が好き。頭にいい風を入れられるから。よくないことは、どっちみち勝手にもどってくる。いつだってそうだ。もどってきて、ってわたしからたのんだことは一度もないんだけど。

「うちでまたアトリエパーティーをやるんだ」リンネがいった。「あんたたちも、もちろん招待するから」

そうだ、あと、世界の半分も来る。リンネの家のパーティーは毎回、出会いとすてきな食べ物がいっぱいのハリケーンみたいなんだ。みんながそのパーティーに押《お》し寄《よ》せてくるんだけど、リンネのお父さんとお母さんが、アトリエの入ってる古い建物の玄関《げんかん》に来た人を帰らせたことは一度もない。グリルで焼く肉や野菜のいいにおいが通りいっぱいにひろがって、近所の人たちがおおぜいやって来る。それにあそこのワインはいつもとびきりおいしい、ってスージーが何度もいってた。リンネのお父さんとお母さんは、ワインといっしょにチーズのかたまりも出す。それを内側からちょっとずつ削《けず》っていくんだ。それから舌がピリッとする、イチジク入りマスタード。ありとあらゆる色と大きさのブドウ。クルミ入りパン。ああ。わたしはすぐに、たっぷりオイルを塗《ぬ》りこんだあの大きな木製テーブルが恋《こい》しくなった。余裕《よゆう》で二十人くらいすわれるだろう。まあ、ぎゅっとつめればだけど。

そしてリンネが帰ったあとも、まだしずかにはならなかった。

スージーが踊《おど》ろうっていって、音楽のボリュームをかなり上げたものだから、とうとうおとなりさんから電話がかかってきた。スージーはちょっと飲みすぎたみたいで、靴《くつ》を脱《ぬ》ぎ捨てて、汗《あせ》でしめった巻き毛をゆすって踊《おど》った。目をつぶった顔は汗《あせ》がにじんで、赤くなってる。ラウラがおとなりへ行ってあやまった。いつものラウラの役目だ。それからみんなでいっしょにひとしきり踊《おど》った。そんな気分だったんだ。

マルクスがどっかの地下室で友だちに会うんだって。それでわたしを連れていきたがった。クールなやつばかりだよ、ってマルクスはいった。ぜったい会うべきだ、っていうんだ。マルクスはわたしたちが呼ばれたのがじまんらしい。わたしはそれがすごくしゃくにさわった。わたしは群れてわめいてるやつらが大きらい。それ以外のときは、マルクスはソフトな感じだ。わたしがいいと思ったのは、ソフトなマルクスだったのに。

「わたしは地下室に行く気しない」

「なんでさ、めいっぱい音楽のボリューム上げて踊《おど》れるんだよ、だれにもじゃまされずに」

わたしにとって地下室は、壁《かべ》からはがれ落ちるしっくいを意味してる。頭上で爆弾《ばくだん》が炸裂《さくれつ》したから。ラミィのために楽しいわらべ歌をうたいながら、だんだん細くなっていくママの声や、わたしのふるえを止めようとして、抱《だ》きしめてくれたパパの腕《うで》を意味してる。目を閉じて、安全でいられるべつの場所へすうっと逃《に》げこむことを意味してる。原始林や、みごとな尾羽《おばね》の極楽鳥《ごくらくちょう》。彼《かれ》らは日が沈《しず》むのをおそれない、月の光の下でもうまく飛べるからだ。

「わかったよ、じゃあやめよう」マルクスはため息をついた。この表情ならもう知ってる。

「行ってきなよ」わたしはマルクスにいった。「わたしならかまわないから。どうせまだやることあるし」

「ほんとに？」

「うん、マジ」


マルクスは夜遅《よるおそ》くに帰ってきて、庭で大声で歌をがなっていた。わたしは枕《まくら》を頭にかぶった。

ラミィがズボンをぬらして幼稚園《ようちえん》から帰ってきた。一つめは、ラミィが恥《は》ずかしい思いをしたってこと。二つめは、わたしが思うに、ラミィのことをほんとに何とかしなきゃいけないってこと。ヴィシュマン先生に聞いてみよう。

どうしていつもわたしばっかり。いや、わかってる。どうしても。ただ、どうしてもだから。

――ヴィシュマン先生はいう、それならうちのママもセラピーを受けなきゃいけないんじゃないかって。そう、それこそまさにわたしの究極の夢の目標。なのにママは強情《ごうじょう》を張ってる。ラミィみたい。

――ラウラは明日、学校が終わったら家に帰るけど、わたしはいまの学年になってはじめてキング先生の家に行かなきゃいけない。うれしくてさけびだしそう。

――

あとで考えたら、それほど悪いことじゃなかった。キング先生のことはぜんぜんがまんできる。もしかするとそれは、先生がわたしの出来にほんとに満足してくれたからかもしれない。先生に聞かれたことに、わたしはぜんぶ答えられた。先生はいつものように紅茶をいれてくれた。ただ、何となくゆっくりな気がした。ぜんぶが。ふつうなら先生の動きはきゅうで速い。まるで獲物《えもの》をつつくカラスみたいに。でも今日はちがった。しかも合間にひじかけ椅子《いす》にもたれて、眠《ねむ》りこみそうだった。それも妙《みょう》だった。イギリスの紅茶が入ったカップも、手に持ってるっていうよりは、しがみついてるような感じ。いつもならロウソクみたいにぴんと背すじを伸《の》ばしてとなりにすわって、まるで番人みたいにわたしの成功も失敗もじっと見てるのに。

リンネが電話してきて、ラウラに小さい役を約束した。ただし、ラウラがだまっていられたらの話。端役《はやく》っていうんだって。わたしが思うに、ラウラは十分ももたないんじゃないかな。見込《みこ》みなし。

今日は郵便受けに、ザビーネからのハガキが入ってた。夏のバカンス先から書いたんだ。そのハガキは二か月以上旅してたわけだ。それだけの話。

マルクスと二人で食事に行った。おごってくれた。きみとちゃんとした食事がしたいんだ、ってマルクスがいった。うん、わたしもちゃんとしたい。だから努力した。きれいなブラウスを着て、いちばんいいブーツをはいた。マルクスはいつもより無口だった。たんに疲《つか》れてるからかも。中国の赤い提灯《ちょうちん》の下で料理を待ちながら、やっぱり何となく緊張《きんちょう》した雰囲気《ふんいき》を感じて、わたしがじぶんの箸《はし》をいじっていると、いきなりマルクスがいった。「もしかしたらおれ、大きな街に行くかもしれない。大学に進学するんだ」

わたしはマルクスのために喜ぼうとした。マルクスにとって、それはぜんぶ手が届くところにあるんだ。わたしはどうすればいまの学年を乗り切れるかすら想像できないのに。できるかどうか。ママとラミィとアミーナおばさんをおいていく、って想像するだけでばかげてる。わたしは行けない。わたしの代わりに、パパがもう行っちゃったから。わたしは呪《のろ》われた幽霊《ゆうれい》か何かみたいに、永遠にしばりつけられてるんだ。もうそのことに慣れかけてた。マルクスはにっこりしたけど、ちょっと自信がなさそうに見えた。

「そしたら、遊びにおいでよ……」

料理が来た。わたしはさっと箸《はし》をとって食べはじめ、しょうゆといっしょに笑顔《えがお》を拭《ふ》きとった。中華《ちゅうか》料理は大好き。わたしが知ってるほかの料理とぜんぜんちがう。その味はまるで、いろんな言葉がめちゃくちゃ奇妙《きみょう》に混ざりあってるクレイジーな詩を聞いたみたいな感じ。竹を食べるなんて。最初に食べてみようと思った人がいたんだな。わたしは竹を口に放りこみながら、パンダになったような気がした。ちょうどいい、だってパンダもそんなにおしゃべりじゃなさそうだから。ふつうなら。家への帰り道、わたしたちは手をつないだ。前はそういうの、じまんに思ったものだけど。

だんだん日が短くなる。暗くなるとすぐに、アミーナおばさんはロウソクを窓辺において、火をともす。いい霊《れい》が寄ってきて、わたしたちの家のなかに安全な港を見つけられるようにって。

9

今日はわたしとラウラで出かけた。ちょっとだけね、まだ週の真ん中だから。それにそうじゃないと、ママが大さわぎするから。二人の仲がおかしくなってるのを気に病《や》んでるのは、どうやらおたがいさまだったみたい。ラウラは超《ちょう》やさしくて、超《ちょう》気をつかってくれた。わたしはうれしかった。理解はできないけど。どうして前はあんなに妙《みょう》だったのかもわからなければ、どうしていま気をつかってくれるのかもわからない。でも思うんだ、何もないよりましだって。

わたしたちは中央広場のカフェに向かった。遠くからもう、カフェの窓があかあかと光っているのが見える。店員が麦わらのリースとリンゴを窓辺に飾《かざ》っていた。わたしはこんなふうに、冷たく暗い通りを歩いてるときに見える、窓辺の明かりが好きだ。そこにあたたかい場所があって、だれかがその家にいるんだってわかるから。どこかの灯台が、安心と何かすてきなことを約束してくれる感じにちょっと似てるかもしれない。

そのとき、声が聞こえた。人数は多くない、でも大きな声だった。むこうに小さなグループが立っていた。一人がプラカードを掲《かか》げてる。わたしはすぐにだれかわかった。クラクション野郎《やろう》だ。

片手でダンボール紙を貼《は》りつけた棒を支え、もう片方の手には半分入ったビールのびんを持っている。わたしはきゅうに気分が悪くなった。ラウラの手をにぎる。ぎゅっと強くにぎり返してくる。ラウラの手のひらはひどくしめっていた。わたしたちは歩きつづけた。ここはおれたちのなわばりだ、ってマルクスがいってた。追いはらわれてたまるか、って。ああ、いうは行うより易《やす》しだよ、マルクスくん。そいつらは四人組で、わたしたちは二人。それにあっちは大人の男だった。近づいていくにつれて、だんだん大きく見えてきた。わたしたちの足はだんだんのろくなった。そいつらはまだ、わたしたちに気づいてもいなかった。大きな声でわらってる。ラウラはもう二、三歩すすんだ。そしていった。「クソったれ」

「どうしたの?」

「マディーナ、帰ろう」

「なんで?」

「いいから帰ろう」ラウラはくりかえした。そのとき、クラクション野郎《やろう》が横を向いた。プラカードが見えた。

「ガイジンはクズ」と書いてあった。そしてそのとなりに「オレたちの国をとりもどせ」。

「ラウラ!」クラクション野郎《やろう》はさけんだ、うれしそうだった。「こっちへ来いよ!」

それからわたしに気づいた。「まだそんなのとつるんでるのか?」

わたしたちは走った。まわれ右をして、走った。これは降伏《こうふく》だ、ってわたしたちにはわかってた。そしてあいつにもわかってた。あいつはわたしたちの後ろで大わらいした。あんまり大きな声だったたから、窓がこなごなに割れるんじゃないかと思った。それからドアがバタンと閉まる音が聞こえた。カフェの店主の声がした。

「おい、おまえら、さっさと帰れ、おれの店の前で、うろうろするんじゃない。さあ、消えろ！」

そいつらはブーイングをして、ののしった。

「おまえらに三分やろう。さもなきゃ警察を呼ぶぞ」

わたしたちはいそいで逃《に》げたから、その後どうなったかは聞こえなかった。

今夜はずいぶん久しぶりにじぶんのベッドに横になって、わたしのおとぎの森のことを考えた。いまわたしが森に足を踏《ふ》み入れたら、森はすっかり変わってしまっているだろう、ってわかってた。前よりも危険になっている。外の世界は変わった。そしたら森のなかも変わる。わたしたちは、おたがいが鏡なんだ。森とわたしは。いつかヴィシュマン先生が、そう説明してくれた。

木曜日はヴィシュマン先生の日。

「いろいろあった？」先生が聞いた。わたしはうなずいた。

たしかに、まとめていうとそうなる。

「じゃあ、ちょっと整理するところからはじめましょうか」

わたしはすごくうれしかった、ものすごくうれしかったんだ、とんでもなくぐちゃぐちゃになってるわたしの人生を、またちゃんと整理できる、っていってくれる人がいることが。しかも、わたしは先生の言葉を信じることができた。まあ、ほとんどは。わたしたちはまず、紙に表を書いた。一つめの欄《らん》は、家族。次に、学校。三つめが、愛。三つめの欄《らん》にだれの名前を入れるか、一瞬悩《いっしゅんなや》んだ。ラウラか、マルクスか。またはカッサンドラか。

もしヴィシュマン先生が魔法使《まほうつか》いだったら、ばらばらになったわたしの人生の破片《はへん》を、水晶《すいしょう》でできたテーブルの上で両手でさっとならべかえて、魔法《まほう》の呪文《じゅもん》を吹《ふ》きかけるんじゃないかな。そしたらぜんぶが溶《と》けて、やわらかい光を発する一つの面になるんだ。次の相談者がインターホンを鳴らした。わたしは筆記用具をしまい、先生と作ったリストを持って、外に出た。外の通りへ。雨のなかへ。そしてバスに乗った。

バスのなかで、さっき整理した言葉がちゃんとまだそこにならんでいるか、何度も見直した。わたしはリストをにぎりしめた。ひょっとしたらこれはほんとに魔法《まほう》のリストで、どんなことでも三つの欄《らん》のどれかに一瞬で分類されて、完ぺきなバランスを保てるようになっているんじゃないか。ヴィシュマン先生が整理すると、とてもかんたんそうに見えた。

でも、それを実行するのはもっとずっとむずかしかった。

「家族：ママをセラピーへ」って書いてある。

すごくシンプルだ。でも、それをどうやって実現させればいいか、わからない。

「家族：ラミィをセラピーへ」こっちのほうが簡単そう。

「学校：マディーナがちゃんと学校に集中できるようにするには、何が必要か」わたしに必要なのは、しずかな環境《かんきょう》だ。そしてママがセラピーを受けること。はあ、ため息。じぶんのしっぽに嚙《か》みついてるネコを思《おも》い浮《う》かべながら、バスを降りた。暗くなってからは、いつも中央広場で降りることにしている。ここからの道はちょっと長いかわりに、明るいからだ。わたしはあいかわらず暗い道が苦手。そうかんたんには抜《ぬ》けないいんだ、ここでは何も起きやしないってわかっていても。だれもわたしをおそわないし、木々のあいだから狙撃兵《そげきへい》がねらってくることもないし、爆弾《ばくだん》が落ちてくることも、家や人間や動物がばらばらに吹き飛《ふと》ばされることもないのに。ラウラの家は村の中心部にあるわけじゃないけど、前にいた施設《しせつ》みたいにへんぴな場所でもない。そこはほんとに改善したし、わたしはそのありがたみをしみじみ感じてる。そんなわけで、わたしは満ち足りた気持ちでバスを降りた。いまのわたしたちの暮らしはどれだけよくなっただろう、ラウラと知り合いになれてなんて幸運なんだろう。そう思いながら、中央広場の石像の前を通りすぎた。だれかこの土地の英雄《えいゆう》だろう、石のマントをひるがえしている。落ち葉が何枚か、アスファルトの上を風に吹《ふ》かれていく。もう雨は降っていない。石像の前を通りながら、だれかが大理石に何かの言葉を赤いスプレーで吹《ふ》きつけたのが、視界のすみに入った。

ガイジンは出ていけ

「なんて顔してるんだい」マルクスが聞いてきた。わたしが一晩じゅう何もいわなかったからだ。あの言葉が、まるで呪《のろ》いみたいにわたしの心に焼きついていた。あの言葉がわたしを汚《けが》した。マルクスに話す勇気はなかった。恥《は》ずかしくて。ほんとはあれを書いたアホ野郎《やろう》こそ、恥《は》ずかしいと思うべきなのに。わたしじゃなくて。でも。やっぱりそんな気がしちゃうんだ。そしてそれは消せない。

「マディーナのお母さんのこと？　それともラミィ？」

わたしは首をふった。「おれのせい？」

わたしはにっこりした。「ううん……」

「じゃあ、ラウラのせい？　ほっとけばいいよ。あいつなら、そのうち落ち着くから」

わたしは顔を上げた。マルクスの笑顔《えがお》ってほんとかわいい。ううん、マルクス「が」かわいいんだ。ほんとに。その瞬間《しゅんかん》、わたしはマルクスが彼氏《かれし》でいてくれるのが、いままでにないくらいうれしかった。それがわたしの心をちょっと落ち着かせてくれた。強くしてくれた。わたしは力をもらいたくて、マルクスの肩《かた》に寄りかかった。彼《かれ》を信じたい。付き合ってる同士なら、信じなきゃ。たとえクソみたいなことでも、いわなきゃ。毒のあることをいわれたり、屈辱的《くつじょくてき》な経験をして、顔にウンコをかけられたみたいな気持ちになったことでも。泥《どろ》よけの付いてない自転車で牛のフンをひいちゃうと、そうなるんだ。どうしてわたしが知ってるか、いまくわしくは説明しないけど。ラウラの自転車には泥《どろ》よけが付いてないんだ。そんなわけでいろいろ抵抗《ていこう》は感じたけど、結局いうことにした。

「中央広場の石像に、〈ガイジンは出ていけ〉って落書きがしてあったんだ。通りすがりに見たんだけど」

マルクスはまるで動じなかった。ポップコーンの袋《ふくろ》をのぞきこんで、とくにおいしそうな粒《つぶ》を探している。

「それならどうせ二、三日のうちに消されるよ」マルクスはそういって、ポップコーンを口につめた。「そんなのどうでもいいじゃない。真に受けることないさ。ただのエネルギーのむだだよ」

そしてポップコーンの袋《ふくろ》をつかんで、わたしにさしだした。

「食べる?」

わたしは体をはなした。マルクスはほんとにそう思ってるんだろうか。信じられない気がした。

「いま食べたら、吐《は》きそう」

マルクスはわたしの顔をまじまじと見つめた。じぶんのいったことが正しかったかわからなくて、ちょっと途方《とほう》に暮れてるみたいだった。

「もう考えないほうがいい。きみが傷ついたら、あいつらの思うつぼだよ。超然《ちょうぜん》としてればいいんだ」

マルクスはわたしの体に腕《うで》をまわして、もう一度そばに引きよせると、おでこにキスしようとした。マルクスの息はポップコーンのにおいがした。きゅうにいやになった。二人の関係はもうさっきとはちがっていた。いつかマルクスに話そう、ってわたしは思った。いつか。灰色の石に書かれたあの赤いスプレーの言葉が、わたしにとってほんとは何を意味しているか。「ガイジンは出ていけ」って書いてあるのを見ても、その人がもともとここの人間なら、それはちょっとちがうんだ。じぶん自身がそこに含《ふく》まれていなかったら。

わたしは立ちあがって、ラウラの部屋へ行った。ラウラはじっとテレビを見つめていた。ほとんど空になった特大のアイスのカップと大きなスプーンを抱《かか》え、妙《みょう》に赤い目をしている。わたしはラウラのベッドにもぐりこんだ。ラウラの体はほっこりあったかくて、いいにおいがする。ラウラが近くに寄ってきた。やさしい雲につつまれて、わたしはもう泣きたい気持ちじゃなくなっていた。わたしがため息をつくと、ラウラもため息をついた。言葉はいらなかった。おたがいがそばにいるってわかっているから。

何分かして、ラウラがアイスのカップをわたしにさしだした。

「食べる？」

「アイスが溶《と》けてるじゃん」

「まだいけるよ」

「溶《と》けてるアイスは好きじゃないの。なんであんたたちっていつも、わたしを餌《え》づけしようとするわけ」

ラウラはカップをのぞきこんで、指でクリームをかきまわした。

「だれが？」

「だから、あんたとあんたの兄さん。わたしはペットじゃないって」

「たしかに、あんたはじぶんでトイレに行けるから、あたしがお散歩に連れていかなくていいもんね」

「こらっ、お仕置きするよ」

するとラウラがきゅうに泣きわらいをはじめた。そしていった。「マディーナ、大好き」わたしが何もいわないでいると、ラウラは付け足した。「恋《こい》なんか、クソ食《く》らえ」

やっぱり男だったんだ、とわたしは思った。ラウラってば、いったいどうしてあんなに大さわぎしたんだろう。ラウラに彼氏《かれし》ができたことはこれまでにも何度かあったけど、だからって二人の友情は何も変わらなかったのに。

「わたしたち、ちょっとお休みしたほうがいいと思う」

「わたし、ちょっとお休みしたいかもしれない」

「ごめん、でもわたし、ちょっと一人の時間が必要なんだ」

メモを三枚ともくしゃくしゃに丸めて、ゴミ箱に投げこんだ。

10

わたしたちはバスに乗った。雨が降ってる。ラウラとわたしは一つのイヤホンを分け合って、ケーブルが引きつれないように、頭をくっつけた。雨のしずくが窓ガラスに迷路《めいろ》を描《えが》く。それは風に吹《ふ》かれて、たくさんのすじになってバスの後ろへ飛ばされていく。今日はわたしたちのとなりにはだれもすわっていないから、話を聞かれることもない。

わたしはラウラに思いきって聞いた。「あんたがデートに出かけてたのって、だれとだったの?」

ラウラはさっと青ざめた。鼻の頭のあたりが白くなるのが、はっきり見えた。ラウラにそんなにショックをあたえたことが、申し訳ないほどに思えた。ラウラは窓の外を見た。のどを引きつらせて、いった。「べつに、ほんとにどうってことない人」

それからラウラはちょっと目を閉じた。まるで疑ってるか、考えてるみたいに。

「わたしたち、いままでにもアホな男子をたくさん見てきたじゃん」わたしは元気づけようとした。「だから、そいつのことだってたえられるよ。恥《は》ずかしいことなんかないよ、ラウラ、マジで。心配いらないって!」

するとラウラは顔をそむけて、バスが学校の前で停車するまで、もう何もいわなかった。

夜、夢を見た。前によく見たような夢。灰と炎《ほのお》と霧《きり》。わたしは迷宮《めいきゅう》のなかをさまよってる。熱い角石の上を歩いている。足の裏が焼ける。靴《くつ》をなくしてしまって、靴下《くつした》のまま歩きつづける。壁《かべ》の位置がたえず変わるので、出口を見つけるのは不可能。入り組んだ通路のどこか奥《おく》のほうで、犬が不安そうに吠《ほ》える。犬の胸のなかにわたしの心臓があるのを、わたしは知っている。でも、犬からじぶんの心臓を取り返したくはない。わたしは両手のひらで胸にふれてみるけど、鼓動《こどう》は感じない。わたしは犬を見つけたい。でも、犬を助けるためだ。わたしの心臓は犬にあげる。足元の熱が頭のなかまで伝わってきて、もうじき燃えてしまうんじゃないか、って思ったとき、目が覚めた。おでこにびっしょり汗《あせ》をかいてる。熱があるんだ。顔がまるでコンロの上におき忘れたパンケーキみたいに熱い。

「ママ」わたしはまだ目が覚めきらないうちに、小さな声で呼んだ。「ママ、助けて」

それからすっかり目が覚めて、じぶんで起きて、水を取りに行かなきゃいけないって気づいた。二階でカッサンドラがわたしの立てた物音に気づいて、吠《ほ》えた。でも、カッサンドラは来なかった。ラウラが部屋のドアをしっかり閉めて寝《ね》たんだ。

わたしは寝《ね》ぼうした。三度めの目覚まし時計で、やっと眠《ねむ》りから覚めた。部屋の外で、アミーナおばさんが宿題の文章を読み上げている。まるでお祈《いの》りするときみたいに全身全霊《ぜんしんぜんれい》で、大きな声で、な

めらかな口調で、信じられないくらい一生懸命《いっしょうけんめい》だ。

「アンナは買い物に行きます」大きな声がバスルームから聞こえてくる。アミーナおばさんはたぶんお化粧《けしょう》中なんだ。前は何時間もシャワー室に立てこもって、血が出るくらいごしごし肌《はだ》をこすっていた。ここに住むようになってからはしなくなった。

「ペーターは大きな街に住んでいます」

アミーナおばさんの「ペーター」はすごく変に聞こえた。まだ改善の余地あり、と思いながら、わたしはまた眠《ねむ》りこんだ。ママが一瞬《いっしゅん》だけ、わたしたちの部屋をのぞいた。ラミィを起こさなきゃいけないからだ。わたしは具合が悪い、っていった。アミーナおばさんが、何かほしい物があるか聞いた。

「ううん」わたしはいった。何もほしくない。ただちょっと眠《ねむ》りたい。そのすぐあとにラウラがノックした。

「具合が悪いの」わたしはドアごしにもごもごいった。「わたしに近づかないで」

「カッサンドラほしい？」

なんて質問。できることなら、わたしはいつだってカッサンドラがほしいのに。カッサンドラはわたしのそばにうずくまって、冷えた足をあっためてくれた。アミーナおばさんはいまだに、カッサンドラにものすごく距離《きょり》をおいてる。スージーがあとで散歩しなきゃいけないだろう。アミーナおばさんも、そこは越《こ》えられないんだ。ドイツ語とセラピーはさておき。マルクスはぜんぜん顔を見せなかった。

ラウラは学校へ行った。そして最近花が開くみたいに元気になってきてるアミーナおばさんは、ラミィと幼稚園《ようちえん》へ出かけた。ラミィはちょっと心配そうに、おでこに小さなしわを寄せて、もう一度駆《か》けもどってきた。「ぼくたちが行っちゃったら、いや？　マディーナ」

わたしは首をふった。ラミィのすがたが消えた。そしてすぐに窓のところに顔を出した。箱から飛びだすピエロみたい。

「ほんとに、ほんと？」

「ほんと」

ラミィは三度めにもどってきた。「カッサンドラにぼくの分もキスしてあげて」

一瞬《いっしゅん》たって、またしても窓から顔を出した。「やっぱりやめて！　キスしないで！　カッサンドラにうつるといけないから！」

鼻たれの弟ですら、ママがわたしのこと心配するより、犬を心配してるのに。わたしはきゅうに、猛烈《もうれつ》に腹が立ってきた。何もかも、こんなじゃなくて、まるごと変わらなきゃいけないのに。外の物音がしずまるのを待って、うとうとしようとした。頭がまるで大きな、すごく熱い鐘《かね》になったみたい。ぜんぶ霧《きり》がかかってる。まったく一人でこの状態は、マジでつらい。でも、ママを呼びたくはなかった。ママはどうせまた、「なんちゃってお通夜《つや》」をはじめてることだろう。とにかくママの気配はぜんぜんしなかった。みじめな気分。かぎりなくみじめだった。

午後、ラミィがカッサンドラを迎《むか》えに来て、そのときじぶんで描《か》いた絵をくれた。黒い巻き毛の人

が、花いっぱいのベッドに寝《ね》てる。下に金色のつぼがある。

「これ、マディーナだよ」ラミィがいった。「お花とか、すきでしょ」

「ありがと、ラミィ」わたしはかれた声でいった。絵のなかのわたしはちょっと、棺《ひつぎ》におかれた死体みたいに見えた。昔のいろんな映像が、いちばんいらないときに勝手に浮《う》かんできて、まるで不快なフィルムみたいに「いま」のなかにすうっと入りこむのを、どうすることもできなかった。

「で、このつぼは何なの？」

「マディーナがゲロしたくなったときのためだよ」

「どうして金なの？」

「ぼくたちお金もちになったから」

- - - - - - - - - - - -

夜中に目が覚めて、のどが紙やすりみたいにカラカラだったから、用心深くベッドから降りてキッチンへ行ったら、きゅうにひどいめまいがして、バランスをくずした。とっさにテーブルクロスをつかんでたおれながら、ぜんぶぶちまけちゃった。すさまじい音がした。アミーナおばさんが髪《かみ》をふり乱して駆《か》けこんできた。その後ろに、きれいな三つ編みのママがつづいた。ママは毎晩三つ編みにする。きちんとした女の人は、夜中にトイレに行くときですら、髪《かみ》をおろしてうろうろしないものなんだ。わたしのなかにあったものが、とつぜんすごいきおいでぜんぶ外に吐《は》きだされた。

わたしはグラスの破片《はへん》のなかにころがったまま、吐《は》いた。ラミィの金のつぼがぜんぜんないところで。

しばらく見たことのない速さで、ママがわたしのそばに駆《か》けよった。ママの冷たい手、やわらかい腕《うで》。ママはわたしを抱《だ》きあげた。わたしはフライパンみたいに熱い顔をママの胸にうずめた。ママの胸は前よりもなんとなく薄《うす》くなっていた。やつれたせいだ。

「すごく疲《つか》れちゃった、わたし」わたしはいった。「もうむり」

ママはいった。「大丈夫よ」

- - - - - - - - - - - -

午後、ラウラがカッサンドラを連れてきてくれた。カッサンドラはわたしの顔じゅうなめた。わたしは数段、気分がよくなった気がした。それからカッサンドラは黒い輪っかみたいにわたしの足元にうずくまって、わたしの番をしてくれた。ラミィが帰ってくると、カッサンドラはラミィを部屋に入れようとしなかった。わたしの犬が、プライベート空間を大事にする子なのはとってもすばらしい。プライベート空間ほど大事なものはないんだから。マジで。何度もいうけど。

「マディーナの犬じゃないからね!」ラミィが部屋の前からどなった。「かぞくみんなの犬だよ!」

ラミィはどしんどしん足を踏《ふ》み鳴《な》らした。グリム童話のこびとも真《ま》っ青《さお》のあばれっぷりだ。するとカッサンドラがはね起きて、部屋の外のラミィに走りよった。ラミィはカッサンドラの体に顔をうずめた。その瞬間《しゅんかん》、ラミィは見たこともないくらい幸せそうだった。少なくともここ何年か見ないくらい。戦争がはじまってから。そしてそのころ、ラミィはまだ赤ちゃんだった。それからラミィはほんの一瞬《いっしゅん》、顔を上げて何かいったけど、毛皮を通してだと、かなりもごもご聞こえた。「ぼくたち、みんなかぞくになったんだよ。みんなね」

朝、アミーナおばさんがラミィを幼稚園《ようちえん》へ連れていった。おばさんがもどってくると、ママとスージーは熱心に話しあった。その声が階下まで聞こえてきた。アミーナおばさんが一生懸命《いっしょうけんめい》通訳していた。それからみんなすごく真剣《しんけん》な顔で支度《したく》して、車でどこか出かけていった。何か大事なことらしかった。ラウラは学校をさぼって、看護婦さんの役をしてくれた。わたしはそれに甘《あま》えた。

わたしはもふもふのセーターを着て、ふらふらしながら郵便受けを見に行った。ふたを開けるまでの、心臓のいつものドキドキ。そして薄暗《うすぐら》い郵便受けのなかに手紙が入っていなかったときの、ちくりと胸をさす痛み。ママとスージーがもどってきた。ママは興奮した面《おも》もちで、ほっぺが赤くなっていた。役所に行ってきたんだ。ママがわたしぬきで役所へ行ったのははじめてだ。

ママはなんとなく変わった。わたしのところに紅茶とクッキーを運んできてくれて、ラウラが電球みたいっていうわたしのほてったおでこに手を当てる。ラウラは犬の散歩に出かけて、いちばんお気に入りのジーンズに黒いしみをつけてもどってきた。

「何それ？」わたしは聞いた。

「さあね」ラウラがいった。

「それ、落ちるの？」

「さあね」


夜、ママとアミーナおばさんがキッチンでお茶を飲みながら話しているのが聞こえた。アミーナおばさんがいった。「いまにわかるわ、これはあなたにも効くはずよ。体と同じように、心にも薬が必要なの。私をごらんなさい」

ママはひと言だけいった。「ありがとう」


二日後、わたしはまた学校に行けるくらい元気になった。今日は午後体育があって、帰るころにはもう暗くなっていたから、わたしたちは中央広場でバスを降りた。「ガイジンは出ていけ」の文字が、上から黒いスプレーで塗《ぬ》りつぶされていた。下のほうだけちょっと、赤い部分が血みたいに黒い雲からはみでている。ラウラのジーンズのしみと同じ黒だ。わたしは横目で見て、思わずにやりとした。ラウラもにやりとした。ラウラはわたしのために、お気に入りのジーンズを犠牲《ぎせい》にしてくれたんだ。

11

体育の時間になわのぼりをしたら、わたしがいちばんだった。いまはもう、体操着のズボンが大きすぎておしりからずり落ちたりして、恥《は》ずかしい思いをすることもない。ぜんぶいい感じにぴったり。わたしの体はもう、ほかのみんなと区別がつかない。まあ、色の濃淡《のうたん》はちょっとあるにしても。

「あんた、このモデルみたい」ザビーネがいって、携帯《けいたい》電話でわたしに写真を見せた。ちょっとうらやましそうな声だった。わたしはそういうテレビのモデルを知らない。じつはどうでもいいと思ってる。でも、ザビーネがほめてくれたことはわたしには重要だった。こんなふうにほめられることに、わたしはまだ慣れてない。少なくとも、十分慣れてはいない。わたし的には、モデルの大群とくらべてくれてもいいんだけど。まあ、どうせそのうち一人も知らないんだけどね。

今日、三人いっしょにヴィシュマン先生の相談室へ行った。わたしたちが話しているあいだ、ラミィはぜんぶの棚《たな》を見て、ソファの下におもちゃ箱を見つけて、おもちゃをぜんぶ引っぱりだした。そしてわたしはといえば、またしても通訳した。パパのときみたいに。ママはすっかり気が変わったみたいで、先生の話をじっと聞いていた、少なくとも聞こうとしていた。でも、うちの家族は何か変だ、

ってママはぜったいに認めないだろう。

「万事《ばんじ》うまくいっています」ママは何度もくりかえしながら、ほとんど泣きそうになった。「すてきです。感謝しています」

「トイレ行きたい」ラミィがさけんだ。ママはラミィといっしょに走った。遅《おそ》かった。トイレットペーパーをズボンにつめたラミィは、赤い車を持って帰っていいことになった。それと次回の予約。ママは承知した。「ぼく、ようちえんが二こになったんだ」ラミィはじまんした。「マディーナは一こしか、がっこうないけど」まるで車を二台持ってるとか、別荘《べっそう》があるみたいに聞こえた。

- - - - - - - - - - -

キング先生は、前回と同じように紅茶を用意してくれていた。わたしたちは英語を復習した。わたしはあいかわらず英語がいちばんの弱点だ。ドイツ語の遅《おく》れをとりもどすのに全エネルギーを注いでいて、三つめの言語を頭にたたきこむのにいまだにひどく苦労していた。まるで二つの言語しか入る場所がないみたい。キング先生はきびしかった。まるでチェック柄《がら》のミイラみたいにショールにくるまって、わたしがしどろもどろにいう文を一つ一つ、じっとだまって聞いていた。先生はとうとう本をおいて、立ちあがった。

「まだまだね。がんばらなくては」

わたしは怒《いか》りをのみこんだ。先生はわたしを助けてくれようとしてるんだから。

「いっぺんにそんなにたくさんの言葉を覚えるなんて、できません」思わず本音がもれた。「とにかくもう空きがない、頭がいっぱいなんです。むりです」

キング先生は前に身を乗りだした。「いいえ、できますとも。私もできたから。何十もの言語を話せる人はいる。ただ、そのための空きを作ればいいだけなの」

先生は立ちあがって、後ろの棚《たな》から革張《かわば》りの本を取りだして、テーブルまで持ってきた。それは古い写真のアルバムだった。

太った男の人。上等なスーツに、ポケットチーフと、革《かわ》のかばん。そしてすごくやせた若い女の人が、男の人の腕《うで》にぶら下がってる。チェック柄《がら》のワンピース。高く結《ゆ》った髪《かみ》に、馬みたいに長い顔、たれ下がったとがった鼻。キング先生だ。

「ごらんなさい、私の夫は通訳だったの。七つの言語を話せた」先生は写真をなでた。「だから、できる。三つの言語を覚えることはできるの」

「先生のワンピース、すてきですね、この写真の」

先生はワンピースと同じ柄《がら》の肩のショールをきれいにならした。「これは本物のタータンチェック地なの」先生はじまんそうに付け足した。「あなたがいまの学年をいい成績でしめくくれたら、あなたにもこういうショールをプレゼントしてあげる」

わたしはにっこりした。そのショールは先生が着てるとすてきだけど——わたしがしたら、かなり変なんじゃないかな。

「学校を卒業したらどうするか、決まっているの？」先生はわたしに聞いた。

先生は前にも同じ質問をしたけど、わたしが答えたら、本気と思ってくれなかった。それでもわたしはうなずいて、同じように答えた。「はい。医学部に行きたいです」

キング先生はかすかに顔をしかめた。「まあ、医学部……そうなの」先生はため息をついて、わたしのカップに紅茶のおかわりを注いでくれた。「さあ、それでは――もう一度はじめから読んでちょうだい」

時間の終わりに、先生はほめ言葉の雨をいっぱい降らせてくれた。ついでに熱い紅茶の雨も少し。先生の手が紅茶のポットをしっかり支えられなかったからだ。先生はあやまって、刺《し》しゅうのあるナプキンでふいてくれた。そして先週にくらべて明らかに少ない宿題を出して、わたしを家へ帰らせた。

夜、ラミィがきゅうにわたしに寄りかかってきた。もうしばらくそんなことしてなかったのに。

「ねえ、パパはかえってくると思う?」

「もしかしたらね」わたしはいった。いま、この瞬間《しゅんかん》にもそんな気がした。もしかしたら。

今朝、ママが薬を飲んでるところを目撃《もくげき》した。ママは一度も薬を飲んだことないんだ。ほとんどない。「何の薬?」わたしは聞いた。

ママはいった。「元気づけの薬よ」

いちばん幸せを感じるのは、カッサンドラと森を歩いてるとき。カッサンドラとわたしだけで。説明も、勉強も、なぐさめる必要もない。

それからラウラとマルクスとカッサンドラといっしょに、スージーのリビングにあるソファでごろごろするのも好き。ソファはふわふわにやわらかくて、飲みこまれそう。それで、ひたすらばかみたいにテレビを見る。ちょっぴりクッキーとかポテトチップスがあるのもすてき。

ママはひと晩、朝までぐっすり眠《ねむ》った。しばらくなかったことだ。

この一週間はほんとにいい週だった。いつもそうならいいのに。わたしはそういうのに慣れたい。マジで。

でも木曜日、わたし一人でヴィシュマン先生のところに行って、バスで帰ってくると、中央広場でまた例の集会をやってた。プラカードを持って。そして今回は四人じゃなくて、六人もいた。卵黄みたいな黄色に染めた長い三つ編みの若い女の人が入ってた。髪《かみ》の生《は》え際《ぎわ》はわたしみたいに黒い。二人増えたせいで、先週よりも声が大きく聞こえる。バスのなかまでよく聞こえてきた。それに前回より大きい横断幕も持っている。わたしはバスの窓からそいつらを見て、降りるのをやめた。バスが停留所に停《と》まっているあいだ、そいつらに見つからないように、わたしは首をちぢめた。たった数分の待ち時間が、いまいましいくらい永遠に感じられた。心臓の音が耳に大きくひびいた。もうすぐ、わたしがここにすわっているのを見つかっちゃうだろう。そしたら……でも、目をそらすこともできなかった。

通学かばんを立てて、そのかげからぬすみ見た。またカフェの店主が出てきて、おそろしく大きな声でどなるのが聞こえた。おまえら、ここにいるなといっただろう、このクソったれめ。そしてまた警察を呼ぶ、とおどした。わたしは関節が真っ白になるくらい、こぶしをぎゅっとにぎりしめた。やっとバスがまた発車してから、はじめて携帯《けいたい》電話をとりだす気になれた。わたしはラウラに電話した。泣かなかった。わたしが帰るころ、ラウラは家にいる、っていった。バス停まで迎《むか》えに来て、ってたのむことは思いつかなかった。思いついたときには、もう遅《おそ》かった。いまからたのんでも、暗いなかでラウラを待たなきゃいけないだろうし。それはそれで、一人で歩いていくのと同じくらいつらい。そんなわけで、わたしは闇《やみ》のなかを家まで歩いた。怒《いか》りでさけびだしたかったけど、さけぶ勇気はなかった。ラウラは家の前で待っていてくれた。カッサンドラがとびあがって、わたしのほうに駆《か》けてきた。

「わたしも見たよ、あいつら」ラウラがうらめしそうにいった。「あのクソめら。調子に乗るんじゃないよ」

わたしはだまっていた。マルクスも来て、わたしたちを元気づけようとした。肩《かた》にかついだバッグのなかで、何かがカランカランと音をたてている。

「あんなやつら、だれも相手にするもんか。ただのひまな負け犬だよ」マルクスはいった。この世のすべての絶望をあつめてきたようなわたしの目つきを見て、もう一度同じことを、さらに力をこめていった。

「あと三回いってみてよ。それでもやっぱり信じないから」

「スプレーだってできるよ」

「それで、あいつらじゃなくて、わたしたちが警察につかまっちゃったら？」

「おれたちはあいつらの不道徳な行為《こうい》を正してるだけさ」

わたしは納得《なっとく》できなかった。もしわたしが警察ざたになるようなことをしたら、うちの家族に有利にはたらくとはとうてい思えない。マジで。あのアホ野郎《やろう》、前みたいに、ゲロを吐《は》いてそのまま消えちゃえばいいのに。あの歳《とし》の市《いち》で。夏が終わってから、永遠くらい長い時間がたった気がする。夏の軽《かろ》やかさはもうかけらもない。もともとすごく軽《かろ》やかだったわけでもないけど。少なくともわたしには。


何かが最悪だとかって、ぜったいに口にしないことだ。なぜなら運命は近いうちに、まだまだ悪く

なれるんだよ、って全力で証明しにくるにきまってるから。それは運命にとって、どうしても逆らえない誘惑《ゆうわく》みたいなものらしい。運命のおしりを顔面に食《く》らったと思ったら、そのあとすぐに体全体がどかんと来る、で、さっきのは半分ですらなかったんだ、って気づくんだ。

学校の授業は一時間ごとにしんどくなっていった。そしてキング先生ときたら、わたしの生活を全力で台なしにしようと決心したらしかった。先生はきゅうに三倍くらいきびしくなった。どれだけいっぱい正解をいっても、ぜったいにほめてもらえない。しかもドイツ語の授業のあと、まるで犯罪者みたいに職員室に呼ばれた。

「私たちにはまだやることがたくさんあるの」先生はいった。

わたしはむりにわらいながら、内心思った。あんたはそうかもね。わたしはちがう。

「やることがたくさんあるのに、時間はもうそんなにないの。はい」

先生は追加の課題のぶあつい束をわたしの手に押《お》しつけた。ドイツ語と、英語まである。お遊びは終わりだ。先生はもうエンジン全開だった。もし先生がレーサーだったら、ほかの出場者をみんな壁《かべ》に押《お》しつけて、火花を散らしながら追《お》い越《こ》していくんだろうな。まだ学年のはじめなのに。まったくもう!

「これを二週間でしっかりやってくること」先生はそう指示した。そしてわたしの顔をのぞきこんで、さらにそっけなくいった。「いいわけはいっさい聞きたくありませんから。わかった?」

で、まだ何か? ってわたしは思ったけど、何もいわなかった。そしてだまっているじぶんにも腹が立った。昔話みたいに、麦わらをつむいで金の糸にしろとか? やればいいんでしょ。楽勝だよ、ほんとに。わたしは頭にきすぎていたので、話が終わるころになってようやく、どれだけ先生がやせたかに気づいた。先生がくるりとむこうを向くと、いつもぴったり体に合ってた服がずれて、ひだができた。

「カフェに行かない？」夕方、マルクスが聞いた。ほんとに行きたかったけど。でもむり。このすてきな追加の宿題をやらないと。

「手伝うよ」マルクスがいった。「英語は好きだから」

そうやっていっしょにリビングで勉強してたら、また二人は何とかなりそうな気がしてきた。でも最初の一枚が終わったとき、マルクスがまた聞いてきた。二階に来ないかって。わたしはさっとじぶんの物を片づけて、何もいわずに立ちあがって、部屋を出た。ときどきこの世のぜんぶがどうでもよくなる。たとえば今日とか。

そしてもちろん、わたしがヴィシュマン先生のところへ行くのが毎週木曜日だなんて、超《ちょう》ラッキー。だってあのクソったれたちも、いつも木曜に行進することになったみたいだから。今日バスで帰ろうとしたら、もう遠くからあいつらが見えた。十人に増えてる。いつものようにカフェの店主が駆《か》け出してきて、文句をいって追いはらおうとすると、クラクション野郎《やろう》がいった。「消えろ。オレら、ちゃんとデモの届けを出してるんだよ」店主は退却《たいきゃく》ラッパを吹《ふ》くしかなかった。

バスが動きだしてからも、店主がまだ途方《とほう》に暮れて、路上に立ちつくしているのが見えた。

12

家に帰って、体育でかいた汗《あせ》をシャワーで流そうとした。バスルームのドアが閉まっている。わたしは開けようと何度も引っぱった。そのうちやっと、アミーナおばさんがバスルームのなかからささやくのが聞こえた。「もう少しかかるから」施設《しせつ》にいたときみたいだ。ようやくおばさんが出てくると、また皮膚《ひふ》がこすって真っ赤になっているのが見えた。手も、首も。おばさんは体をかがめて、わたしの横をすりぬけてかげに隠《かく》れたけど、それでも見えた。わたしたちがふりきりたいと思っているものすべてが、きゅうにフラッシュバックする。何度もくりかえし。わたしたちの上を波が通りすぎるのを待つしかない。そしてまた立ちあがるんだ。

それから考えた。わたしたちがおたがいに秘密を持ったら、わたしたちの共同生活はこわれてしまう。わたしはパパとママみたいになりたくなかった。いろんなことをちゃんと話したかった。

ラウラと話さなきゃ。このままじゃだめだ。ラウラはこの国でのわたしの錨《いかり》。ほかのだれよりも。わたしはラウラを信じてる。前みたいになりたかった。わたしはスタート前のスキージャンプの選手みたいに、じぶんを勇気づけなきゃならなかった。もしかしたら、すぐに顔から落ちちゃうかも。でももしかしたら、金メダルをとれるかもしれない！「ラウラ、ラウラ！」って下から呼んだのに、ラウラの反応はない。それでわたしは二階へ行った。ノックなしでドアを開ける。ラウラはすわって、机の上にかがみこんでいた。ぎょっとしている。わたしが来るのが聞こえなかったんだ。ぱっと立ちあがって、椅子《いす》の背にかけてあった革《かわ》のジャケットをつかむと、それで机をおおった。いかにもさりげなく。マジで。こんなに悲惨《ひさん》な状況《じょうきょう》じゃなきゃ、わらっちゃうところだ。ラウラがもうわたしを信用してないってことについて、ジョークもいえなかった。どうしてかもわからない。わたしは何もしてないのに！　だめだ、もうだまってなんかいられない。ラウラを失いたくない。あったかい日ざしのなかで雪が溶《と》けて流れていくみたいに、わたしたちの関係が両手のなかで消えていくなんていやだ。

「いいかげんわたしに話してよ、いったいどうしちゃったの」わたしはそういって、ラウラの前に立ちはだかった。ほんとはさけびたかったけど、こわすぎてできなかった。わたしの声は妙《みょう》にかん高くて、か細かった。ほんとばかみたい、こんなにたくさん経験して、たくさんやってきたのに、ただの会話できゅうに声がいうことを聞かなくなるなんて。もしかするとそれは、わたしがここにたどり着いてからの中心に、ラウラがいるからかもしれない。もし、新しいマディーナの震源《しんげん》になってるラウラがいなくなっちゃったら、わたしっていったいだれ？　もっと新しいマディーナ？　ただしひとりぼっちの？　その瞬間《しゅんかん》、マジで痛いくらいはっきりと、決定的にわかったのは、マルクスはわたしにとって、ラウラほど大事な存在じゃなかったってこと。そしてこれからも、ならないだろうってこと。わたしはすぐにさとった、わたしたちはもうじき別れるだろうって。でも、それはわきへおく。とりあえずいまは。

「ラウラ！」スージーが下からさけんだ。「降りてきて、カッサンドラと散歩に行くっていってたじゃない。もう十分たったわよ！」

ラウラは追いつめられたけものみたいな顔をしていた。わたしがもっと近づいたら、何をするかわからなかった。わたしを突《つ》きとばすか。わたしをののしるか。罠《わな》にかかったトラみたいに、いまにもうなり声をあげて、牙《きば》をむいてきそうだった。

「いいかげんに降りてきなさい」スージーがもう一度呼んだ。ラウラは革《かわ》のジャケットをつかんだ。

「ラウラ！　どうしてそんなに時間かかってるの」

「あとで話そう」ラウラはいうと、革《かわ》のジャケットをばさっと肩《かた》にかけて、ドアをたたきつけるように閉めて出ていった。ドア枠全体《わくぜんたい》がゆれて、壁《かべ》のペンキがぱらぱらとはがれ落ちた。鍵《かぎ》が穴から抜《ぬ》けて、じゅうたんの上に落ちた。ラウラの上着があったところは、引き出しが開いたままになっていた。ラウラがそこに上着をかぶせたのは、どうやらこの開いた引き出しと、さっきまで抱《かか》えこんでいた日記をわたしに見られないようにするためだったらしい。

わかってる、友だちにそんなことしちゃいけない、って。わかってるんだ。なのに、わたしはラウラの日記を引き出しから取りださずにいられなかった。二人のあいだの信用を完全にぶち壊《こわ》すようなことだ。だれかがわたしの日記をこっそり開けたら、わたしだっていやだ。わたしはじぶんの日記をいつもちゃんと隠《かく》してる。家族が一つの部屋で暮らしてたころはとくに。パパ、ママ、ラミィ、アミーナおばさん。ラミィはいつも、わたしのブルーのビロードの日記帳をかぎまわってたけど、わたしはずっとうまく隠《かく》してきた。少なくとも、わたしはそう思ってる。っていうのは、もしラミィがすごく器用に立ち回ってたら、わたしがぜんぜん気づいてないって可能性もあるから。もっとも、ラミィが器用だったことなんか、あのころもいまもないんだけど。うん、わたしがここでしてることを、ラミィが一度もしたことがないのはほぼたしかだ。だれかがわたしの意思に反して、わたしの心の奥《おく》をのぞくって想像しただけで、気分が悪くなる。だからこそ、マジで申し訳なく思う。ごめん。けど、じぶんを止められなかった。手がふるえて、日記のページもいっしょにふるえた。ラウラがもどってきて、現行犯のわたしを見つけるんじゃないか。犯行現場で、手に血の付いた犯人を発見するみたいに。あまりの恐怖《きょうふ》に、日記を指からするりと落としそうだった。

下でカッサンドラが吠《ほ》えて、足音が聞こえる。

速く。最後の文はまだ終わりまで書けていなかった。

「また仲直りした！　やっとだ。もうすぐ池でSと会う。すごくわくわくする……」

Sか。この謎《なぞ》めいたS、こいつのせいで、わたしたちの友情はきゅうに色あせて、どうでもよくなっちゃったんだ。まだぜんぜん会ったこともないのに、わたしはそいつがきらいになった。この男がぜんぶぶち壊《こわ》したんだ。わたしの新しい家、居場所を、このいまいましいSが。

こいつがウンコしてるあいだに、雷《かみなり》に打たれちゃいますように。

怒《いか》りとともに、ばかげた考えも浮《う》かんだ。つまり、ラウラは何もかも隠《かく》して、わたしをだますつもりってこと？　わたしはいつだって、ぜんぶラウラと共有してきたのに?!　わかった。それならラウラが承知しなくたって、わたしはじぶんの目で見てやる。ついてなかったね、ラウラ。親友をそんなふうに扱《あつか》うもんじゃないよ。とにかく、そんなのないって。わたしは日記帳をもどして、ラウラが何も気づかないように位置を直した。

それから、べつにそうしようと決めたわけでも何でもなく、そういうことが起きた。わたしはラウラのあとをつけることにした。……心の片すみがマジで痛んだけど。でも、わたしがやろうとしてるのはものすごくひどいことだ、って教えてくれるこの小さな声よりも、怒《いか》りの声のほうがはるかに大きかった。

わたしは玄関《げんかん》から外に出て、いそいで森へむかった。池につづいてる道だ。新しい犬のフンがあった。

ここをカッサンドラといっしょに通っていったってことね。

そろそろ日が暮れようとしていた。うまく計画したじゃん、ラウラ。わたしはじぶんを先へ駆《か》りたてた。怒《いか》りのほうが不安よりも大きかった。森はとつぜん、おとぎの森に変わった。百の目がわたしの動きを見はっている。いまにも巨大猿《きょだいざる》がわたしの頭の上に忍《しの》びよってくるところかもしれないし、翼《つばさ》の生えた怪物《かいぶつ》がわたしにおそいかかる機会をうかがっているかもしれない。それもこれも、ぜんぶSのせいだ。わたしは足を速めた。はるか遠くから、カッサンドラの吠《ほ》える声とラウラのわらい声が聞こえてきた。やっぱりラウラは池にいるんだ、思った通りだ。つまりおとぎの森でわたしについてきたみたいな、カラフルな極楽鳥《ごくらくちょう》さんたちがいま、あそこにいるってわけか……カップルのね！　ちぇっ、すてき。けどだめ、もう日が沈《しず》む。池はもう視界のなかにある。日が暮れて、もうじき目の前にかざしたじぶんの手も見えなくなるだろう、そしたらぜんぶむだになる。わたしは走りだした。すぐに枝を踏《ふ》んづけて、ぎょっとする。あわてない、あわてない。わたしはぱっとしない探偵《たんてい》みたいに、忍《しの》び足《あし》で池に近づいた。太陽はほとんど消えかけていた。わたしの長くのびた影《かげ》が、池のほとりの二人にとどきそうになった。もうじき両方の影《かげ》がくっついて、混ざりあうだろう。なのに二人はあいかわらず、わたしがいることにぜんぜん気づかない。ぞっとするような、ロマンチックなような。

そこにラウラが立っていた。わたしに背をむけて。カッサンドラがしげみのにおいをかいでいる。そしてラウラのむこうに、だれかが立っていた。何となく妙《みょう》な感じがした。

なるほど、あれが呪《のろ》われたSってことね、ってわたしは思った。とうとう見られた。

わたしはそっと近づいた。十分な距離《きょり》まで近づくと、Sがラウラより背が低くて、少し太っているのがわかった。赤褐色《せきかっしょく》の長い髪《かみ》。そして、ワンピースを着ていた。

そのとき、わたしはまた枝を踏《ふ》んでしまった。こういう森の道には、枝を踏《ふ》んづける危険がごろごろしてる。カッサンドラが耳を立てて、クンクンいいながらしっぽをふった。わたしはどっと冷《ひ》や汗《あせ》をかきながら、カッサンドラがわたしのにおいのするほうへラウラを引っぱってくる前に、しげみのなかへ退却《たいきゃく》した。でもラウラはどっちみち、Sとキスするのにいそがしかった。

Sはゾフィーの S。ラウラの夢に出てきたゾフィーだった。

- - - - - - - - - - -

わたしたちはスクールバスに乗っていた。ラウラは音楽を聞いていたけど、いつもみたいにイヤホンを片方貸してくれなかった。わたしはラウラとちがうほうを向いた。ラウラの顔を見られなかった。

なんでラウラはわたしにいえないんだろう、女の子とキスしたって。なんで？

わたしはマルクスと、ひさしぶりにキスした。ラウラができることは、わたしだってできる。けどなんだか妙《みょう》な味がした。

今日、はじめて雪が降った。庭についたカッサンドラの足跡《あしあと》が溶《と》けていく。

いつものように、郵便受けをこっそり見に行った。今日は何もかもちがった。今日は空っぽじゃなかった。手紙が一通、入っていた。役所の手紙には見えない。難民滞在施設《なんみんたいざいしせつ》から転送されてきたんだ。切手がいっぱい貼《は》ってあった。わたしたち宛《あ》てだ。わたしはふるえる手で、手紙を郵便受けから取りだした。故郷《くに》からとしか思えない。わたしは庭のいちばん奥《おく》のすみに隠《かく》れた。これをママに見せるつもりはなかった。こんなふうにどうってことなさそうに見える手紙に、わたしの生活をひっくり返されるのは二度とごめんだった。去年わたしたちが受けとったあの手紙みたいに。あの手紙がパパに、戦争にもどれって要求したんだ。おばあちゃんとおじさんを救うために。それからパパが決心するまでの、あの時間。みんなが警告したのに、ほんとにみんな。ママ。アミーナおばさん。友だち全員が。

「あなたはむこうで消される、そしてその代わりに生きのびる人は一人もいないでしょう」ママがパパにいった。「これはわなよ。汚《きたな》いわな。あなたはむだ死にするだけ。子どもたちをおき去りにして」ママがパパに面と向かって反論するのははじめてだった。わたしが生まれてからはじめて。そして施設《しせつ》で夜中にくりかえされたはてしない議論。パパとママはみんなが寝《ね》てて、だれも聞いてないって思ってたみたいだけど。もちろんそんなはずない。わたしは暗闇《くらやみ》のなかで横になりながら、両方の耳を衛星アンテナみたいに立ててた。でも二人の会話は、宇宙人のメッセージかと思うくらい理解できなかった。地球上でそういうメッセージをキャッチしようっていう取り組みがあるんだって。最近、学校で習ったんだ。昼も夜も、その巨大《きょだい》な耳が宇宙の音にじっと聞き入っている。つながりと希望をもとめて。あのころのわたしみたいに。

そしていま、また手紙が来た。また不確かなもの。希望が来た。わたしは手紙を手に持って、寒さにふるえながら、それを開ける勇気がなかった。もう何か月も、この手紙を毎日待ちわびていたのに。

目の前でいろんな映像がちらついた。

たとえば、「残念ながら、ご夫君が亡《な》くなられたことをここにお知らせします」って書いてあるかもしれない。または、「愛するマディーナ！　私はもうおまえたちのところへ向かっているよ！　がんばるんだ！」かもしれない。

何でもありえた。最悪も、最高も。わたしがこの手紙を開けないかぎり、パパは死んでるかもしれないし、生きてるかもしれない。わたしはとうとう心を決めると、くちびるをかんで、封筒《ふうとう》を開けた。

なかに入っていたのは、紙きれ一枚だけだった。そこに二つの文が書いてあった。

「旅の準備をしている。またわたしたちから連絡《れんらく》する」

旅って何の？　だれの旅？　「わたしたち」ってだれ？　これって何かのサギの手口なのか、それともわたしの頭がおかしくなったのかな？　または、だれかが悪い冗談《じょうだん》を思いついたとか？　ママはこれを読めるような状態じゃない。ママにこれを見せたら、ママのせっかくの進歩が、一瞬《いっしゅん》でぜんぶ台なしになる。それからアミーナおばさんは、だまってることができない。だから相談相手にはならない。ヴィシュマン先生に話すまで、手紙をだれにも見せないことにした。ヴィシュマン先生なら、どうすればいいか知ってるだろうから。


ひと晩じゅう眠《ねむ》れなくて、まるで串焼《くしや》きチキンみたいに、ぐるぐる寝返《ねがえ》りを打った。


明け方、トイレに起きたアミーナおばさんが、わたしがベッドにすわっているのを見つけた。

「大丈夫？」

わたしはうなずいた。

「そうは見えないけど」おばさんはそう結論づけた。絶望で眠《ねむ》れない夜を知りつくしている人がいるとしたら、それはアミーナおばさんだから。旦那《だんな》さんが殺されてから、おばさんは二年間、そうやって過ごした。夜ごと、施設《しせつ》の窓辺で。月を呼びよせながら。死んでいるのかと思うくらい、身じろぎもしないで。ここにたどり着いてすぐのころ、うちの家族みんながそうだったように、わたしが夜中にはっと目を覚ますと、いつもアミーナおばさんが窓辺にすわっているのが見えた。真夜中でも、午前二時でも四時でも。月明かりだけが、おばさんの胸が上下に動いている、おばさんがまだ生きてる、ってわたしに教えてくれた。だからわたしは、月が雲から顔を出す瞬間《しゅんかん》が好きだった。わたしは月が好きだった。いまも月は好きだ。でもいまは、月はわたしの秘密を明かしてしまう。そう、だれかが絶望してたら、アミーナおばさんにはわかるんだ。わたしはあわててまた横になった。もうあと半日だけ、そしたらヴィシュマン先生に会える。

わたしは手紙を取りだして見せた。ママに見つからないように、何度も小さく折りたたんである。またはラミィとか。アミーナおばさんはぜったいにわたしの物を勝手に見たりしない。その点は安心だった。ジェットコースターに乗ったときみたいに、手がふるえた。手紙をちゃんと持てなくて、手紙は悲しい紙飛行機みたいに、ヴィシュマン先生の相談室のカラフルなじゅうたんの上にふらふらと着地した。わたしが手紙を拾って訳すと、先生は途方《とほう》に暮れた顔をした。先生がこんなに途方《とほう》に暮れた顔をするのははじめてだった。そもそも何をいえばいいっていうんだろう？　ヴィシュマン先生はすり切れた手紙を見て、わきへどかすと、わたしにコップの水をくれた。たぶん、ソファとワンピースのあいだを行ったり来たりしているわたしの手に持つ物をあたえて、落ち着かせようとしたんだ。

「手紙は本物なのよね？」ヴィシュマン先生は封筒《ふうとう》をもう一度じっと見た。「封筒《ふうとう》はいずれにしても本物のようね」

「だれが書いたんでしょう？　パパがわたしたちのところに帰ってくるつもりなら、ぜったいこんな書き方しませんよね。ね、そうでしょ？」

ヴィシュマン先生はちょっとお手あげだというように、肩《かた》をすくめてみせた。「もしかすると、だれか捕《つか》まるリスクをおかしたくない人が書いたのかもしれない」

「それで、これから何をすればいいんですか」

ヴィシュマン先生は顔をしかめた。頭にかけてあったメガネが、すとん、と鼻の上に落ちた。いつもならおかしいと思っただろうけど、今日はそれどころじゃなかった。「正直なところ、かんたんには答えられないわね」

相談の時間が終わっても、ほんとには話は進んでいなかった。待つことを先生は提案した。まだ何かつづきが来るかどうか、待ってみること。

すっきりして家に帰れるって期待していたのに！　ちょっとがっかりしたし、不安になった。ヴィシュマン先生はいつでも、何をすればいいか知ってるんだと思ってた。でも、それはこの国のことだけなんだ。むこうで起きること、わたしが故郷《くに》に残してきたことは、先生の専門領域じゃない。もし先生が魔法使《まほうつか》いなら、きっとこんないい方になるんだろう。この者はあの国では力を持たぬのだ、って。

帰りはまたバスの窓から、例のアホたちがデモをやってるのを見なきゃならなかった。今日はもう十五人になっていた。

- - - - - - - - - - - - - - - - -

一日に何回も郵便受けを見に行くようになった。

- - - - - - - - - - - - - - - - -

すぐにママに見つかった。わたしを疑いの目で見てる。でも、ママがわたしに何か聞く前に、フランツィのお母さんが玄関《げんかん》のドアホンを押《お》した。ママはドアを開けて家の主人役を演じるために、いそいで飛んでいった。キッチンからいいにおいがする。フランツィのお母さんがフランツィを迎《むか》えに来る日はいつもそうだ。友情はたぶん、ほんとに胃袋《いぶくろ》を通っていくものなんだ。デーツ・クッキーの友情。

- - - - - - - - - - - - - - - - -

がまんして、ママがいないときに二回だけ行くようにしてる。ママはほんとにずっといるんだもん、マジでチャレンジだよ。

- - - - - - - - - - - - - - - - -

わたしが何か知ってるって、ラウラは勘《かん》づいてるのかな。わからない。ラウラのようすは最近ずっと同じ。用心深い。不安そう。できることなら、肩《かた》をつかんでゆさぶってやりたい。ついでにじぶんも。だって、くだらない疑問ばかり頭に浮《う》かんでくるから。

マルクスと映画館に行った。暗闇《くらやみ》でマルクスの手をにぎった。二人で手をつなぐのは、ずいぶん久しぶりだった。わたしは何度か、あまりふさわしくない場面で、大きな声でわらいすぎた。なのにほんとはずっと、どっちかというと泣きたい気分だった。「来週も来ようか？」ってマルクスが聞いた。わたしはうなずいた。

ママはキッチンにすわって、生地《きじ》をのばしていた。デーツ・クッキーの生地《きじ》だ。ハミングまでしてる。ラミィはいない。フランツィの家に行ってるんだ。フランツィのお母さんがラミィを夕方送りとどけてくれることになってる。ラミィのベッドの横の壁《かべ》には、写真が一枚ぶら下がっていた。ラミィとフランツィ。二人で二匹《ひき》のウサギを持ちあげてる。一匹《ぴき》はすごく大きくて、大きなたれ耳がラミィの顔を半分隠《かく》してる。ラミィは見えてるほうの半分の顔をかがやかせてわらっていた。アミーナおばさんはかなり大きな音でCDをかけている。おばさんが昔好きだった歌手の声が、スージーの家じゅうに鳴りひびく。わたしたちの部屋のロウソクは、故郷《くに》の香辛料《こうしんりょう》じゃなくて、クリスマス用の香辛料《こうしんりょう》

の香りをただよわせている。みんながゆっくり、ゆっくり、ここにたどり着こうとしていた。いろんな障害はあっても。ここにとどまる、っていう名の大陸に。わたしはここで、ずっとみんなを待っていたんだ。

そうなんだよ、みんながちょっとずつたどり着きつつあるからこそ、手紙のことはいえない。だって、もし手紙がただのいたずらとか、ひどい冗談《じょうだん》だったりしたら、ママはまたふりだしにもどっちゃうから。たしかなことがわかるまで、だまってなきゃ。

まだ当分、だまってなきゃいけないんじゃないか、って気がしてきた。いえる日は永遠に来なかったりして。

「マジで何でもわたしに話していいからね」
「どんなラウウラでも、わたしは好きだよ」
「わたしはラウウラのこと信じてる」
またメモを三枚ともくしゃくしゃにまるめて、ゴミ箱に放りこんだ。

「今日はこのあと出かけなきゃいけないから」わたしがいつも通り、夕方にラウラの部屋に行こうとすると、ラウラはそういって、わたしの鼻先でバタンとドアを閉めた。わたしはただうなずいた。そして思った。わたしはラウラをなくしちゃう。だめだよ、そんなの。

－－－－－－－－－－－－－－

郵便受けのなかは、はい、サプライズ、空《から》でした。

－－－－－－－－－－－－－－

ヴィシュマン先生は、手紙の件とちがって、ラウラのことはそれほど深刻だとは思わないらしかった。そりゃまあ、レズビアンになったたっぽくて、何も話してくれなくなって、例のS、きれいな赤褐《せきかっ》色《しょく》の髪《かみ》の、謎《なぞ》めいたゾフィーに乗りかえたのは、先生の親友じゃないしね。わたしはすっかり頭にきてしまった。ここまで頭にきているわたしを、ヴィシュマン先生は見たことがなかったと思う。うちのパパと話したときみたいに、先生は眉《まゆ》をつりあげた。メガネもいっしょにずり落ちそうになった。

「ものすごく深刻にきまってるじゃないですか！」わたしはどなった。

「それくらいの年ごろでいろいろ試《ため》してみるのは、わりとふつうだから。それでオーケーなの」

「でも、わたしに嘘《うそ》をつくのはオーケーじゃないです！」

「おたがいほんとうに誠実になりたいのなら、ひとの秘密をこそこそ探《さぐ》るのも、あまりりっぱなやり方とはいえないわね」

先生がわたしに反論するのはがまんならなかった。なんできゅうにラウラの味方をするんだろう、わたしの味方じゃなくて?! わたしは立ちあがった。

「どこへ行くの?」ヴィシュマン先生が聞いた。ぎょっとしているのが、先生の顔でわかった。でも一瞬《いっしゅん》で平静をとりもどして、また笑顔《えがお》になった。

「もういい」わたしはどなった。「もううんざりです、いつも何かがうまくいかない、ぜんぶうまくいったためしなんかないんだから!」

わたしは部屋を飛びだして、後ろでドアをいきおいよくたたきつけた。壁《かべ》のしっくいがぱらぱら落ちた。ほとんどラウラだ。

アホどもがまた中央広場にいた。頭にきすぎてて、こわさも感じなかった。それでもバスを降りずに、一つ先の停留所まで乗っていった。いつか目に物見せてやる。いつか。

学校で、わたしはラウラのとなりにすわって、ぜんぶ大丈夫みたいなふりをしてる。そんなふうにしてると疲《つか》れちゃって、一日の終わりにはもうくたくたになる。これを永遠につづけるなんてむり。

ありえないよね？

――――――――――

いまではもう一日一回しか、郵便受けを見に行かない。そのあとすごく気分が悪くなって、何も食べられないこともある。

13

わたしたちは学食へ行って、だまったまま、ジュースの自販機《じはんき》にお金を放りこんだ。コーラのびんが弾丸《だんがん》みたいに飛びでてくる。ラウラはそれを取りだして、一本わたしにくれた。わたしはコーラといっしょに、言葉と不安の味を飲み下した。びんが空になってから、わたしはいった。「またいっしょに走りに行きたいな。しばらく行ってないよね」

ラウラはなんとにっこりした。「あんたからは聞いてこないかと思ってた」そしてにやりとしてみせたけど、わたしはわらう気分じゃなかった。そのあと帰りのバスのなかで、わたしたちの携帯《けいたい》電話が同時に鳴った。リンネからのメッセージだった。

「いますぐ二人に会いたい」って書いてあった。「マジで緊急《きんきゅう》。おねがい」

「広場のカフェに来て」ラウラが返信した。

「十五分後。オーケー」

あとから思いかえすと、あれがぬりつぶし大作戦《ペイント・オーバー・クルー》の誕生の瞬間《しゅんかん》だった。

わたしたちはリンネといっしょに、おなじみのカフェにすわった。リリーが、っていうのはあの巻き毛の店員のことね、ほんとはリリーじゃなくてリザって名前なんだけど、いまいちクールじゃないからって。そのリリーが、わたしたちにココアを持ってきてくれた。

「あたしはコーヒーお願いします」リンネがいった。暗い顔でだまっていて、いつもとぜんぜんちがう。わたしはこんなにしずかなリンネを見たことがなかった。ジョークもいわない。歌わない。変な顔もしない。

「何があったの？」とうとうラウラがいった。ラウラはココアをぐるぐるかきまぜた。じぶんのことじゃなければ得意なんだよね、単刀直入に話すのが。リンネはため息をついた。

「あんたたちが気づいたかどうかわかんないけど」リンネはいった。「うちのほうにアホなやつらがいてね、おかしなことをスプレーで落書きしてるんだ。〈ガイジンは出ていけ〉とかって」

わたしたちはうなずいた。つまり、このあたりだけじゃないっていうことか。いまはもう。

「あんたたち知ってるでしょ、うちのお父さんは……」

リンネはどんどん小さくなっていった。「お母さんは、あたしたちが堂々として、無視すればいい、っていうんだ。そしてお父さんは、そんなのどうでもいい、関心ない、っていってる」リンネは声をつまらせた。「だけどあたしにはわかる、ほんとはそうじゃないって。ほんとは……気にしてるんだよ、お父さん」

そしてわたしははじめて、リンネが涙《なみだ》ぐんでいるのを見た。その涙《なみだ》はゆっくり大きくなっていって、そのうちに頰《ほお》をつたって、テーブルに落ちた。リンネはいつかいっしょに自転車に乗っていてころんで、両方のひざからいっぱい血が出たときも泣かなかった。学校で留年しそうになって、夏じゅう勉強しなきゃいけなかったときも。彼氏《かれし》と別れたときも、泣かなかった。わたしは泣いているリンネを知らなかった。わたしはまたものすごく腹が立ってきた。この怒《いか》りがいつも、ずっと変わらずにあった。わたしのなかで溶岩《ようがん》みたいにゆれ動いていて、このごろますます、ほんのちょっとの衝撃《しょうげき》でも噴《ふ》きだしそうになっている。くちびるがかあっと熱をおびることもあるし、舌と言葉が燃えるように熱くなることもある。それはたしかだった。

ラウラがリンネを抱《だ》きしめて、わたしもそうした。ラウラとわたしの腕《うで》がふれあって、わたしたちはうつむいたリンネの頭ごしに一瞬《いっしゅん》見つめあった。三人はまるでお団子みたいに仲良くかたまって泣いた。マルクスが合流したときには、三人ともほとんど号泣状態《ごうきゅう》だった。

「あたしたち、こんなの許せない」リンネがいった。「少なくともあたしは許さない。だめだよ、こんなの」

わたしはリンネを見つめた。リンネもわたしを見つめた。わたしとリンネの距離《きょり》はこの瞬間《しゅんかん》、ラウラやマルクスとよりも近かった。わたしは知ってる。父親のそういう目つき。母親のそういう言葉。その裏にどんな苦しさが隠《かく》れてるかも。

「おれたちも許さないよ」マルクスがいった。

「あたしたちも……」ラウラが咳《せき》ばらいした。「ええとつまり……」

あれ。ラウラは中央広場の落書きを一人で消したんじゃないらしい。

「つまりその、あたしも……」

ラウラは広場の大理石の像を指さした。台座についた黒くて太い線と、赤い細いすじが目立っている。まるで黒い線がちょっと血を流してるみたいに見えた。

リンネは顔を上げた。「あれ、あんただったの？」

「うん」

「どうにかして、もっと大きくできないかな？」

「大きくってどういうこと？」

「だって、あいつらはどんどん増えてるでしょ」

たしかにリンネのいう通りだった。わたしはクラクション野郎《やろう》がほかの三人と中央広場をうろついていたときは、こっけいでみっともなく見えたのを思い出した。わたしをおびえさせることはできたけど、それ以外はしばらくのあいだ、だれもあいつを相手にしなかった。マルクスも。でもいま、状《じょう》況《きょう》はまるで変わってきてる。しかも、ごく短期間のうちに。いまは木曜日ごとに、三十人近いアホたちがわめきながら集まってくる。まさにアホの雪だるまシステムだ。

「こっちも人数増やせばいいんだよ」

ラウラが目をかがやかせた。

「あたしたちで団を結成しよう！」

「名前がいるね」リンネがいった。「どんな芝居《しばい》にも名前は必要だから」

「おれは芝居《しばい》じゃなくて、英雄叙事詩《えいゆうじょじし》に一票」マルクスが反論した。「おれは劇作家じゃなくて、英《えい》雄《ゆう》だからね」

「あんたは舞台《ぶたい》のこと、何も知らないでしょうが」リンネがいうと、わたしたちはみんな思わず吹《ふ》きだした。この状況《じょうきょう》があまりにばかげていたからだ。そのわらいは、さっきリンネのなかから絶望がわいて出たのと同じように、わたしたちのなかから自然にわいてきたものだった。

「名前ならかんたんだよ」ラウラがいった。「あたしたち四人はみんな、オンリーワンのぬりつぶし大作戦《ペイント・オーバー・クルー》のメンバーなんだ」

「ギャングだって、メンバーが四人だけってことないでしょ。少なすぎる」

「これから変わるって」ラウラがいった。たぶんゾフィーのことを考えてたんだと思う。「ちなみに、もう準備してきたんだ」ラウラがマルクスとかばんを指さした。ラウラはいまだにこれを何かわくわくする冒険《ぼうけん》みたいに考えてるんじゃないか、っていう気がした。でも、わたしは知ってる。これは遊びじゃない。怒《いか》りにかられた人間が何をするか、わたしは見てきた。そういう行動の結果がどうなるかを、毎日パパの手術台の上で見たんだ。ぐっすり眠《ねむ》るために、たとえひと晩見ないふりをしたとしても、遅《おそ》くとも朝にはまた何もかも元の通りだった。さけび声も、涙《なみだ》も。わたしたちにはもう何もできないとわかったときの、大きな沈黙《ちんもく》も。

マルクスがかばんを開けて、わたしに見せた。スプレー缶《かん》がいっぱい入っていた。

「あいつらがどうしてもまたじぶんのアホさを後世に残したいっていうなら、答えはここにある」

外に出ると、ラウラはわたしとリンネの腕《うで》にぶらさがった。わたしは黒く塗《ぬ》りつぶされた落書きを横目で見た。新しい落書きはされていなかった。

「あたしたちはおおぜいだよ」ラウラがいった。リンネがにやりとした。

わたしはあまり安心できなかった。すごく心が乱れて、できることならアミーナおばさんやママと、この話をしたかった。ヴィシュマン先生とだけじゃなくて。この前ヴィシュマン先生のところに行ったときは、溶岩《ようがん》みたいに怒《いか》りを爆発《ばくはつ》させちゃったけど。わたしたちの広場をおびやかすアホどもの時間は、もうおしまい。はい、残念でした。

家に帰ると、ママがキッチンテーブルで本をのぞきこんでいるのが見えた。おでこに深いしわを寄せて、何かぶつぶついっている。わたしはちょっとのあいだ、ドアの手前で聞き耳をたてた。ママがドイツ語を話すのを、わたしは一度も聞いたことがなかった。それはわたしにとってすごいこと、新しいことで、何となくほっとした。

「ペーターは大きな家を持っています」ママは声に出して読んだ。

ママのむかいにすわっているらしいアミーナおばさんがいった。「いいわね、すごく上手」

ママがいった。「ねえ、私たちまたいつか、家を持てると思う？　昔みたいに？」

そこでわたしはなかに入っていって、上着をコート掛《か》けにかけた。まるで本物のじぶんの家を持っている人が、じぶんの上着をじぶんのコート掛《か》けにかけるみたいに。ちゃんとしたわが家がある人、旅の途中《とちゅう》で間借りさせてもらってるだけじゃない人みたいな、そういう当たり前さで。じつをいうと、わたしはそんなふうに上着をかけるのを毎回のように楽しんでるんだ。そんなわけで、わたしは二人の話をじゃましないように、そっと上着をかけた。そしてキッチンのなかをちらっとのぞいた。ママはほほえんでいた。おばさんはうなずいて、いった。「もちろん、持てるわよ」

「私はこれまで、男の人が決定権を持っていない家を知らなかったから」ママは小さい声でいった。いままでとちがったふうになるのを喜んでいるようにはあまり聞こえなかった。その代わりもう、それをなげいているようにも聞こえなかった。

「そのうちにわかるわよ、それもいいものだって」アミーナおばさんがいった。「たしかにちがう。でも、それもすてきなの」

ママはちょっと間をおいて、ため息をついた。それからいった。「スージーさんも、もう長いことそうなさってるんだものね……」

だめだ、これじゃ大作戦のことも落書きのことも話せない。ちょっと夢を見ていてほしいんだ。うちのママには。だってママは、夢見ることを学びはじめたばかりなんだから。


今日のカフェはかなり混んでた。カフェの店主は、常連客からはヨハンって呼ばれてる。風が強い日で、まあまあの天気だった。ここのチーズケーキは伝説なんだ。あと、シチューも。わたしたちが店に入ると、ドアのチャイムが大きな音で鳴りひびいた。テーブルはぜんぶ埋《う》まってる。近所のおばあさんたちだ。それ以外の人たちもいる。チャイムと同じくらいうるさい。

「ま、いっか」ラウラはいうと、テーブルのあいだをぬって、カウンターへ向かった。トルテの最後のひと切れがある。あれを二人で分けるしかなさそうだ。店員が来るのを待つあいだ、まわりのお客さんの会話がどうしても耳に入ってきた。カウンターのところに立っていた男の人たちのグループが、どうやら意見が合わないらしい。店員のリリーが、いまにもこぼれそうなビールのジョッキを運んでいって、わざとらしい笑顔《えがお》をふりまいた。お客さんにはその笑顔が見通せないのかな、ってわたしはふしぎに思った。男の人たちはリリーにちょっとおせじをいって、また議論に没頭《ぼっとう》した。ぬすみ聞きしたら失礼なのは知ってるけど、耳をふさぐわけにもいかないし。

「木曜ごとに、あいつらここでさわいどる」ずんぐりした年配の男の人がいった。その人は遠い村はずれに住んでて、うちのおばあちゃんみたいにヤギを飼ってるんだ。そこのヤギは好きだけど、そのおじさんは正直あんまり好きじゃない。いつも怒《おこ》ってるせいで、いつもほっぺたが赤くて、鼻のてっぺんはニンジンみたい。よく雪だるまにさすみたいな鼻だ。「いったい何がしたいんだか」

べつの人が共犯者っぽく身を乗りだして、ちょっと声を落としていった。「だが、そう的《まと》はずれなことをいってるわけでもないぞ」

「どういう意味だ?」

「まあ、ああいうのが増えすぎたからな」

「何のことだ?」

「だからほら……**ああいうの**だよ。わかるだろう」

そしてこの二人のあいだに立って、緑色のチェックのふちなし帽《ぼう》を手のなかで回しているもう一人が、うちのおとなりさんだった。いつも鼻もちならない感じだけど、不親切にされたことは一度もない。そこに立ってる人たちのだれにも、わたしは不親切にされたことはない。となりのおじさんはひと言でいうと、わたしのことは丁重《ていちょう》に無視してた、って感じかもしれない。おじさんはじぶんの帽子《ぼうし》を、まるでどうしても北を見つけられない方位磁石の針みたいにくるくる回しながらいった。「つまりその……このまま行くとだな、じぶんの国にいるのに、ちょっとばかしよそ者みたいな気がしてくるってことだ」

店主はとなりのおじさんのほうへ身を乗りだして、じっと目を見ていった。

「最近、おれはあんたを中華《ちゅうか》料理店で見かけたけどね。その前はケバブのスタンドにいたっけな」

おじさんはぽかんとした。「毎日あんたの店に来るわけにもいかんだろ、ヨハン」

ヨハンはまったく動じなかった。「それにあんたの家の掃除《そうじ》をしてる家政婦は、ポーランドから来たんだったな」

帽子《ぼうし》がぴたりと止まった。「あいつらは、まるごとおれたちのお荷物になってるわけじゃないからな」

店主は手でふりはらうようなしぐさをした。「あんたのここの友だちの収穫《しゅうかく》作業のときは、難民滞《なんみんたい》在施設《ざいしせつ》の男たちの手がなきゃ、にっちもさっちもいかなかっただろう」

となりのおじさんはビールを一気に飲み干した。「それでもだ、あいつらはここの社会でうまい汁《しる》を吸うやつらなんだし、これからもそうだ」

それからげっぷをして、空になったジョッキをおくと、お勘定《かんじょう》をしようとした。わたしは信じられない思いで、おじさんの顔をまじまじと見た。わたし、この人と何度か話したことあったよね。ラミィなんか、リンゴをもらったことだってあるのに。おじさんはわたしの視線を感じて、なだめるようににっこりしてみせると、いった。「やあ、いまのはあんたにいったんじゃないよ。あんたは、そのう……そういうのじゃないからな」

どうなんだろう。前からずっと、昨日のカフェみたいだったっていう感じはしない。前はそうじゃなかった。ううん、前はちがった。

――――――――――

わたしは「そういうの」じゃないなら、いったいどういうのなんだろう?

――――――――――

夜、目が覚めたままベッドに横になっている。どこにいるの、パパ、って考える。いま、ここにいてくれたらいいのに。すごくすごく、いてほしいのに。

――――――――――

わたしたちの行く手で、太陽が沈《しず》む。まるで血を流したみたいに、波を赤く染めながら。わたしたちの筏《いかだ》のそばを通りすぎていく魚たちは、ルビー色のうろこと目をして、カーブした長いひれは、上品な女の人の指みたい。わたしはあったかい水のなかに足をたらした。ときどき魚がわたしのすねをかすめていく。魚の体はしなやかで、つるつるしている。風は、潮と、広い海と、海の生き物のにおいがする。わたしは海の生き物がこわくない。どこか深い海の底で、死んだ海賊《かいぞく》の骨を砂のなかから掘《ほ》りかえしている巨大《きょだい》ダコだってこわくない。わたしはこわくない、だってパパは昔みたいに、この旅の行く先を知っているから。パパはわたしに背をむけ、風でふくらんだ帆《ほ》を固定してあるマストに片手をあてて、片方の足を前に出して立っていた。リラックスして満足しているときのパパがいつもするみたいに。背すじをのばし、頭を後ろにそらして、髪《かみ》も最後のころみたいに薄《うす》くなく、またふさふさで黒々としていて、白髪《しらが》は消えている。風になびくパパの髪《かみ》を見つめながら、なんてわたしの髪《かみ》とよく似てるんだろう、って思った。髪《かみ》の色もわたしと同じ色だった。わたしの髪《かみ》はまた一年前と同じくらい長くなっていて、滝《たき》のように背中に流れている。どこか遠くでかすかな音が聞こえる。はるか遠くから。

パパは双眼鏡《そうがんきょう》をおいて、わたしのほうをふりむいた。

「おなかが空いたかい?」パパが聞いた。わたしは首をふった。またパパといっしょに過ごせるこのせっかくの瞬間《しゅんかん》を、食事みたいにどうでもいいことでむだにしたくなかった。おなかも空いていないし、のどもかわいていない。わたしは幸せだった。完ぺきで、完全だった。やっとぜんぶがそろった。やっと一人でぜんぶの責任を背負わなくてもよくなった。わたしは木の板に腰《こし》をおろして、日ざしであったまった船板を肩甲骨《けんこうこつ》の下に感じた。肩《かた》の荷が下りた。パパはわたしのとなりにすわった。

「わたしのこと、怒《おこ》ってる?」わたしはパパに聞いた。

「どうしてパパが怒《おこ》ってるはずがある?」パパはそういって、水筒《すいとう》の水をひと口大きくごくりと飲んだ。

「パパがいないとさびしいよ」

「パパがそばにいたら、おまえは遠くへ行こうとしないだろう」

パパは若く見えた。ママが小さな革《かわ》のスーツケースにしまっている古い写真のパパと、同じくらい若い。こうして向かいあっていると、わたしがパパとどんなによく似てるかわかった。

わたしは腕《うで》をのばした。パパにさわりたい、パパがどんな手ざわりだったか思い出したい、パパのあったかさ、パパの笑顔《えがお》、パパの自信にみちた感じ。わたしが腕《うで》をのばすあいだに、太陽が消え、海の水はまるでかたまった血のように黒い色をして煮《に》えくりかえった。

「パパ」わたしはさけんだ。「パパ、また帰ってくる？」

さっきリラックスしながら波にゆられていたときにはるか遠くに聞こえていた音は、耳をつんざくような轟音《ごうおん》にまでふくれあがっていた。「パパ」わたしはまたさけんで、宙をつかんだ。一人ぼっちで筏《いかだ》の上に立って、帆《ほ》をたたもうとするあいだに、水の流れはどんどん速くなって、息もつけないほどのスピードでわたしを前へ押《お》し流していった。わたしの知っている世界が、巨大《きょだい》な滝《たき》となって終わっている場所へむかって。行く手にあるのはふち、世界のはしっこで、わたしはそこを越《こ》えて、大量の水とともに、いま、この瞬間《しゅんかん》にも落ちていこうとしていた。支えをなくして、奈落へむかって放りだされる前に、わたしはさけびながら、かろうじて目を開けられた。暗闇《くらやみ》のなかで、わたしたちの部屋に寝《ね》ている。ラミィがめそめそ泣いていた。泣かずにいるには、さけび声と暗闇《くらやみ》を知りすぎているんだ。わたしは二階へ行って、かごのなかでうとうとしていたカッサンドラを抱《だ》きあげると、下に連れてきて、ラミィの毛布にすべりこませた。ラミィはまたしずかな寝息《ねいき》をたてはじめた。腕《うで》をのばしてカッサンドラを抱《だ》きしめ、眠《ねむ》りながらにっこりした。

朝になって、わたしは考えた。きっとパパは、いまわたしの日常になっているものを、いつの時点でも受け入れないだろう。前は受け入れなかった。いまもたぶん受け入れない。マルクスのことも。ラウラのことも。わたしの服も。ありとあらゆるものを受け入れないだろう。引き返す道はない。わたしはロープを断《た》ち切った。わたしを過去にしばりつける長い髪《かみ》をばっさり切ったのと同じ、固い決意で。そしてパパは、むこう側に残った。たけり狂《くる》う風のせいで、わたしがいくらどなっても、ほんの片言すらむこうにはとどかないんだ。

14

木曜日、すっかり小さくなって、ヴィシュマン先生のところに行った。前回あんなにあばれちゃったから。先生はいつも通り、ほがらかでやさしかった。どうしてそんなふうにできるんだろう？　わたしだったら、毎日文句ばかりいうような人には、そのうちマジでいらついちゃうと思うのに。先生にそういったら、先生はわらって、だから先生自身もセラピーに通ってるんだ、って。わたしたちはみんな鏡のなかの鏡みたいなもので、だれもがほかの人のところへ行って、思いきり泣く、無限にそのくりかえしなんだって。そうイメージすると、なんとなくほっとする。そしてなんとなく、マジで混乱もする。わたしたちは、ラウラのこと、それからつづきが来ない手紙のことを話した。やっぱりたちの悪い冗談《じょうだん》だったのかもしれない、ってわたしは何度も考える。だれかがわたしたちを苦しめたかっただけなのかも。でも、何のために？　どうして？　それにはとうぜん、先生だって具体的に答えられない。

うまくいかない、マジで。

今日の相談では、何も安心につながらなかった。すごく残念。だってこの時間はわたしにとって、小さな秘密の庭みたいなものだから。なかに入れば、水深二万マイルまでもぐっても息ができる、シャボン玉みたいなものだから。わたしにわかるのはただ、もう待つのはやめたほうがいいってこと。

それと、いつかラウラと話さなきゃってこと。いつか。っていうのは、それはじぶんで決められることだから。ほかにわたしがじぶんで決められることは一つもない。でも、これは決められる。そういうこと。そんなわけで、わたしはがっかりして、くたびれた顔で部屋を出た。ヴィシュマン先生はドアのところでほほえんだ。ほんとに同情にみちた目で、しかもなんとなく悲しそうだった。ヴィシュマン先生が悲しそうな顔をするのは、いままで見たことがなかった。それから家に帰った。このごろは基本的にいつも、一つ先の停留所で降りることにしてる。中央広場じゃなくて。そこは木曜日、毎週のようにまた例のアホどもがうろついてるから。知らない顔がいっぱい。うちの学校の男子も一人。

――――――――――――

キング先生からわたされていた超大作《ちょうたいさく》の課題を提出した。先生は顔をしかめてプリントを受けとると、ただうなずいた。ほめ言葉も何もまったくなし。そしてすぐに次の大量の課題をわたされた。

「今週末までにやってくるように」

それは質問じゃなかった。

「でも……」今度はかろうじて声に出せた。先生はわたしの言葉をさえぎった。

「でもはいりません。これは必須《ひっす》です。以上」

そして先生は行ってしまった。わたしは先生がきらいになってきた。

「キング先生、あんたになんかあるの」この廊下《ろうか》でのやりとりを見ていたザビーネが、同情するように聞いた。わたしたちは体操着を持って、階段を下りて体育館へ行くところだった。

「なんであんた、今年はほかの子よりいっぱい課題やらなきゃいけないの?」

「さあね」

「それはね、マディーナがもといた国で、あたしたちみたいにちゃんとお勉強してこなかったからでーす」ローザがわたしたちを追《お》い越《こ》しながら、あざわらうようにいった。さりげなく腰《こし》をふりながら、わたしが中央広場で見かけた革《かわ》ジャケットの男子と腕《うで》を組んで歩いていく。まるでわたしが腰布《こしぬの》をまいて、ジャングルから来たとでも?

ローザのむかつく口に、いますぐ一発おみまいしてやりたかった。

「だからこの子はまず、あたしたちのレベルに追いつかないと」

「あんたのレベルに追いつくのなんか、超《ちょう》かんたんじゃん」わたしたちの後ろを歩いていたラウラが無遠慮《ぶえんりょ》にさえぎった。「床《ゆか》に這《は》いつくばりゃいいんだから」

ザビーネがわらった。ローザはピンク色に塗《ぬ》りたくった口から、おならみたいな音を出して、その場に取り残された。

「ありがと、ラウラ」

「あんた、いつから当たり前のことにお礼いうようになったの? あたしたち友だちでしょ。もう忘れた?」

忘れるはずない。どっちかっていうとラウラのほうが、ゾフィーに場所を空けるために、わたしを遠ざけてるイメージだったけど。でも、いまはそんなこと、ぜったいいわないでおこう。

ーーーーーーーー

つぎのヴィシュマン先生の相談のとき、わたしはありったけの勇気をふりしぼって聞いた。「もしかして、相談をべつの曜日にできませんか？」

「どういうこと？　次回だけ？」

「いえ、これからずっとです」

先生は顔をしかめた。

「どうしてまた？　もうみんなの半年分の相談予定を組んでしまっていてね。あなたの時間割ももう確定しているのだけれど」

それでわたしはとうとう打ち明けた。デモのこと。わたしがこわいと思っていること。大作戦の話はしなかった。関わっているのはわたしだけじゃないからだ。ヴィシュマン先生はすっかりうろたえて、プロの顔を一瞬《いっしゅん》忘れそうになった。廊下《ろうか》でインターホンが鳴っている。ほんとはもう終わりの時間なんだ。

「それはあんまりひどすぎる」先生はいった。「ぜったいにあってはならないことだわ」

そして先生は予定表を引っぱりだした。「みんなに電話してみます。うまくいけば――いいえ、うまくいかせなくちゃ――あなたはもちろんべつの曜日に来られるから」先生はため息をついた。「ほんとに、これでもかっていうくらい、いろんなことが起きるわね」そして先生はわたしをはげますようににっこりしてみせた。「警察に相談することは考えてみた？」

わたしはじぶんのつま先を見つめた。どうにかなるはずない。あいつらはわたしに何かしたわけじゃないんだから。ただうるさいだけで。

- - - - - - - - - - - - - - - - - - -

またおばあちゃんに手紙を書いた。カッサンドラとラミィのことをちょっと。それからデモのことも書いた。抵抗《ていこう》するつもりだってことも。いつか。おばあちゃんがわたしに何かメモをよこしたかも聞いてみた。それ以上はくわしく書かないようにした。念のため。何か隠《かく》さなきゃいけないときは、たいていそれなりの理由があるものだから。わたしが戦争で学んだことは、みんな何かしら隠《かく》さなきゃいけないことがあるってこと。みんなだ。

ラウラはわたしが手紙を書いているのを見て、じぶん用にいい香りのジンジャーティーをいれて、温室のわたしのむかいにすわった。ラウラにはわかってるんだ。わたしの顔をよく知ってて、表情を読める。だからわたしがまいってるときは、何もいわなくていい。ちなみに、ラウラがわたしの表情を読めるのと同じくらい、わたしもラウラの表情が読める。

いまではラウラとゾフィーの仲がうまくいってるかどうかも、わかるようになった。わたしはゾフィーのことは知らないけど、ラウラの恋《こい》の曲線なら知ってる。ラウラの機嫌《きげん》が悪いときは、二人もうまくいっていないんだ。いまのところ、フィフティ・フィフティ。わたしたち三人の関係は、おかしな三角関係っていえるかもしれない。ラウラは何も気づいてないけど。

訂正《ていせい》するね。ラウラとゾフィーは、オンとオフの関係なんだと思う(このオン・オフの関係は学校でよく噂《うわさ》になってる。そういう話のタネは尽《つ》きないらしい)。それでわたしは、そこに首をつっこんでるまぬけってわけ。二人の仲がもり上がったり下がったりするたび、つまづいてころぶんだ。わーい。

キング先生の家はとてもあったかかった。いつもよりあったかい。暖房《だんぼう》をマックスで入れてるんだ。まだ雪も降ってないのに！　先生にそっくりの、まるで先生を小さな鏡に映したみたいなカラスが、ベランダで窓の桟《さん》につかまって、黒い小さな頭をかたむけて、なかをじっとのぞきこんでくる。ショートブレッドの食べかすを待ってるんじゃないかな。わたしが帰るとき、先生は毎回、黄金の宝物が少しもむだにならないように、食べ終わった小皿を庭でさかさにする。少したって、わたしはもう汗《あせ》をかいていた。水色のブラウスのわきに、濃《こ》い色のしみができた。そうと知ってたら、黒いTシャツを着てきたのに。マジで。穴があったら入りたいくらい、恥《は》ずかしかった。キング先生は今日は休憩《きゅうけい》のとき、いつものように紅茶を出してくれなかった。先生がわたしに怒《おこ》ってることと関係があるにちがいない。どうしてきゅうにわたしをやっつけようとするんだろう、って考えた。あの呪《のろ》われた紅茶すら出そうとしないなんて。先生への反抗心《はんこうしん》から、いつも出してくれていたあのぱさぱさの、恐怖《きょうふ》のショートブレッドがないことすら残念に思えた。キング先生は体を起こすと、重い息をついた。それから咳《せき》ばらいをして、きゅうにいつものように、わたしににっこりわらいかけた。

「すまないけれど、キッチンから紅茶を持ってきてくれるかしら」

わたしはこの勉強マラソンを中断できるのがうれしかった。ニスをぬった木のトレイには、磁器のティーポット、チョウの羽みたいに繊細《せんさい》で薄《うす》いティーカップ二つ、そして氷砂糖と、やっぱり欠かせないショートブレッドのぎっしり入った缶《かん》がおいてあった。何もかもかわいらしく整えてある。いつも通りだ。わたしはほんとにキング先生がわからなくなった。先生のことがとにかく理解できなかった。

わたしはトレイを持ってバランスをとりながら、リビングへ運んだ。壁紙《かべがみ》もカーテンも、赤と緑のチェック祭りだ。キング先生はひじかけ椅子《いす》に深くすわり、やせた足を赤のチェックのクッションスツールにのせて、わたしを待っていた。両手を組みあわせて、ひざにおいている。

先生は氷砂糖をきっかり三つ入れたあと、まるでなべの番をする魔女《まじょ》みたいに正確に小さな銀のスプーンで紅茶をかきまぜながら、これまで一度も見たことないような、試《ため》すような目で、わたしの顔をじっと見た。「今年の感触《かんしょく》はどう、マディーナ?」

わたしは面くらって、先生の顔を見た。「わかりません……」

先生はわたしのほうへ身を乗りだして、紅茶をかきまぜる手を止めた。いまや完全にカラスにしか見えない。「じぶんは何がほしいのか、知っていなくちゃだめ。どうすればそれが手に入るか、わかってなくちゃだめなの」

あやしいほどパパのいい方にそっくりだ。わたしはほんとに、ほんとにすごく混乱した。
「キング先生、意味がわかりません」
「あなたはわかってなきゃだめなの！　あなたの未来はあなたの目の前にある。それを忘れないで。けっして忘れないで」
先生はガチャン、と大きな音をたてて紅茶のカップをおいた。ベランダのカラスたちがびっくりして、黒い群れになって飛んでいった。

みんなして、わたしの未来に何の関係があるっていうんだろう。わたしは未来を手に入れるために、昼も夜もせっせとがんばってるのに。マジで。もうちょっとわたしを信頼《しんらい》してほしい。

でも一時間後には、じぶんがその信頼《しんらい》に値《あたい》するか、まるで自信がなくなった。

もう何日もマルクスにまともに会っていない。スージーが食事に呼んでくれたときだけだ。あとは朝、学校に行くとき。でも、マジで変なのは、わたしが今週の終わりになってやっとそれに気づいたってこと。

ラミィは夜、ごねてあばれたりしないで、さっさとじぶんでベッドに入るようになった。枕元《まくらもと》にじぶん用に水の入ったコップをおいて、ベッドの下にはボウルをおく。「いったい何のまねなの」ママがとがめた。

「だってママ、カッサンドラだって、目がさめたらなんかのみたいでしょ」

「カッサンドラはあなたのそばで寝《ね》ません、昼間ずっと汚《きたな》いところを走りまわっているんだから」

ラミィはママに舌を出してみせた。

「いいから、させておきなさいよ」アミーナおばさんがいった。たった一年前、施設《しせつ》の中庭でネコが通るのを見ただけで、まるで頭がおかしくなったみたいにわめいてた、あのアミーナおばさんが。奇跡《きせき》だ、って思った。奇跡《きせき》だ。人間はしずかな環境《かんきょう》においてもらって回復させてもらえれば、マジでいろんなことが可能になるんだ。そしてあらためて思った。わたしは医者になりたい。そういう奇跡《きせき》を起こせるようになりたい。人間が回復できるように助けたい。人生でそれよりすてきなことってないと思う。そうじゃない？　人間を回復させること。

ちなみにカッサンドラは、飲み物はいらなくて、ラミィのところからパンくずがぽろぽろ床《ゆか》に落ちてくるのを待ちかまえていた。ラミィはパンを持ってベッドによじのぼり、ちょっとずつちぎってカッサンドラにあげた。二人仲良くすごく満足そうにすわって、口をもぐもぐ動かしていた。

ラウラとランニングに行った。カッサンドラもいっしょに走った。わたしはラウラがついてこられないように、わざとスピードを上げた。わたしのほうがラウラより、よく運動するようになっていた。わたしにランニングを教えてくれたのはラウラなんだけど。そのうちにラウラは足を止め、かがんで息をつくと、休もうよ、といってきた。わたしの勝ち。でも、ちっとも楽しくない。

もう嘘《うそ》をつくのはいや。ラウラとわたしがおたがいに正直じゃないのはいや。こんなので友情がうまくいくはずない。

ラウラがこっそり姿を消した。たぶんゾフィーのところへ行ったんだ。そしてわたしをカッサンドラといっしょにおいてけぼりにした。わたしは腹が立って、夕食のピザがのどまでこみあげてきそうだった。カッサンドラはそんなのおかまいなしで遊びたがった。かじってぼろぼろになった、よだれだらけのボールをしかたなく庭へ投げてやると、カッサンドラはそれより散歩に出たがって、庭の門の前で毛をさかだてて吠《ほ》え、わたしにアピールした。そっか、わたしはいいけど。カッサンドラはたぶん、ラウラに会えるのを期待してたんじゃないかな。わたしはその正反対を期待してたけど。わたしは道で二人にばったり出くわしたくなかったし、遠くから二人を見るのだってごめんだった！　わたしはコート掛《か》けから上着と、カッサンドラのあざやかな緑色の新しい散歩ひもをとった。わたしたちは引きこもりじゃないからね。わたしが階段を下りるところをラミィが見つけて、くっついてきた。

「ぼくも行っていい？」ラミィがごねた。「ぼくがひももっていい？　できるよ、ぼく。ちゃんと力あるもん」ラミィはまるで二の腕《うで》の筋肉をふるわせられるみたいに、ちっちゃくてやせっぽちの腕《うで》をまげてみせた。「わらうな！　できるもん！」

「おいで、ヒーローくん。気をつけないと、カッサンドラにひもがからんじゃうからね」

わたしは玄関《げんかん》の扉《とびら》へラミィの背中を押《お》した。わたしたちは出かけた。もしラウラとゾフィーを見つけたらすぐに逃《に》げだせるように、わたしはあたりをきょろきょろ見まわした。でも、その心配にはまるで根拠《こんきょ》がなかった。二人がどこに隠《かく》れてるか、見当もつかないんだから。森のなかかもしれない。

カッサンドラは落ち着かなかった。ラウラがいっしょじゃないのに慣れてないからだ。カッサンドラはにおいをかいで、ラウラの通った跡《あと》を見つけようとした。そしてひょいとジャンプして、わたしたちを中央広場のほうへ引っぱっていった。ラミィはカッサンドラといっしょに走りながら、きゃあきゃあいってわらった。あんまりうるさかったから、バラの生《い》け垣《がき》から顔をのぞかせたおばあさんが、首をふりながらわたしたちを見送った。

「ラミィ、しずかに」わたしはいった。「カッサンドラ、ゆっくり！」

ふたりともわたしのいうことを聞かなかった。ラミィは角をまがって消えた。わたしは走りたくなかった。たまにはじぶんのペースで行きたかった。それでわざとゆっくり歩いた。すると、声が聞こえた。

「おまえ、ここで何してるんだ？　消えろ！　おまえの犬ころをつれてな！」

またべつの声がした。女の人の声だ。「そもそもあんた、犬にさわっていいの？　あんたの国じゃ禁止されてるんじゃないの？」

そして三番めの声がした。「おまえら、犬を食うんだろ？　待てよ、そいつをよこせ、スープにしてやるから！」

わたしは熱くなったり寒くなったりした。まるでレーシングカーみたいに、足の動きを加速した。角をまがると、若い男二人と女が一人見えた。黄色いブロンドに染めたその女がクソみたいなプラカードをかかげて中央広場に立ってるのを、何度も見かけたことがあった。そいつらはラミィを取りかこんでいた。ラミィの顔は真っ青《まっさお》で、カッサンドラがうなり声をあげていた。背中の毛をドラゴンみたいにさかだてて。男の一人がラミィに一歩近づいて、そしてわたしを見た。

「いまのはただの冗談《じょうだん》さ」そいつはあわてたようにいった。

もう一人の男がわらっていった。「いやいや、本気にきまってるだろ。さあ、よこせ！」そしてラミィのほうへかがみこんだ。わたしは稲妻《いなずま》のように、二人のあいだに割って入った。一瞬《いっしゅん》わたしのすぐ目の前にあったそいつのシャツを焦《こ》がしてやりたい、って思った。どっといやらしいわらい声をあげたほかの二人にくらべると、そいつはすごい巨体《きょたい》だった。わたしは何もいわずにラミィの手をつかんで、もう片方の手でカッサンドラのひもを短く持つと、どんどん道を下っていった。角をまがり、またつぎの角をまがって、とうとうわたしたちの家が見えてきた。じぶんがすぐに逃《に》げだす態勢なのがくやしかった。あいつらから逃《に》げるのはもう二度めだ。立ち向かうんじゃなく。わたしにはこれ以上どうすることもできなかった。むり。できない。ラミィはちょっとふるえていた。

「あいつら、ぼくたちになんかするつもりだったの？」

「ううん。ただくだらない冗談《じょうだん》をいいたかっただけ」

わたしはできるだけ力強く聞こえるようにいった。ラミィはわたしの手をさらにぎゅっと、ちょっと痛いくらいににぎりしめた。ふるえはおさまっていった。


またパパの夢を見た。タイヤがきしむ音と、道路の土ぼこり。車のドアがバタンと閉まる音。現実に起きたのとほとんど同じだった。何のためにこんな夢を見るんだろう、って思った。


アミーナおばさんは、もうじき最初のドイツ語のテストがあるんだって。わたしも試験がある。二人でキッチンテーブルにむかって、ガリ勉をした。アミーナおばさんがきゅうにわたしみたいに生徒になるなんて、なんてばかげてるんだろう。「問題出して」そのうちにアミーナおばさんがいった。その顔は闘争心《とうそうしん》にみちていた。昔見たおばさんの顔だ。

アミーナおばさんは、一度食《く》らいついたら、二度とはなさない。ブルドッグみたい。うちのママはどっちかっていうと、すりすりできるパンダみたい、だった、昔は。わたしが問題を出すと、アミーナおばさんはほんのちょっとしかまちがえなかった。

「じゃあ、今度はおばさんがわたしに問題出して」わたしはそういって、数学のノートをおばさんにわたした。アミーナがわたしのおばさんで、わたしよりずっと年上っていう感じはあまりしなかった。どっちかっていうと、ちょっと変わったお姉さんみたい。またはもうちょっと遠い、変わったいとこみたい。


リンネが夜遅《よるおそ》く連絡《れんらく》してきた。ラウラとわたしはすっかりリラックスして、パジャマでテレビを見ようとしていた。まるで何の問題もない、ましてやおたがいに隠《かく》しごとなんか一つもない、ふつうの友だち同士みたいに。

「あいつらがまた来たんだ。あたしたちの村に」

居心地《いごこち》いい時間はおしまい。わたしは目を白黒させた。でも、ヒロインになりたかったら、何度でも立ちあがらなきゃいけないいんだ。たとえくるまった毛布のなかがどんなに気持ちよくても。

「ギャング団出動ってことね」ラウラがあくびをした。「十分後にスタンバイ完了《かんりょう》するから」ラウラはするっとパジャマを脱《ぬ》いだ。そして服を着ながら、カッサンドラを呼んだ。

「だめだよ」わたしはいった。「カッサンドラを連れていくのはやめよう」

「いいじゃん、きっと楽しくなるよ、なんでいっしょじゃだめなの？」

「これは楽しくなんかないからだよ。クソッ」

「わかったってば。なに興奮してんの……」

ラウラは目をぱちくりさせながら、コートのファスナーを閉めて、キャップをかぶった。わたしはいちばんしっかりした靴《くつ》を選んでひもを結んだ。この靴《くつ》ならよく走れる。わたしたちが故郷《くに》を出たとき、パパが教えてくれた。よけいな荷物を持たないこと。いい靴《くつ》をはくこと。いい靴《くつ》があれば、半分勝ったも同じだって。

マルクスが階下でわたしたちを待っていた。ほんとは口頭試験の準備があるのに、ぜんぶ放りだしてきてくれたんだ。いっしょに出かけるのは久しぶりだった。ラウラは自転車にまたがり、わたしはマルクスの自転車の荷台に乗せてもらった。自転車はがたごとゆれた。幸い目的地はそんなに遠くなかった。となり村はわたしたちの村より小さくて、家の数は片手で数えられた。リンネのお父さんのアトリエがある村だ。リンネの親以外、この百年間ご先祖がここに住んでいなかった家なんてないんじゃないかな、たぶん。そしてリンネの家でパーティーをするときは、ここの人たちもたぶん全員招待されていた。リンネの眉間《みけん》には、深い怒《いか》りのしわがきざまれていた。

「だれがやったのかはわかんない」リンネはいった。「でも、ひょっとして知ってる人かもしれない、昼間はにこにこあいさつしてくる人かもしれない、って思っただけでもう……」

「もしかしたら例のクラクション野郎《やろう》か、やつの仲間がここまで来ただけかもしれないよ」わたしはリンネをなぐさめた。「ぜんぜんここの人じゃないかも」

そんなふうに考えはじめちゃ、ぜったいにだめなんだ。それが最初の亀裂《きれつ》を生むから。そして事がひとり歩きをはじめると、そこからどんどん深い溝《みぞ》がひろがって、最後はもう地獄《じごく》の入り口に立っている。わたしたちの故郷《くに》みたいに。まずとなりの家の人があいさつしなくなった。そのうちに近所の子たちと遊ばせてもらえなくなった。それからしばらくして、うちの庭に火がつけられたんだ。そういうこと。おばあちゃんのみごとな古いリンゴの木が炎《ほのお》につつまれた。おばあちゃんはそこに立ちつくして、ぜんぶの木が燃えつきてしまうまでじっと見ていた。灰色の煙《けむり》が引いて、灰が地面で冷えていくまで立っていた。そこに立ったまま、一ミリも後ろに引かなかった。あのときのおばあちゃんの顔を、わたしは今日まで覚えてる。頬《ほお》にきざまれた深いしわがふるえていた。いやだ。あんな思いをするのは、もう二度と。わたしはいや。燃える庭の前に立ちつくす小さなおばあちゃんの姿を、わたしはふりはらった。おばあちゃんを思い出すものはぜんぶ。いまは頭をクリアにしておかなきゃ。集中して。わたしは中央広場にいたやつらのことを考えた。カフェで聞いた会話のこと。ラミィとカッサンドラと散歩に行ったときのこと。スプレー缶《かん》が手によくなじむ。それをふった。そして仕事にかかる。塗料《とりょう》がシューーッと吹《ふ》き出す音には解放感があった。

「あなたたち、いったいどこに行ってたの」スージーが叱《しか》りつけた。わたしたちは体の芯《しん》まで冷えきって、キッチンでお茶をわかしているところだった。

「散歩」マルクスがいった。じぶんの子どもをよく知っている母親の目で、スージーはマルクスを見た。「あなたが？　散歩？」

「わたしがマルクスにたのんだから」わたしはそういって、両手で持っていた紅茶の受け皿の色みたいに真っ赤になった。まるでその色がお茶の熱といっしょに、わたしのなかにさっとひろがったみたい。

「で、どうしてカッサンドラを連れていかなかったの？」

「マディーナがどうしても連れていきたくないっていったから」ラウラが勝ちほこったようにいうと、つま先でわたしを軽くつついた。「そうだよね、マディーナ」

スージーはいらいらしたようにため息をつくと、ガウンの前をしめて、また寝室《しんしつ》に消えた。マルクスも試験勉強にもどっていった。わたしはそのすきにラウラのすねを蹴《け》とばした。ふだんはそんなこと、ラミィにしかしないけど。

「そんなことしたって何の解決にもならないじゃん」ラウラはいった。わたしからたびたびそういう話を聞いていたからだ。そしてピースをしてみせた。

だからわたしもラウラにいった。「嘘《うそ》も解決にならないよ」

ラウラは最初わらって、それからだまった。そしてほんのちょっと長すぎる間があってから、わざとさりげなくいった。「何のことかわかんない」

わたしはラウラの肩《かた》に腕《うで》をまわして、にっこりわらいかけた。いまがそのときだ、ってわかったから。わたしたちはいま、前と同じくらい近くにいた。わたしはのどのあたりでもやもやする恐怖《きょうふ》とたたかいながら、深呼吸して、ヴィシュマン先生のアドバイスをぜんぶ思い出しながら、いった。

「ラウラ。わたし、あんたたちを見たんだよ」

ラウラはびくっとした。まるでわたしにぶたれたみたいに。胸がすごく痛んだ。ラウラが苦しんでいたから。そしてそれは、わたしにもつらいことだったたから。

わたしはもう一度深呼吸して、いった。「わたしはあんたが大好き。あんたがだれと付き合っていようとぜんぜん関係ない。だってわたしたち、友だちでしょ。わたしのこと、信じていいよ」ラウラは後ずさりした。背中がキッチンの壁《かべ》にぶつかって、それ以上下がれなくなった。ラウラの目に涙《なみだ》が浮《う》かんで、もうじきあふれそうだった。

「気づいたらそうなってたの」ラウラはささやくようにいった。「でもあたし……あたしは……あたし、どうしていいかわかんなくて……」

「そんなの、ぜんぜんどうだっていいんだよ」わたしはくりかえした。「あんたはあんた。わたしはわたしだもん」

「だれにもいわないで」ラウラは泣きだした。

「ラウラ、わたしはあんたの秘密をばらしたことなんか一度もないよ。あんたがスージーのお財布《さいふ》からこっそりお金をとったときだって。あのときのあんたは、ほんとにクソだったけどね」

ラウラはわたしにちょっと近づいた。それからもっと近づいてきて、とうとうわたしの肩《かた》にほっぺをのせた。信じられないくらいいい気持ちだった。だって、わたしが思う「わたしたち」にまたなれたから。

「ごめん」

「ねえ、いままであんたに彼氏《かれし》ができたとき、ごめん、って思ったことある？　なんで今回はごめんなの？　これまでのほかの恋愛《れんあい》と変わらないよ」

わたしがそういったのは、ヴィシュマン先生と数えきれないくらい何度も練習したから。でも心のなかの、どこか見えない片すみでは、完全にどうだっていいと思えてるわけじゃないのを感じていた。何か違和感《いわかん》があるっていうか、どこかちがうような、妙《みょう》な気がする。または、慣れてない、っていったほうがいいかもしれない。そうだ、慣れてないんだ。

「ごめん、だって……」ラウラはそれ以上いわなかった。ただ泣いていた。

「大丈夫だって」わたしはじぶんの声がなるべく力強く聞こえるようにいった。「ほんとに、大丈夫だから。わたしもその子と知り合いになりたいな、もしよければ」

ラウラは鼻水を手の甲《こう》でぬぐった。

「あたしがスプレーするのを、あの子も手伝ってくれたの。いちばん最初にやったとき。あの子もやっぱり、あの落書きはクソだっていって。いい子なんだ。ほんとに」

そしてラウラは今度は思いきり大声で泣きはじめた。わたしは穴があったら入りたいくらい、恥《は》ずかしかった。だって一時期、ラウラがこっそりクラクション野郎《やろう》と会ってるんじゃないかって疑ってたんだから。わたしってば、なんて大バカ。ラウラは波のようにつぎつぎ押《お》しよせてくる涙《なみだ》の合間に、透明《とうめい》なスライムみたいな鼻水をわたしのセーターでかんだ。ぜんぶあげるよ、ラウラ、って思いながら、わたしはラウラが鼻をかむのにまかせた。どうせこのセーターは、もともとラウラのだし。わたしの服はほとんどぜんぶそうだ。

－－－－－－－－－－－－－

今日は月曜日、ってことは——今日から新しく！——ヴィシュマン先生の日だ。すごく感謝してる。先生が三日もかけて、まるでテトリスをやるみたいに、ぜんぶの相談予定をずらしてくれたんだ。木曜日に先生のところへ行った帰りに、広場のアホどもを特等席で見なくていいように。

「今日はその話をする？　デモのこと？」先生はわたしにそう聞いて、赤いメガネをおでこの上にあげた。今日はブルー地に黄色い花もようのワンピースを着ている。わたしは先生のひざの下あたりに目を落とした。そこで花もようが終わって、どぎついオレンジ色のタイツがのぞいている。

「話したって、何も変わりませんから」

「もちろん何か変わりますとも」

わたしは顔をしかめた。「何がですか？」

「そういうのに慣れちゃだめ。その人たちがやってることは、ふつうじゃない。だから、慣れちゃだめなの」

わたしはラウラのことを考えた。やっとラウラと本心を話しあえて、どんなにうれしかったか。だからやっぱり話すことにした。はじめはつっかえつっかえだったけど、そのうちだんだん自信をもって話せた。どれほどじぶんを汚《きたな》いものみたいに感じたか。最初の何回か。それからじぶんの恐怖心《きょうふしん》が、どんなにいとわしかったか。その恐怖心《きょうふしん》までもが、わたしを汚《きたな》くしている気がしたんだ。デモそのものほどじゃないにしても。それからとなりのおじさんのことと、おじさんがカフェでいっていたこと。いつか、とわたしは先生にいった。いつか応えられるようになると思う。反論できるようになると思う。ただ、ラミィとカッサンドラのこと、二人の男と黄色い三つ編みの女に遭遇《そうぐう》したことにはふれなかった。そいつらにおどされたこと、不快な言葉を浴びせられたことも話さなかった。でないと、ヴイシュマン先生がまた警察っていいだすだろうから。警察ともめるようなことは、いまはほんとに避《さ》けたかった。わたしたち自身もスプレー缶《かん》を持って出動しているかぎり。

「汚《きたな》いのは、最初に汚《きたな》いものを生みだした人よ」ヴィシュマン先生がいった。

「でも、あとからそこに足を踏《ふ》み入れた人もです」わたしは反論した。

「あなたが足を踏《ふ》み入れた、ってだれがいった？」ヴィシュマン先生はいった。「あなたは、彼《かれ》らが汚《きたな》いものを生みだすのを見ただけ。あなたは汚《きたな》いものの時代の目撃者《もくげきしゃ》なの」

汚《きたな》いものの時代の目撃者《もくげきしゃ》か。汚《きたな》いものの時代の、目撃者《もくげきしゃ》。汚《きたな》いものの、時代の目撃者《もくげきしゃ》。いつかじぶんの名刺《めいし》を作ったら、そこにそう書こう。そしていつか付け足せるといいな。「休業中」って。


アミーナおばさんが、最初のドイツ語の試験に合格した。わたしたちはテーブルのまわりをぐるぐるまわりながら踊《おど》って、紅茶を飲んだ。おばさんはようやくまた働けるのをすごく楽しみにしている。もう仕事の口だってある。スージーの友だちの家何軒かで、そうじさせてもらうんだ。もうじき。そしてもしうまくいったら、幼稚園《ようちえん》の調理員になるんだ。故郷《くに》にいたころ、アミーナおばさんはめったにそうじなんかしなくて、やっても最低限だった。でもここではやる気満々で、ママにアドバイスしてもらってる。そのママはいま、ぜんぜんそうじする気をなくしちゃってるけど。うちの家族は故郷《くに》を出てから、まるでさかだちしてるみたい。もう慣れたけど。すべてが変わっていく。たえず変わっていくんだ。わたしたちは三六〇度回転をやってのけた。わたしは覚えてる、パパがここへ来てはじ

めてスージーから仕事をもらったとき、どんなにうれしそうだったか。庭の手入れ。生《い》け垣《がき》の刈《か》りこみ。落ち葉はき。それだってパパがもともとやってた仕事じゃない。パパはじぶんの仕事が大好きだった。パパがだれかを治す人、救う人以外のものになりたいと思ったことなんか、一度もなかったはず。でも、何もさせてもらえない状態が何年もつづいたせいですっかり気力をなくしていたから、まるで二百ワット電球なみに顔をかがやかせていたんだ。ほんとに、荒海《あらうみ》のなかで港への安全な航路を船に教える、大きくて強力な灯台の光みたいだったんだから。じぶんがだんだん子どもみたいに、だれかにたよらざるをえなくなっていることに気づくのは、こたえるものなんだ。じぶんの子どもが、じぶんの代わりに発言権を持っていることとか。少なくとも、子どもに通訳してもらうときは。それでふきげんで不安定になって、ケンカ早くなったりする。うちのパパみたいに。または引きこもって、血が出るほど肌《はだ》をこすったりする。アミーナおばさんみたいに。だから何かが変わると、たとえそれがほんのささいな変化だとしても、何かすてきで新しい、よりよい未来を約束されたように感じるんだ。いま困っていることも、ぜんぶ何かの役に立つんだ。これからよくなるんだ。よくなる可能性があるんだって。

ママはフランツィのお母さんのレシピ通りに、ここのアップルケーキを焼こうとした。ちょっとくずれちゃったけど、それでもおいしかった。みんな、見た目を重視しすぎだと思う。

となりのおじさんが、アホみたいにわたしたちの家のほうをにらんでくる。あのふちなし帽《ぼう》のおじ

さんだ。スージーが近くに行ってあいさつした。おじさんもあいさつしたけど、ちょっと間をおいてからだ。それからおじさんは、わたしたちがあとどれくらいここにいるのか、って聞いた。スージーはいつもの気まぐれそうな目で、おじさんをじっと見つめて答えた。「まあ、どうして？　ひょっとしておたくもうちに越《こ》してきたいとか？」

わたしはあの途方《とほう》もない量の課題を、キング先生のためにアホみたいにやりきった。毎晩毎晩、毎日毎日、一枚一枚。なのに、やり終えた課題を持って学校へ行くと、キング先生はいなかった。病欠だって。それでわたしの知らない中年の、まるでやる気のない代わりの女の先生が来て、わたしたちが書いた作文をかったるそうに読みあげた。わたしの特別課題をわたそうとすると、その場で突《つ》き返《かえ》された。「カリキュラムに含《ふく》まれません」

「でも、キング先生がいったんです……」

「それならキング先生がもどられたら、先生と直接お話しなさい」

こんなことなら、急いでやらなくてもよかったのに。

ラミィがアミーナおばさんと「怒《おこ》ると負けよ」っていうボードゲームをした。おばさんがルールを知らなくて、ラミィはじぶんがぜんぶ説明してあげられて大得意だった。おばさんはラミィを喜ばせ

るために、わざと物わかりの悪いふりをした。ママがまたケーキを焼いた。昔の三倍くらい時間がかかった。ママは薬のせいで、いつもちょっと眠《ねむ》そうなんだ。

――――――――――

今日は思いがけず学校が早く終わった。キング先生の授業がぜんぶなくなったからだ。わたしはそのチャンスを利用して、帰りにラミィの幼稚園《ようちえん》に寄って、生け垣《いがき》のすきまからなかをのぞいた。ラミィがほかの子たちのなかにすっかりとけこんで、庭で遊んでいた。巻き毛が風にゆれ、ほっぺは寒さで赤くなっている。ごくふつうの、問題のない子に見えた。ラミィがときどきなる疫病神《やくびょうがみ》のようには見えなかった。幼稚園《ようちえん》の先生がわたしを見つけて、手をふった。しまった、見つかっちゃった。ちょっとばつが悪いけど、しかたない。先生が出てきて、声をかけてくれた。「ラミィくん、よくなってきていますよ」

わたしはうれしい気持ちで帰った。ラミィはいまでもたまにおもらしはするけど、もう犬みたいに吠《ほ》えたり、つねったりはしないらしい。中央広場の手前で、だれかに声をかけられた。フランツィのお母さんが、ウサギの大好きな息子《むすこ》を迎《むか》えに来たところだった。同じ目の高さで向かいあうと、フランツィのお母さんはわたしににっこりわらいかけて、うちのママによろしく伝えてね、っていった。こんなふうに「よろしく」っていわれたり、手をふってもらったり――それはこの国に来てからのわたしたちの生活を織りなしていく糸なんだ。わたしにはわかる。去年、わたしがそうだったから。今度はママの番だ。

スージーが大きなショッピングバッグをいくつも抱《かか》えて、玄関《げんかん》にころがりこんできた。クリスマス用のカモ肉と、すごくたくさんの種類のチーズと、プレゼントがいっぱい入っている。「ちょっとだれか、助けて！」スージーがさけんだ。

ラウラは大音量で音楽を聞いていて、反応しなかった。わたしとラミィが出ていって、バッグをいっしょに階段の上まで引っぱりあげた。まあ、ラミィはちがうけど。スージーがラミィのために買ってきてくれた巨大《きょだい》なアドベントカレンダーを引きずっていっただけだから。途中《とちゅう》で窓を一つ開けて、なかのチョコをむしゃむしゃ食べちゃった。

「それはそうじゃないのよ」スージーはラミィに説明した。それからクリスマスのことも話した。

「うちにもモミの木、くる？」ラミィはUFOみたいに目をまるくした。「まほうの玉がついてるやつ？」

「ええ、もちろん」それを聞いて、ラミィは階段を駆《か》けおりていった。「ママ、うちに木がくるよ、へやのまんなかに！」ラミィはどなった。

わたしは一時間かけて、ママをなだめるはめになった。ママの小さな部屋に、巨大《きょだい》な木を持ちこんだりしないって。土とか根っことか、その他いろんなものがくっついてるようなやつを。まったく、ありがとう、ラミィ。ちびの疫病神《やくびょうがみ》め。

冬休みだ。やっと。

ゾフィーは家族と休暇《きゅうか》に出かけた。山へスキーに行ったんだ。ラウラはいっぱい時間ができた。わたしだけのための時間が。一日じゅう、何もしないでごろごろする。夢みたい。スージーとアミーナおばさんはクッキーを焼いた。わたしの人生はこのと、故郷《くに》のと。両方まぜて、缶《かん》につめた。わたしのぜんぶの世界のにおいがする。わたしの人生はこのクッキーの缶《かん》にそっくり。いろんなごちゃまぜ。ココアとラズベリージャムとシナモンとアニス。わたしは好きだな。スージーとアミーナおばさんが作るあいだ、その背の後ろでわたしたちがせっせと食べて、缶《かん》をまた空っぽにする。永遠の循環《じゅんかん》、クッキー版。

「ねえ、日記なんかほっときなって」ラウラがぴしゃりといった。「冬休みなんだから。あたしたちは自由だよ。ありのままで、いるだけでいいんだから」なるほど、いいアイデアだ。

いまわたし、ありのままでいるのに忙《いそが》しいんだ。

ーーーー

クリスマスの食卓《しょくたく》は、料理の津波《つなみ》みたいだった。わたしはお気に入りの服が着られなくなった。カモ肉のグリルは前から好きだったけど、いまはジューシーで甘《あま》い赤キャベツのマリネも大好きになった。やわらかいジャガイモ団子《クヌーデル》も好き。はいはい、もう書くのやめるね。ラウラがクリスマスケーキを持ってこっちに来るから。

- - - - - - - - - - -

一週間、休みをつづけられた。でも、今日はどうしても書かなきゃ。だって、じぶんのことをすごく誇《ほこ》りに思うから。わたしはここに来てはじめて、新年を祝った。庭でラウラといっしょに、満天の星みたいに花開く花火を見たんだけど、パパと故郷《くに》から逃《に》げてきて以来、ほんとにはじめて花火の美しさだけが見えた。こわさじゃなく。だってつい去年、村のお祭りで花火が上がったとき、わたしはパニックになって、歯をガチガチ鳴らしてたおれちゃったんだから。爆弾《ばくだん》が降ってくる、って思って。音がすごく似てるんだ。空気を切りさく音。家々の上を流れていく煙《けむり》。焼けこげたにおい。花火は今回もすごく大きな音がした。でも、ちゃんと準備してたから、カウントダウンがはじまったときも、ほんの一瞬《いっしゅん》不安になっただけだった。ロウ製の耳栓《みみせん》もしてたし。今回こわがったのは、かわいそうなカッサンドラだけだった。花火がシューッと音をたてて打ち上げられるたびに、ベッドの下のますます奥《おく》へともぐりこんで、小さな声でクンクン鳴いた。わたしたちが外にいられるように、スージーがカッサンドラの面倒《めんどう》を見ていてくれた。花火ならもう十分見たから、っていって。でも恐怖《きょうふ》でいっぱいの犬は、まだそんなに見たことないよね。カッサンドラがかわいそうだったけど、一度くらいじぶんのことだけ考えたかった。だから外に出た。ほとんど良心も痛まなかった。ほとんどね。まだ練習が必要。マルクスがわたしの肩《かた》にマフラーをかけてくれた。マルクスからのクリスマスプレゼント。ふわふわで幅《はば》のひろい、赤い水玉もようのマフラー。おかげですぐにあったまった。わたしはやわらかい編地に顔をうずめた。マルクスがわたしの手をとった。そしてわたしはラウラの手をとった。新年を迎《むか》える瞬間《しゅんかん》はみんなでいっしょに、って思ったんだ。

わたしたちは三人で立っていた。マルクス、ラウラ、わたし。手と手と手をつないで。そして赤と緑と白の花火の火が降りそそぐのを、じっとながめた。

「何か願いごとして」マルクスがいって、大みそかにつきものの鉛占《なまりうらな》いで、鉛《なまり》のかわりに使うロウをわたしにくれた。ラウラが冷たい水の入ったボウルをさしだした。ロウを溶《と》かし入れて、できた形で未来を占《うらな》うんだ。

「耳にロウ、お手々にもロウ、ぴったりじゃん」ラウラがいった。

わたしの未来は、ブロッコリーみたいに見えた。

「もしかしたらあんた、農家になるのかもよ」ラウラがいった。それからロウをひっくり返して見た。「それとも、原子物理学者かな」

ううん、お医者さんだよ、ってわたしは心のなかで思ったけど、今晩はまじめなことはいいたくなかった。その晩、マルクスがわたしに長いキスをした。また、すてきだった。

15

冬休みのあと、キング先生がもどってきた。前よりさらに細くなって、さらに骨ばった感じに見える。まるで飢《う》えきったハイイロガラスみたい。あと、前よりさらにきびしくなった。

先生が最初にしたことといえば、例の課題を出すようにわたしに要求することだった。まるでわたしがわざと出さなかったみたいに！　だけど先生が今日来るなんて、わたしにわかるはずある？　おかしな預言者じゃあるまいし！

世のなかの理不尽《りふじん》さ、とくにクラス担任の理不尽《りふじん》さについて、わたしがえんえんとぐちをいっていたら、スージーがプラリネをひと箱買ってきてくれた。

「担任の先生にあげて」スージーがいった。

わたしが捧《ささ》げものをすれば女神《めがみ》さまの怒《いか》りをしずめられる、ってスージーは思っているらしい。けど、スージーはキング先生を知らない。超《ちょう》こわもての捜査官《そうさかん》なみに、先生には賄賂《わいろ》なんか効かないと思う。キング先生のほうが、こわもての捜査官《そうさかん》よりもっときびしいんだから。先生は無表情にプラリネの箱を受けとった。

やった！　今日、キング先生が添削《てんさく》した課題をぜんぶ返してくれながら、にっこりしてた。そしてわたしの肩《かた》をぽんぽん、とたたいた。

ラウラがやっと、ゾフィーをわたしに紹介《しょうかい》するって約束してくれた。わたしは楽しみなのと、こわいのと。ちゃんとふさわしいふるまいができますように。

バスに乗っているとき、ラウラが携帯《けいたい》電話をとりだして見せてくれた。写真の女の子は、まじめそうな顔つきをしていた。赤毛で、前髪《まえがみ》をおろしている。紺色《こんいろ》のブラウスに流れ星のプリント。わたしには、ちょっとふしぎの国のアリスみたいに思えた。ラウラがささやいた。「この子だよ」

さあ、わたしはなんていえばいい？　おめでとう？　こういうとき、ふつうはなんていう？　これが男の子だったら、わたしはなんていうだろう？　うん、やっぱり、おめでとうだ。

それで「おめでとう」っていった。大してむずかしくなかった。

わたしがこれからもラウラにとって、大事な存在でいられますように。
ちなみに、いままでもラウラに新しい彼氏《かれし》ができるたびに、そう思ってたけどね。わはは。

ラミィは今日、ほんとはフランツィの家に遊びに行くことになってたんだけど、フランツィのお母さんがキャンセルしてきた。何か急用ができたからって。それでラミィがずっとわたしの部屋でごろごろしてるもんだから、いらついちゃって。とうとう日記を放りだして、あきらめた。カッサンドラとランニングに行った。だれとも話したくないし、会いたくない。クソな日だ。何もかも、ぜんぶクソだ、今日は。

またしても夜中にはっきり目が覚めて、そのまま横になっていた。何かがわたしの心の表面すれすれまで浮《う》かんできてるのに、まだちゃんと水面から顔を出してないような気がした。わたしはにごった水のなかから、何度もそれを釣《つ》りあげようとした。あとほんのもうちょっとで姿が見えそうだった。でも、そのうちに結局ねむってしまった。朝になってシャワーを浴びているときに、それが何なのかようやくわかった。わたしがゾフィーのことでラウラと話すときの、薄《うす》い氷を踏《ふ》むみたいな妙《みょう》な態度がそれだ。それって、ほかの人たちがわたしやわたしの家族にしてることにそっくりなんだ。じぶんが知らないこと、知らないせいで妙《みょう》に思えることに出会ったとき、どうふるまったらいいかわからな

いんだ。

マルクスが写真を見せてくれた。いろんな大学の写真。いろんな街。「おれはここに行きたいんだ」マルクスはそういって、画面を指さした。その大学はうんと遠かった。いっしょに夏の旅行に行く話はもうしなかった。

- -

わたし思うんだ、おなかのなかでチョウが舞《ま》ってるみたいなときめきを、もうしばらく感じてないな、って。ごろごろした冷たい石なら、いっぱいつまってそうだけど。七匹《ひき》の子ヤギを食べようとしたオオカミみたいに。じっさいオオカミは子ヤギを食べた。ただ、あんまりいい結果にならなかっただけ。願いが叶《かな》っても、いい結果にならないこともある。よく考えてみたらわかる。

- -

目が覚めて、パパのことを考える。待つのは無意味なのかもしれない、って考える。ラウラだってお父さんがいないけど、何とかなってるし、って考える。しかも、なかなか悪くない暮らしだ。けど、ラウラのお父さんは家族にやさしくなかったから。警察が来て、最終的に接近禁止命令が出た。そしてラウラの家族は、何週間も村じゅうでうわさのタネになった。まあ、うわさのタネなら、うちのパパもかなりのものだったけど。

あたりいちめんの雪。カッサンドラといっしょに森へ行った。二人だけで。ぜんぶの音が消えて、世界はしずけさの鐘《かね》のなかにすっぽり入ったみたい。木の枝ややぶがおかしなかっこうの像になっていて、そこへカッサンドラがいきおいよく飛びこむと、雪のかけらが顔のまわりに舞《ま》い散《ち》って、それをカッサンドラはぱくっとくわえようとする。目をかがやかせ、そのよだれは日ざしを受けて、まるで雪と競争するみたいにきらきら光った。森のなかの空き地に、ノロジカの足跡《あしあと》が細いリボンみたいにつづいていた。


ラウラの部屋で寝《ね》た。朝、着替《きが》えと学校のしたくをするために下に降りると、ラミィがひどく悲しそうな顔でテーブルについていた。コーンフレークのボウルは手つかずのままだ。

「どうしたの？」ほんとはすごく急いでたけど、聞いてみた。

「フランツィはぼくんちに来ちゃだめなんだ」

「今日はだめなの？　じゃあ、また今度来られるかもよ」わたしはラミィをはげました。そしたらラミィがいった。「ちがう、ぜんぜんだめなんだって。ずっと」

「どうして？」

「ぼくたちがぼーめーきぼうしだから」

わたしはポケットのなかでこぶしをにぎりしめた。爪《つめ》が皮膚《ひふ》に食いこんだ。わたしはラミィのとなりにすわって、その顔をじっと見つめた。

「そうじゃないよ、ラミィ。わたしたちは亡命希望者じゃない」

「じゃあなんなの？」

「わたしたちは人間だよ、ラミィ」

ラミィはあやふやな顔でコーンフレークをかきまわした。

「そしたら、フランツィはやっぱり来てもいいの？」

「わたしが何とかする」わたしはちゃんと考えるより先に約束していた。これでフランツィのお母さんと話さなきゃいけないはめになった。うわーい。

－－－－－－－－－－－－

論理的な説明に耳を貸そうとしない石頭《いしあたま》はうちのパパだけだと思う人は、フランツィのお母さんと議論したことがないんだ。

－－－－－－－－－－－－

正直いって、フランツィのお母さんみたいに頭が固くて堂々めぐりの話ばかりする人を、二人しか知らない。一人はうちのパパ。伝統にしたがうためだけに、死ぬかもしれないところへ飛びこんでいった。もう一人は、施設《しせつ》にいたまぬけ。どうしてもテロ組織に入りたがった。知ってるんだ、あいつがわたしのことも引きこもうとしたから。ほとんど同じくらいの年だ。それでわたしがとうぜんすぐにパパに話して、パパがそいつの親にきびしく注意したら、そいつは行方《ゆくえ》をくらました。パパは心の底から暴力をにくんでいるんだ。ずっとそうだった。戦争の前から。戦争のあいだも。そして、わたしたちが戦争を後にしてからも。

だからなおさらひどいことなんだ、そういう暴力がすっかり日常になってしまった場所へ、パパがもどっていったっていうのは。もうだれも理由をたずねたりしない。暴力がすべてに浸透《しんとう》しているんだ。あの場所に長くいた人は、みんなそうなる。人は暴力を空気といっしょに吸いこみ、食事といっしょに体にとりこんで、むし暑い日には汗《あせ》をかくのといっしょにそれを体の外に出す。それを考えると、パパがかわいそうでたまらない。そして考える、フランツィのお母さんは何も知らないんだって。まるで何も知らない。じぶんの小さな世界しか、フランツィが大好きなウサギのいる小さな庭のまわりしか知らないんだ。それと同時に、ウサギと庭と視野のせまいお母さんしか知らないフランツィ、ラミィが消化しなきゃいけないものを何一つ知らないフランツィは、なんて幸せなんだろう、って思う。もちろんわたしはもう、フランツィのお母さんの考えを変えさせることはできない。

わたしがどう説明しても同じことだ。

フランツィのお母さんは、どうやらクラクション野郎《やろう》の女友だちの母親と知りあいらしい。それでクラクション野郎《やろう》は日がな一日、わたしたちみたいな連中がどんな危険をもたらすか、しゃべりちらしてるみたい。っていうのも、フランツィのお母さんが何度もいうには、あの子はかわいそうに、もうずいぶん長いこと仕事がないんだ、って。わたしに同情しろとでも？　わたしが月曜日にヴィシュマン先生のところへ行くようになって以来、クラクション野郎《やろう》とその仲間を見ないですむようになったからといって、あいつらはクソな行為《こうい》をやめたわけじゃないんだ。

それと途中《とちゅう》うまく聞き出したんだけど、フランツィのお母さんは、息子《むすこ》が何か病気でもうつされるんじゃないか、って心配になったみたい。わたしたちが難民滞在施設《なんみんたいざいしせつ》じゃなく、スージーの家に住んでることは、フランツィのお母さんにはどうでもいいらしい。

「でも、うちのママのクッキーはすごくおいしい、っていってたじゃないですか」わたしはいってみた。「うちに来てくれたとき、楽しかったでしょう？」

フランツィのお母さんはちょっとだまってから、ごくりとつばを飲みこんで、いった。「おなべを火にかけたままなの。これで終わりにしましょう」


今日はあの日だった。例の特別な日。ラウラとゾフィーとわたし。ラウラが新しい彼氏《かれし》をわたしに紹介《しょうかい》するときにいままでしてたように、カフェとか家で会うんじゃなくて。森へ行くんだ。ラウラがそんなにこそこそするのは残念に思ったけど、この件に関してラウラはだれも信用していないんだからしかたない。ラウラはだれかにばれるのをひどくおそれている。学校で。うわさになるのがこわいんだ。でも、わたしはラウラの不安をわらいものになんかしない。そんなわけで、わたしたちは森へ行った。だれかにあとをつけられていないか、ラウラは何度もふりかえったり、まわりをきょろきょ

ろ見まわしたりして、事を大げさにした。とうぜんカッサンドラはラウラが興奮しているのを感じとって、すっかり落ち着きがなくなった。わたしが見たところ、ゾフィーはこの秘密ごっこにあまり関心がなさそうだった。むりもない。

「お行儀《ぎょうぎ》よくしてよね」ラウラがわたしにささやいた。まるでわたしがラウラの前の彼氏《かれし》たち全員にひどいことをしたとでも。最低のアホにだって、超親切《ちょうしんせつ》にしてあげたのに。ラウラのためだけに。ゾフィーは小さかった。前に池で見て思っていたより小さい。それにちょっとまるっこかった。感じのいいまるっこさ。はっきりいうと、ゾフィーはわたしとかなり正反対だった。ゾフィーはひどく緊《きん》張《ちょう》して、気をつかっていた。わたしたちの会話は、これまでのラウラの彼氏《かれし》たちとの会話と同じくらいぎこちなかった。二人が手をつなごうとしたとき、わたしはとっさにどこを見ていいかわからなかった。それからゾフィーがすごくまじめな顔でいった。「あたしもいっしょにやっていいかな？　スプレーしに行くときだけど。あと友だち二人連れていくよ。その子たちもこの件はひどすぎる、っていってて」わたしはすぐにゾフィーが好きになった。この子は強い。気に入った。ほんとに。すごく。

「もちろん」わたしはいった。「だれでも歓迎《かんげい》だよ。いつでも」

帰り道、ラウラは陽気に口笛を吹《ふ》いていた。ほとんど前と同じ。軽《かろ》やかな感じ。

フランツィが大泣きした。ラミィも大泣きした。わたし知ってるんだ、フランツィが電話してきたから。うちの番号が、むこうの電話機にまだ保存されたままになってるみたい。

血と汗《あせ》と涙《なみだ》で新たにきずきあげたじぶんの王国が、どこかのファンタジー映画みたいに、いまいましい魔《ま》法《ほう》の呪文《じゅもん》のせいでまたくずれはじめているような、そんな感覚がある。わたしはそうはさせない。わたしはここにいる。わたしはここにとどまる。ママとラミィとアミーナおばさんも。以上。

ラウラがわたしにすごくやさしい。ラウラと仲良くできていると、わたしは力がわいてくる。フランツィとラミィは、ロミオとジュリエットを演じてる。バルコニーはないけど。電話で。

スージーが、協力するって約束してくれた。フランツィのお母さんと電話してみる、とまでいってくれた。うまくいくかもしれない、ってちょっと期待している。ここの人のいうことなら、もっと聞く気になるんじゃないか。

16

　今夜、わたしは少しの休息もあたえられなかった。わたしは森のなかをさまよい歩いていた。家の裏手にある森とちょっと似ていた。どこか森のなかから、ラミィの声がわたしを呼ぶのが聞こえた。でも、どんなに速く走っても近づけない。そのうちに、この森の奥《おく》へわけ入るには、ゆっくり動かなきゃいけないんだって気づいた。わたしは一歩一歩、ラミィの声のするほうへ、足を引きずるようにして歩いた。声はまるで鬼火《おにび》みたいに、あるときはこっちから、またあるときはあっちから聞こえてきた。雲が月をおおって、わたしたちを薄暗《うすくら》がりのなかに沈《しず》めた。いつの間にかママの声も加わっていた。

「私たちは森の空き地にいるのよ、マディーナ！」

「あとほんのちょっとだよ！　もうあしおとが聞こえる！」

　ところが、わたしが霧《きり》のかかる空き地に足を踏《ふ》み入《い》れたとたん、しめった大地のなかから、触手《しょくしゅ》がいっぱいある一匹《ぴき》の怪物《かいぶつ》がぬっとわいて出て、わたしの頭の上で触手《しょくしゅ》をくねらせた――はじめはまだ透《す》きとおって気体みたいだったのが、わたしがもう一歩進まないうちに、おそろしいスピードでくっきりと姿をあらわした。触手《しょくしゅ》の先にはぜんぶ口がついていて、わたしに食いつこうとした。

「消えな、あんた」一本の触手《しょくしゅ》が、かん高い女の声でいった。

「ここから出ていけ」べつの声が、わらいながらいった。

「だれもおまえらなんか必要としてないんだよ！」

声はてんでばらばらにさけんだ。リズミカルじゃない合唱。低いあざけるような声、いらついたような大きな声、猫なで声、ごうまんな声。残忍《ざんにん》な声。

「おまえらが故郷《くに》へ帰る道を照らしてやろうか」一つの声がささやいた。「ここにおまえらの場所はないんだよ！」

声のざわめきがあまりにうるさすぎて、もうママの声も、ラミィの声も聞こえなかった。わたしが後ろへ下がると、触手《しょくしゅ》がおそいかかってきた。足元にあった太い枝を拾って、剣《けん》のようにふりまわす。

「だれがあんたらなんかに聞いた？」わたしはさけんだ。

触手《しょくしゅ》たちはわらったり、どなったり、ののしったり、意地悪くささやいたり、金切り声をあげたりした。わたしは枝をふりまわして戦ったけど、触手《しょくしゅ》を一本たたき落としても、あっという間にそこからまた新しい口が生えてきた。

「それじゃだめだな」その口がわらった。

「こっちはおおぜいだ。おまえは少ない」

「おまえはただのお情けで、ここにいさせてもらってるだけさ」

わたしは大声でわめきながら何度も打ちかかったけど、とうとう力つきてしまった。でもそうするあいだにも、この怪物《かいぶつ》は目が見えないことに気づいた。口はあるけど、目はないんだ。わたしは音をたてないように枝をコケの上におき、忍《しの》び足で怪物《かいぶつ》の横を大まわりして進んだ。怪物《かいぶつ》はおそってこなかった。

わたしはむりにまたおばあちゃんに手紙を書いた。何の意味もないのに。みじめなさけび声を録音して、深淵《しんえん》のむこう側へとどけるみたい。どうせたぶん聞く人はいないのに。

そんなこと二度といっちゃだめ、マディーナ。

金曜の夕方、全員分の食事を作るのを手伝うために、わたしとラウラがいつものようにスージーのところへ上がっていったら、スージーはキッチンにいた。ワインのびんが四分の三、空になってる。まだ何も準備できてない。わたしたちが引《ひ》っ越《こ》してきてから、こんなことはなかったのに。ラウラはくちびるをかんだ。よく知ってるからだ。わたしたちが来るまで、こういうことはそんなにめずらしくなかった。前は二人ともそれにはふれずに、だまってびんを片づけて、夕食を作った。でも今回、わたしはいった。「スージー、今日はうちに来て。わたしたちがスージーのために何か作るから」

わたしは下へ降りて、アミーナおばさんにたのんだ。そしたらおばさんは、まるで今日大きな戦いに勝たなきゃいけないみたいに、三百倍はりきって仕事にかかった。

学校から帰ると、庭の生《い》け垣《がき》がユサユサゆれていた。カッサンドラ、って呼んだら、しげみのなかから飛びだしてきて、またすぐ走ってもどっていった。追いかけていくと、ラミィとフランツィがしげみのかげに隠《かく》れていた。

「ぼくたちのこと、いっちゃだめだよ」ラミィがささやいた。

「どうやってここまで来たの、フランツィ?」

「逃《に》げだしてきたんだ」

わたしはフランツィの手をとって、家に送りとどけるしかなかった。でないと、わたしたちが小さい子をぬすんだ、っていわれるから。

「マディーナなんか、きらいだ!」ラミィが後ろからさけんで、わたしに石を投げた。

日がまた長くなってきた。朝、鳥のさえずりがまた聞こえるようになった。もうすぐわたしの誕生日だ。

前期の成績が出てから、キング先生がさらにストレスをかけてくる。ほとんど日記を書くひまもな

い。

- - - - - - - - - - - - - -

「学校で何かあったの?」マルクスが聞いた。今日は二人のうちどっちかが勉強しなきゃいけないこともなく、いっしょの時間がとれる、めったにない日だった。わたしはただうなずいた。「でも、話したくないんだね」

うん、話したくない。マルクスはそういうところ、よくわかってる。わたしが話したくないときに、ぜったいにしつこく聞いたりしない。マルクスのそういうところがすごくいいなと思う。これからもそう思うだろう。たとえ二人の仲がどうなっても。

「ちょっと外に出る?」

わたしたちは庭のブランコベンチに腰《こし》かけた。あまりたくさんは話さなかった。その必要もなかった。わたしたちはおたがいのことが好きなんだ。わたしはそれで十分。もしかすると、それ以上のものはもうないのかも。それもまたいい。

マルクスがわたしの肩《かた》に腕《うで》をまわした。「パーティーをやろうか? それともロウソクをともしてディナーにする? もうすぐ誕生日だからね」

「わたしは世界平和と、ジーンズがほしい」わたしはいった。

そこへラウラが割りこんできた。ベランダのドアのところで聞き耳をたてていたんだ。「もちろん、パーティーやるにきまってるでしょ。何考えてんの!」

フランツィは二度と来なかった。

二度と来ないのはフランツィだけじゃなくて、故郷《くに》からの手紙もだ。二度と来なかった。

「ねえ、誕生日に何がほしい？」ラウラがわたしに聞いた。それからスージー。ラミィ。そしてママまで。ひゃあ。誕生日に何がほしいかなんて、さっぱりわからない。パパにもどってきてほしい、ってこと以外は。去年は家族全員から花束を一つもらったほかは、何ももらえなかった。うちにはぜんぜんお金がなかったから。何もなかった。でも豪華《ごうか》なパーティーより、そっちのほうがよかった気がするんだ。パパがいなくちゃ。

マルクスが夕方、わたしを地下室へ呼んだ。

「ようこそ司令部へ」マルクスはそういって戸だなを開けた。上から下まで、ありとあらゆるスプレー缶《かん》がぎっしりつまってる。赤、黄色、黒、銀。これだけあったら何年も足りそう、って思った。ひと財産かかったはず。

「兵器庫だよ」マルクスが満足げな顔でにやりとした。「クリスマスにたくさんもらっちゃってね、おばあちゃんから。有意義に使いたくてさ」わたしは思わずマルクスを抱《だ》きしめた。

「きみに安全だって感じてほしいんだ」マルクスはいった。「だからこれはきみにあげる。誕生日プレゼントの前だおしだよ。おれはきみを大事に思ってる。わかってると思うけど」

ううん、いつもわかってるわけじゃない。そしてわたしにとってマルクスが最初のころと同じくらい大事かどうか、それもわからないときがある。でもはっきり感じてるのは、わたしたちはこれからもずっとおたがいを好きだろう、ってこと。これからもずっと、おたがいのことを気にかけているだろうってこと。何かの形で。わたしの心のどこか一部分がいっていた。それでいいんだ、って。


キング先生にほめられた。ほんの一瞬《いっしゅん》だけど。数学の試験で、クラスでいい点をとったうちの一人になったから。先生はすぐにまじめなカラスの顔にもどって、つぎの追加課題の束をわたしてくれた。わたしが退屈《たいくつ》しないようにって。ラウラはかなり悲惨《ひさん》な結果だったけど、それでもうらやましがったりしなかった。ラウラっていつもそうなんだ。「ようは、五じゃなきゃいいって」ラウラはにっこりして、チューイングガムを大きくふくらませた。風船がぱちんと割れて、鼻の頭にくっついた。

「はい、ハンカチ」いまではじぶんが必要な物をぜんぶ、いつも持ってるのがほんとに誇《ほこ》らしかった。ノート、教科書、ペンケース、ハンカチ。わたしはじぶんの人生をこの手にしっかりにぎってる。じぶんの分をだれかに分けてあげることだってできる。

ーーーーーーーーーーーー

夕食のあと、スージーが立ちあがって、ワインのびんをさがしに行こうとした。わたしとラウラは顔を見あわせた。

「ねえママ、ママがほんとにしてみたいことって何？　もし一つ願いごとが叶《かな》うとしたら？」ラウラがたずねた。

スージーはまたすわり直して、にっこりした。

「すてきな旅行がしたいかしらね、イタリアへ」

そして悪い考えをふりはらおうとでもするように、髪《かみ》をかきあげた。スージーの髪《かみ》はきれいで豊かな巻き毛で、少し前から赤銅色《しゃくどういろ》に染めてる。灰色の髪《かみ》なんか見たくないんだって、いつかいってた。灰色なのは人生だけで十分、って。

「とにかく、何でもいいから旅行ね。車に乗りこんで、はい、いってきます、って」

スージーはもう一度立ちあがった。でも、ワインのたなへ行くためじゃなくて、お皿をあつめて、食洗機まで運んだ。ラウラが食洗機を開けて、お皿を一枚一枚、きちんと立てて入れはじめた。前は乱暴に放りこむせいで、食器がたおれてガチャガチャいってたのに。しかもスージーに何度もたのまれてやっと入れる、って感じだった。

「じゃあ、行ってきなよ」

「学校の学年の途中《とちゅう》なのに!?」

ラウラはスージーを抱《だ》きしめた。「わたしたちはもう大きいんだよ、ママ。ママがずっと家にいなくても大丈夫。ほんとに。じぶんのために、何かして」

スージーはラウラにもたれかかっているせいで、ちょっと気弱に、小さく見えた。いままでにない感じだった。「もしかしたら、あなたのいうとおりかもしれないわね」

それからため息をついた。「でも、一人で旅行してもあんまり楽しくないから。正確にいうと、ぜんぜん楽しくない」

「だったら、マディーナのお母さんといっしょに行きなよ」ラウラが提案した。いやほんとに、なんでわたしがもっと早く思いつかなかったんだろう。

「アミーナおばさんがラミィのお世話をしてくれるだろうし、犬の世話はわたしたちがするから」

わたしはいそいでいった。

「あと、マルクスのお世話もね」ラウラがふざけていった。

「何、おれがどうしたって?」マルクスがじぶんの部屋から、廊下《ろうか》にひびいてた映画の音よりも大きな声でどなってよこした。

「何でもない、ぜんぜん何でもないから」

旅行に行くって!

ママがほんとに行く気になった！　アミーナおばさんは了解《りょうかい》してくれた。ラミィは空飛ぶ皿みたいに目をまるくした。「あんたはどうしたって家に残らなきゃ、ラミィ。カッサンドラにはお世話してくれる人が必要でしょ」ラウラがいった。ラミィはうなずいた。

ママはスージーから、旅行用のきれいな小さいスーツケースをもらった。スージーは退屈《たいくつ》してたり気分がよくないとき、よく買い物をするんだ。スーツケースは空気みたいに軽くて、ちょうどスージーの家みたい。わたしたちが森や山を越《こ》えて逃《に》げてきたとき、肩《かた》ひもがこすれて、血が出るくらいひどいみみずばれになった、あの悲惨《ひさん》なリュックとは大ちがいだ。そのスーツケースは約束してくれてるみたい、あなたの新しい人生はここにある、って。ママはスーツケースをそっとなでてから、じぶんの洋服だんすにしまった。

- - - - - - - - - - - - - - -

もしラミィがママを引き止めようとしたら、殺すから。約束する。

- - - - - - - - - - - - - - -

まあいい。そしたら、ラミィをわたしたちの部屋の洋服だんすに閉じこめてやる。くだらない冗談《じょうだん》。だれにも気づかれないようにするには、さるぐつわをかませなきゃいけないだろう。わたしは一生、もう二度とだれかにさるぐつわなんかしたくない。思い出すと、いまだに汗《あせ》が吹《ふ》きだしてくる。そうせざるをえなかったんだ、わかってる。でないと負傷者がさけび声をあげて、わたしたちがいるのが外にばれてしまう、そしたらわたしたち全員が殺されてただろう。ずっと昔のこと。べつの世界の話。わたしはそれをぜんぶ、じぶんからなるべく遠くへ追いやろうとした。それは可能だった。やってみればできる。だからわたしはいま、ここにいる。

ときどき考える。わたしはじぶんの人生に、何をすべきか指図してくれる人はいらない、って。ママにとってのパパみたいに。ときどき考える。マルクスはそういう人じゃない。そしてまた考える。でも、それだけじゃ十分じゃない、って。

ママとスージーは一か月後に出発する。二日間。スパホテルで。遅《おそ》いクリスマスっていって、スージーがママにプレゼントしてくれたんだ。家長ぬきでの、ママのはじめての旅行。最初はいつもおじいちゃんがいた。次がパパ。それからしばらくだれもいなくなった。ママってカッコいい。マジで。

ラウラがじぶんの部屋にすわりこんで、また大泣きしてる。ゾフィーのことだ。わたしの誕生日パ

ーティーに来たくないんだって。正直いって、わたしはべつに気にならない。でも、口には出さない。こういう状況《じょうきょう》で聞きたいのはたぶん、ぶっきらぼうな「だからいったのに」って言葉なんだろうけど。

そのうちにわたしはラウラのお気に入りの映画を流して、ラウラのお気に入りのアイスをカップごと持っていってあげた。そしていった。「いつもつらい思いをするようなことなんか、しなくたっていいのに」

ラウラは鼻をかんで、チョコでべとべとになった口をゆがめていった。「たしかにそうだね。でもそれなら、あんたとマルクスもまったく同じだよ」

アイスがのどにつかえた。ほんとはラウラのいうとおりだってわかってるから。その上ラウラはにっこりして、いった。

「あたしたちがまた二人ともフリーになったらさ、ひと夏まるまるインターレールで旅行しようよ」

わたしはラウラのクッションにちょっと寄りかかって、スプーンをなめた。舌の上の甘《あま》く冷たい感《かん》触《しょく》。そして二人で旅に出るのを想像してみる。わたしたち二人だけで。へえ。もうぜんぜんこわくない。わたしはラウラと旅に出る。決めた。できるだけ早く。

ママと旅行について話しあった。ママたちの旅行じゃなくて。わたしの旅行。ママは本物のジレンマに直面した。ほんとはいつものように、「マルクスがいっしょに行くなら」っていいたいんだ。でも、ママの顔を見てればよくわかった。ママはじぶんがいいかけた言葉を、べつの側面から考え

なおして、マルクスがいっしょに行くのはふさわしくない、って結論にたどり着いた。わたしはママがすっかり考え終わるまで待って、いった。「ママ、わたしとラウラはちゃんとじぶんで身を守れるから。ほんとだよ」

ママはにっこりして、わたしを抱《だ》きしめた。ここ数か月よりしっかりと強く。力がついてきたんだ。そしてわたしの肩《かた》に頭をもたせかけて、わたしの首すじにささやくようにいった。「あなたをなくすなんて、たえられない。あまりにたくさんなくしてきたから」

わたしは口に出すことはできなかったけど、心のなかで思った。わかるよ、ママ。でも、わたしはママのものじゃない。だからまるで手袋《てぶくろ》をなくすみたいに、わたしをなくすことはできないんだよ。わたしはママのところにもどってくる。だから行かせて。

――――――――――

ラウラはパリに行きたいんだって。わたしはラウラに、「恋《こい》の都」は失恋ほやほやの人には意味ないんじゃない、っていった。

――――――――――

今度はロンドンがいいって。ロンドンまで行くお金なんて、わたしにはない。

――――――――――

ほんというと、すぐ近くの小さい町へ行くのだってむりなんだけど。

パリ、ロンドン、バルセロナ。どれもわたしには非現実めいて聞こえる。わたしはまだどこにも行ったことがない。どれも抽象的《ちゅうしょうてき》で、まるでドラマか映画みたいにキラキラしてる。そこへわたしがいきなり助走をつけて飛びこむような感じだ。

早く夏休みになってほしい。でもそれまでには、あとまる半年くらいある。

ラウラがわたしのためにキッチンのコルクボードにとめてくれた、誕生日のほしい物リストに、旅行、って書いた。あと、ジーンズ。願いごとするのは自由だもんね。

去年はたった一回しかパーティーに行かせてもらえなかった。ラウラの十五歳《さい》の誕生日。まるではてしないドラマの世界だった。パパがどうしても許してくれなくて、わたしはまるで市場《バザール》で値切《ねぎ》るみたいに、とにかく下手に出て、パパと交渉《こうしょう》しなきゃならなかった。ぜんぶ型にはまった、おそまつな映画みたいに。マルクスもだめ、お酒もだめ、パーティーもだめ。それが、やっぱり行ってもいいことになったんだけど、その代わりラミィが強制的についてくるのをがまんしなきゃならなかった。悪夢だよ。ほんとに。それでもすてきな、この国に来てはじめてよんでもらったパーティーだった。それまでわたしはいつも、よんでもらえない子だった。よばれないのがわたしだけのこともあった。

わたしは思い出す。提灯《ちょうちん》や、きれいな大きいパーティーボード、ラウラが生まれたときに植えた木にぶら下げた、ピンク色に光るプラスチックのフラミンゴ、ラウラのはじめてのハイヒール、キスマークみたいなはじめての赤いくちびる、そしてマルクスにはじめて抱《だ》きしめられたとき、わたしがはじめて感じた、ぞくぞくするような感覚。何もかも魔法《まほう》みたいだったあの晩は、きっかり十時にわたしを迎《むか》えに来たパパのおかげで、みごとに中断された。まるで容赦《ようしゃ》なかった。

そう、むかつくジレンマなんだ。もしパパがいたとしたら、今度のわたしのパーティーも、去年のラウラのパーティーとまったく同じことになってただろう。でもパパがいないと、わたしはじぶんの自由をほんとにはよろこべない。

スージーとマルクスが、わたしといっしょに招待状を書いてくれた。大きなパーティーにするのはやめよう、ってわたしたちは話しあった。でないとママがむりだから。でも感じのいい、少し落ち着

いた雰囲気《ふんいき》の、中くらいのパーティーにするんだ。

招待状を学校で配った。カラフルな小さいカードを手わたすたびに、まるでそれが金でできてるみたいに、ものすごく誇《ほこ》らしい気持ちになった。何人かはうれしそうに、行くって答えた。わたしがいつも仲良くしているより、ずっと多い人数。そんなにふしぎでもないけど。ラウラのやるパーティーが最高なのは知れわたってるから。ことわる人も二、三人いた。そのくらいどうってことない。その分、わたしたちのケーキが増えるから。

17

目を開けたら、十六歳《さい》になっていた。天井《てんじょう》のランプのかさに、クモが一匹《ぴき》ぶら下がってる。わたしは起きだす前に、クモが巣を作るさまを見守りながら、ふとんにもぐりこんだ。クモはその銀細工みたいな巣を、最大限の集中力で作りあげていった。ときおり風が部屋を吹《ふ》きぬけて、クモがぶら下がっている糸をぐいと引っぱる。クモはあっちこっちへゆさぶられたあと、ゆれがすっかりおさまるまで待って、またあきらめずに巣を作りつづけた。わたしもあのクモみたいになりたいな。ううん、わたしはあんなふうだ。

去年なら、二十分後にはほかの人たちと群れになって食堂に追い立てられて、きっかり一人分の朝食をわりあてられてただろう。チーズ二つ、バター一つ、咳《せき》こみそうにパサパサの丸パン二つ、着色料入りの甘《あま》いジャム一つ。薄《うす》いコーヒー一杯《ぱい》。わたしはなんて運がいいんだろう。ここではまるで故郷《くに》にいたときみたいに、コーヒー豆を新しく挽《ひ》いて、きれいなポットでわかして、スパイスと角砂糖を入れる。それからタマネギをカリカリに焼いて、目玉焼きにそえる。目玉焼きは、陶器《とうき》のお皿のなかから、まるで雲のあいだに顔を出した二つの小さなお日さまみたいに、わたしににっこりわらいかける。近所のパン屋さんから買ってきた、いい香りのパンもあるし、ラズベリージャムはスージーのお手製で、罪より甘《あま》い味がする。シャワーはほとんどいくらでも、好きなだけ長く浴びていられる。

もうもうとわく湯気のなかに立って、熱いお湯を頭からかける。バラの香りがする。バラの石けん、ラウラが去年いつも学校に持ってきてくれたっけ。わたしが休み時間に女子トイレで体を洗えるようにって。いまはシルクのリボンで束ねたバラの石けんが、バスルームの戸だなの、わたし専用のスペースにおいてある。わたしの髪《かみ》はもうじき肩《かた》にとどく。やろうと思えば、もう左右で三つ編みにできる。前は、ぬれた状態だと背中にはりついて、おしりの上くらいまであった。髪《かみ》がないほうが、頭が軽い。わたしはくるりと回って、この二年間ですごく変わったじぶんの体を観察した。その変化がもうこわくはなかった。これでいいんだ。

わたしは目元を奈落みたいに黒く塗《ぬ》った。そこにドラマチックなマスカラをつける。そしてわたしのいちばんすてきな、真っ赤なドレスを着た。ふくらんだ袖《そで》に、きゅっとしぼったウエスト、そこから下はふわりと大きくひろがってる。今日、あんたは女王さまだよ、ってラウラがいった。わたしは一分ごとに時計を見た。五時。六時。八時になったらみんなが来る。ラウラが大きなパーティー用のテーブルを温室にしつらえる。手伝っちゃだめ、ってわたしにいいながら。でも、それってかえってまぬけ。だって何もするなっていわれると、よけいにそわそわしてくる。だから無視してやっぱり手伝うことにした。サラダや、肉を使ったオードブル、ゆで卵とエビをはさんだアボカドサンド。ママがハチミツのトルテを焼いてくれた。その上に赤いロウソクを十六本ぜんぶ立てる。スージーも負けじと腕《うで》をふるってくれた。巨大《きょだい》なボウルに入ったティラミスとリンゴケーキがサイドテーブルで待っ

てる。それから吸血鬼《きゅうけつき》の映画に出てきそうな、古い燭台《しょくだい》がいくつかおいてある。リンネが早めに来て、お父さんのアトリエから借りてきたカラフルな提灯《ちょうちん》をあちこちにぶら下げてくれた。あたりが暗くなるなか、庭は幾千の色に光った。このぜんぶが、わたしのためなんだ。わたしだけのためなんだ。信じられない。ぜんぶわたしのためなんだ！　こんな友だちがいて、なんて幸せなんだろう！　こんなにしてもらう資格、わたしにあるのかな？　わたしがそう口に出したら、ラウラがわらっていった。

「あんたは今年マジで、十分ひどい目にあったでしょ。たまには楽しくやろう！」

それを聞いてまさに、あのジレンマが発動した。ピンク色のゾウを考えないで！　っていわれるのと同じだ。気づいたらもう、ピンクのゾウが舞台《ぶたい》に登場してるんだ。わたしはパパとかおばあちゃんとか戦場とかっていう名のゾウの太ったおしりを、力いっぱい蹴《け》とばした。せめて一日くらい、ピンクのゾウぬきで過ごしたい。

お客さんが到着《とうちゃく》しはじめた。わたしは庭の門を開けてあいさつするたびに、まるですごく大きくて優雅《ゆうが》なパーティーでお客さんを出迎《でむか》えるお城の女主人みたいに、誇《ほこ》らしい気持ちでいっぱいになった。じっさい、そうともいえたし。ラミィはしばらくいっしょにいさせてもらえたけど、そのうちにアミーナおばさんに家のなかへ追いたてられた。今年はわたしの監視役《かんしやく》はなし。パパならぜったい許さなかっただろう。ぜったいに。ママとスージーはわたしたちと乾杯《かんぱい》した。スージーはシャンパンで。最近染めたばかりの、ロウソクの光をうけてきらきらかがやいてる髪《かみ》と同じ色だ。ママはリンゴジュースとミネラルウォーター。二人は抱《だ》きあった。ママがスージーの背中をなでる。ミラーボールのスイッチを入れると、色とりどりの光の点が、庭とベランダを舞《ま》った。ラウラがさっきわたしの頭の上からかけた紙吹雪《かみふぶき》みたい。わたしとラウラとマルクスは三人で、リンネはマルクスの友だちと踊《おど》った。音楽がわたしの心臓の鼓動《こどう》とシンクロする。わたしはマルクスにキスして、それからラウラを抱《だ》きよせた。そして星空を見あげて、わらった。まるでじぶんが最初からずっとここに、みんなのそばにいたみたいな気がした。マルクスがわたしの手を引いて、わたしたちは踊《おど》った。ベランダで踊《おど》って、くるくる回りながら庭へ出る。わたしはマルクスの肩《かた》に頭をもたせかけながら、視界のすみで、ラウラがテーブルにひとりで残ってるのを見た。ちょっと途方《とほう》に暮れてるような感じだったけど、すぐに気を取り直して、リンネといっしょに来てたロベルトのほうへ行った。そしてまるでゾフィーなんかいなかったみたいに、すぐにいちゃつきはじめた。わたしが息を切らしてもどると、ラウラがすごくいたずらっぽい顔をして、細長いつつみを手わたしてくれた。それでわたしは、きっとラウラが去年もらったみたいなジーンズだ、って思った。けど開けてみると、中身は寝袋《ねぶくろ》だった。ほんとにきれいなオリーブグリーン色の寝袋《ねぶくろ》。ジーンズじゃなかった。

あとでほかのプレゼントもぜんぶ開けて、それぞれにきちんとお礼もいってから、あらためて気づいた。わたしがほんとにほしかったのは、ジーンズと旅行だったのに、って。だからちょっと悲しかったけど、恩知らずにはなりたくなかったから、そのがっかりした気持ちを、ピンクのゾウみたいに蹴《け》とばした。そのうちにパーティーは夜に吸いこまれていき、お客さんもまばらになっていった。音楽もだんだんしずかになって、会話が一つ一つ聞きとれるくらいになった。わたしはあくびをした。もうずいぶん遅《おそ》い時間になっていた。あっという間だった。光の速さ。過ぎ去っていく時間を引き止めて、引きのばしたかった。もう少し、パーティーの雰囲気《ふんいき》を味わいたかった。

あとほんの少しだけ。

わたしたちは残った食べ物を片づけた。燃えつきたロウソク、よごれた皿、ピザの耳、空になったびんやグラス――もうじき終わろうとしている特別な一日のなごりだった。ラウラに寝袋《ねぶくろ》しかもらえなかったこと、わたしがほしかった物は何ももらえなかったことが悲しくて、まだ少しおなかがちくちくした。だけど、ってわたしはじぶんにいい聞かせた。こんなすてきな庭でパーティーができたことをよろこばなくちゃ。友だちや、大音量の音楽や、星空の下でのダンスも。何ももらえなかったなんて、とんでもない！　ラウラがあくびをした。スージーはもう横になっていた。アミーナおばさんとラミィが、窓からわたしたちに手をふった。そしてわたしたちの部屋の明かりが消えた。みんながおたがいにおやすみをいったあと、ママがわたしのひじをつかんで引き止めた。わたしたちは毛布にくるまって、庭へつながる階段にすわった。まだ寒かったけど、春はもうそこまで来ていた。わたしたちは二人きりでそこにすわっていた。このごろはめったにそういうことはなくなってた。そしてわたしたちの関係も何となく前とはちがうものになって、そばにいるのが当たり前じゃなくなってた。わたしははなれていこうとしてたし、ママもわたしがはなれるにまかせてたから。わたしたちはすわっていた。二人とも、ぶあついマフラーを首にまきつけ、あったかい紅茶のグラスを手に持って。何も話さなかったけど、気まずい沈黙《ちんもく》じゃなくて、すてきな沈黙《ちんもく》だった。ほっとする沈黙《ちんもく》。ラミィは家のなかで、もうベッドに入ってた。カッサンドラがラミィの眠《ねむ》りを見守ってくれてる。奇妙《きみょう》なほど、ふつうだった。それは貴重な、新しいことだった。わたしたちはいま、二本のレールの上に立っていた。二本のレールはもうしばらくならんで進むかもしれないけど、いつかだんだんはなれていって、やがて列車はべつべつの道を行くんだ。ママは紅茶をひと口飲んで、じぶんのかばんをまさぐった。かばんのなかは、宇宙の半分みたいに暗くて、広々としてるらしい。観葉植物のヤシの木だって入るんじゃないか。ようやくさがし終えると、ママはつつみを一つとりだして、わたしにさしだした。ちょっと自信がなさそうだ。

「見て」ママは小さな声でいった。「去年はまだむりだったけれど、今年はできたわ。心から、あなたに」

わたしはつつみを受けとった。中くらいの軽さで、中くらいのやわらかさ。何か着る物かな。わたしはつつみ紙をやぶいて開けた。すきまからジーンズの生地《きじ》が見えた。何となくそんな気はしてたけど、ほんとにそうなるなんて、想像してなかった。わたしはそれを引っぱり出した。濃《こ》いブルーのジーンズ。すごく深い、おとぎ話の夜みたいな青。

「で、寝袋《ねぶくろ》はどうだった？」学校に行く途中《とちゅう》で、ラウラがようすをうかがうように聞いてきた。わたしは肩《かた》をすくめた。

「すてきだと思ったよ、もちろん。なんで？」

「もう使ってみた？」

「ううん、どうして？」

「いいから、帰ったら使ってみて」

そんなわけで、寝袋《ねぶくろ》をカバーから出してから、ベッドに上がった。だって使ってみて、っていうから。はいはい、どうしてもっていうんなら……わたしは銀色のファスナーを引っぱった。そして寝袋《ねぶくろ》を開くと、なかからぽろりと封筒《ふうとう》が落ちた。ハートと花と、みんなからのおめでとうのメッセージ。封筒《ふうとう》を開けると、なかにはインターレールのチケットが入ってた。わたしの歓喜《かんき》のさけび声が、家から二キロ先まで聞こえたんじゃないか。ご近所さんたちはどっちにしても、わたしが旅に出るってことがよくわかったと思う。

このジーンズをはくと、信じられないくらい、じぶんが新しくなったように感じる。夜の女王と、盗賊団《とうぞくだん》の女ボスになったみたい。わたしの生まれてはじめてのズボン。ズボンなら脚《あし》をひろげられるし、スカートのすそがめくれてないか気にする必要もない。じぶんの脚《あし》以外は何も気にせずに、木登りだって柵《さく》を跳《と》びこすことだってできる。それに自転車も！　すそがスポークにからまる心配をしなくていいんだ！　このジーンズはスーパーパワーをくれる。ラウラがわたしの写真をとって、見せてくれた。このブルーのジーンズをはいたわたしのおしりは、去年わたしがラウラのおしりをすてきだと思ったのと同じくらいすてきだ。わたしはハイヒールは持っていないけど。ぜんぜんほしいとも思わない。カッサンドラが来てから、ラウラもハイヒールをはかなくなった。すぐに顔から転ぶから。散歩ひもを引っぱったり、だれかに飛びついたりすると。カッサンドラがだよ。ラウラじゃなくて。

わたしはラウラの前で、いい妖精《ようせい》が来てくれてこれから舞踏会《ぶとうかい》へ出かけるシンデレラみたいに、何度もくるくる回った。とってもうれしかった。

「似合ってるよ！」

それにしても、ってわたしは考えた。ママはジーンズを買うお金をどこで手に入れたんだろう、どのタイプのジーンズがカッコいいか、どうしてわかったんだろう、って思った。ラウラがにやりとした。

あやしい、って思った。

わたしにこのプレゼントをするために、思いきってじぶんの影《かげ》を跳《と》びこえようとしたママは、そのプレゼントのジーンズをはいているわたしを見て、顔を引きつらせた。「せめて上からこれを着てちょうだい」ママはいって、ワンピースみたいに長い、黒いTシャツをわたしにくれた。影《かげ》を跳《と》びこすのは、ママにはそうかんたんじゃないみたい。

前に中央広場のグループにまじってるのを見かけたことがある革《かわ》ジャケット野郎《やろう》に、学校の廊下《ろうか》で出くわした。そいつはわたしの後ろから口笛を吹《ふ》いた。わたしはそのときジーンズをはいてた。「ここで暮らしたいなら、まわりに合わせなきゃな」そいつはいった。しかも、どうやらほめ言葉のつも

りらしい。そいつのボディーガードみたいな女子二人がわらった。ラウラとわたしは足を止めなかった。そいつはしつこくついてきた。わたしはこのジーンズを、じぶんだけのためにはいてるんだ。ほかのだれのためでもなく。ましてや、こいつみたいなアホのためのわけがない。わたしは上着のポケットでこぶしを固めたけど、そのまま隠《かく》しておいた。

そいつがまたわたしに話しかけてきたとき、わたしは手負いのクマみたいに、いきおいよくふりむいた。けど何もいわなかった。

「このジーンズならこの子、あんたをすぐ蹴《け》れるから」ラウラがいった。そいつは念のため、ちょっと後ろに下がった。

「おまえ、いつもすぐ凶暴《きょうぼう》になるんだな、ジャングルから来たのかよ」そいつはぶつぶついった。

「親切のつもりでいってやったのに」

「あたしたち、あんたの親切なんかいらないから。あんたもいらない。いいからこの子をほっといて」

そいつはしっぽを巻いて、すごすごといなくなった。わたしにはわかってた、ここならあいつを簡単に追いはらえるって。でも、あいつが仲間のやつらといっしょに中央広場にいるときだったら、そうはいかない。クソみたいにむかつく考え。

- - - - - - - - - - -

だれかがスージーのところに電話してきて、口汚《くちぎたな》くののしりちらして、電話を切った。わたしは知ってる、だってちょうどみんなでリビングにすわってるときだったから。みんな、まるで何もなかったようなふりをした。

自転車に乗った。アミーナおばさんが、何より大事なじぶんの自転車を貸してくれたんだ。もうちょっとでカッサンドラをひきそうになった。もう二度と自転車でカッサンドラと出かけない。ラウラが泣きはらした目をしてる。わたしの誕生日パーティー以来、ゾフィーが連絡《れんらく》してこなくなったって。

「電話しなよ」わたしはいった。

ラウラはいやがった。でも結局、電話した。ゾフィーは出なかった。恥《は》ずかしく思うけど、でも心の片すみで、それをよろこんでるじぶんがいる。

どこからはじめたらいいかわからない。何もかも、あまりにとんでもなくて。ほんとにとんでもない。頭がおかしくなりそうにすてきで、おそろしくて。そのすてきなことと、おそろしいことがあまりにいっしょくたになってて、もうたえられない。これまでのわたしのおとぎの森より、もっとすてきで、もっとおそろしい。どんな空想の世界も、ありのままの現実ほどおそろしくも、すてきでもないんだ。そういうこと。とにかくそういうことなんだ。

で、どこからはじめる？　まったくもう、どこからはじめたらいい？

真夜中の電話のことからはじめてみよう。

真夜中に、二階のラウラのところで固定電話が鳴った。わたしはもちろん聞こえてなかった。何も知らずにぐっすり眠《ねむ》ってたから。それでだれも出なかったから、今度はわたしの携帯《けいたい》電話が鳴りはじめた。わたしは携帯《けいたい》電話をたたいて止めて、また寝《ね》ようとした。二度めに鳴ったときは、ちょっと頭もはっきりしてきてたから、なんで夜中の三時にわたしの携帯《けいたい》電話がブーブー鳴るんだろう、ってふしぎに思った。わたしはぼうっとしたまま電話に出ながら、てっきりクラスメートのだれかの悪ふざけだろうと思って、いまにもどなりつけようとした。そしたらすごく真剣《しんけん》な声が聞こえてきた。「こちらは警察署です」

どうやってそんなに一瞬《いっしゅん》で完全に目を覚ませたのか、じぶんでもわからない。マジで。

電話で事情を説明されたあと、わたしは三分もしないうちにジーンズと靴《くつ》をはいて、ママとアミーナおばさんを起こした。だれかがラミィについてないといけない。話しあって、ママが残ることに決めた。ママはすぐにふるえて真《ま》っ青《さお》になっちゃうから。いまだれかにたおれられたら困る。ママにスージーを起こしてもらうことにした。あとでスージーの助けがぜったい必要になるから。でもスージーを待ってる余裕《よゆう》も、同じくらいぜったいになかった。アミーナおばさんはわたしより速く着がえて、ブーツをはいた。戦争を何年か経験すると、いつでも出発できる状態、一瞬《いっしゅん》で服を着て、命からがら逃《に》げる覚悟《かくご》がいつもできてる状態になるんだ。そしてわたしたちのだれ一人として、それを忘れる勇気はなかった。だって、いつかまた必要になるかもしれないから。そんなわけでわたしたちは戦争モードで身じたくをして、闇《やみ》のなかへ飛びだした。いつの間にかアミーナおばさんが後ろに取り残されて、わき腹をおさえながら、わたしにどなった。「あとで行くから」わたしは今年たくさん運動したおかげで、まだ息が切れてないのをすごくありがたく思った。

路地に入って、もう一つ路地を抜《ぬ》け、いまだに落書きが消されてない石像のある中央広場で方向転換《ほうこうてんかん》して、また次の通りへ。警察署はバス停の近くだった。わたしは駆《か》けこんでいって、ドアをものすごいいきおいで開けた。ドアはわたしの後ろで何度も行ったり来たりしてから、耳がどうにかなりそうな大きな音をたてて閉まった。机でうつらうつらしていた警察官が飛びあがった。

「さっき電話をもらった家族の者です」わたしはしぼりだすようにいった。さすがにもう息が苦しかった。「来ました！」

警察官はついてくるように合図して、わたしを奥《おく》の部屋へ案内した。

そこのベンチでくずおれるように壁《かべ》にもたれ、軍用毛布にくるまって、血のにじんだぼろぼろの靴《くつ》をはいた足をぶらぶらさせながら、心細そうにすわっているひどく小さなやせこけた姿。わたしのおばあちゃんだった。

18

それからどうなったのか、はっきり覚えてない。でもぜったいに忘れないのは、おばあちゃんを腕《うで》に抱《だ》きしめた、あの瞬間《しゅんかん》のこと。わたしの胸に寄りそうおばあちゃんは、ひどく弱々しくて小さくて、まるでわたしたちが迎《むか》えに行った日のカッサンドラみたいにふるえてた。おばあちゃんはぎゅっと目をつぶって、わたしにしがみついた。わたしもおばあちゃんをぎゅっとじぶんの体に押《お》しつけた。まるで引きつけあうしかない二つの磁石みたいに。なんていう遅《おく》れてきた誕生日プレゼントなんだろう。

そのあとの何時間か、わたしの記憶《きおく》は穴だらけだ。覚えてるのはただ、スージーの車にならんですわってたこと。わたし、おばあちゃん、アミーナおばさん。それから、何も聞きたくない、って思ったこと。でも、アミーナおばさんががまんできなかったこと。おばさんがパパのことを聞いたとき、わたしはできることならその場にいたくなかった、何も聞かず、何も見たくなかった。おばあちゃんはただ目をつぶって、首をふった。

そのとき、わたしのなかで何かがくずれ落ちた。この世のどんな魔法《まほう》も、それを元どおりにはできない。おばあちゃんが首をふった。ただ、首をふった。

あの夜の記憶《きおく》がだんだんもどってきた。おばあちゃんは疲《つか》れきっていて、車のなかで眠《ねむ》りこんでしまった。わたしはおばあちゃんの手をにぎっていた。記憶《きおく》にあるより骨ばって小さい。でももしかしたら、わたしの手が大きく、強くなっただけかもしれない。長くて細い三つ編みはあちこちほつれて、こめかみのあたりはほとんど地肌《じはだ》が見えてる。耳のまわりにほんのちょっとうぶ毛が生えてるだけだ。ヒヨコみたいなうぶ毛。おばあちゃんは眠《ねむ》りながらふるえてた。わたしは上着を脱《ぬ》いで、おばあちゃんの肩《かた》をくるんだ。ダウンジャケットがおばあちゃんの体をすぐにあったためた。対向車のヘッドライトがわたしたちの顔の上を移動していくあいだ、わたしはおばあちゃんをじっと見守った。おばあちゃんの顔は小さくて、頬《ほお》がこけていた。もうしわだらけのリンゴどころじゃなくて、しわだらけのカブみたい。目は落ちくぼんで、かげになってる。もう四十キロくらいしかないんじゃないか。すごく軽くて、必要なら何の問題もなくおんぶで運べそうだ。おばあちゃんの服はよごれてにおった。故郷《くに》にいたときはいつも、すごく清潔に気をつかっていたのに。服は毎日洗濯《せんたく》してた。警察官はひどくいやそうな目で見た。わたしはどうでもよかった。ぜんぜん気にならない。わたしはラピスラズリの涙《なみだ》のネックレスを外した。わたしたちが故郷《くに》を出たとき、おばあちゃんがわたしにくれたものだ。おばあちゃんが昼も夜も、幸運のお守りとしてつけてたネックレス。おばあちゃんはあのとき、そのラピスラズリをわたしの手ににぎらせて、ぎゅっと指を閉じた。

「また会えたら、そのときに返してちょうだい」おばあちゃんはあのとき、そうささやいて、目をふいた。わたしはラピスラズリの涙《なみだ》をとって、おばあちゃんの手ににぎらせ、あのときおばあちゃんがわたしにしたみたいに、指を閉じた。でもおばあちゃんはあまりに疲《つか》れきっていて、また放してしまった。それでわたしはまたネックレスをポケットにしまった。あとでわたそう。おばあちゃんに会えたからって、ついまた子どもっぽいことをしたくなっちゃった。

――――――――――

おばあちゃんに会えてすごくうれしい。おばあちゃんがここにいること、おばあちゃんが生きてるってことが理解できないくらい。そのうれしい気持ちが胸にこみあげてくるたびに、パパはいっしょじゃなかったんだ、ってことを思い出しちゃう。ミロおじさんも。でも、聞いてみる気にはなれない。

――――――――――

ごめん、いまは何も書けない。つらすぎてむりだ。

――――――――――

やっぱりまだむり。

――――――――――

スージーのかかりつけのお医者さんが来てくれた。おばあちゃんは精神安定剤《せいしんあんていざい》をもらった。スージーはワインをひとびんまるまる飲んだ。わたしとラウラとマルクスとカッサンドラは、いびきをかいてる大人たち全員とラミィの番をした。わたしはいま、二階のリビングに上がってきて書いてる。ちょっと考えを整理できるように。そうすると楽になる、ってヴィシュマン先生がいったんだ。先生のいうとおりだといいけど。

- - - - - - - - - - - -

でも、まずママの顔を追いはらわなきゃ。かすかな恐怖《きょうふ》を浮《う》かべた顔。涙《なみだ》はなかった。ママはもう涙《なみだ》が涸《か》れちゃったんだ。昔は波や嵐《あらし》や浅瀬《あさせ》がいっぱいあったけど、いまは砂漠《さばく》になってる石器時代の海みたいに。ママがいま泣いたら、目からは砂しか出てこないんじゃないか、ってわたしは思った。細かい砂。マルクスの部屋の窓辺においてある、砂時計の砂みたいに。ママはおばあちゃんのベッドのへりに腰《こし》かけて、その手をにぎった。おばあちゃんは目を閉じて、ため息をつくと、とうとう質問に答えた。

「あいつらはエリを連れていった」おばあちゃんはいった。「でも、約束どおりにミロを返さなかった」

ママは両手のこぶしをにぎりしめた。結婚《けっこん》指輪がロウソクの炎で光った。そして途方《とほう》に暮れたように、また両手をだらりと下げた。

「私にはわかってた」ママはいった。「だから、警告したのに。あのひとにいったのに。何度も何度も何度も。でも、あのひとは聞こうとしなかった」

おばあちゃんはママを見ないで、つづけた。「あの子は朝、まだ暗いうちに帰ってきた。歩いて。すっかり疲《つか》れはてていた。私はあの子の世話をして、ベッドに寝《ね》かせた。でも、あの子は眠《ねむ》ろうとしなかった」ひと言ごとに背中がまがって、どんどん体が小さくなっていくみたいだった。おばあちゃんはもう一度力をふりしぼって、まっすぐにすわりなおした。

「あの子は起きて、私のところへ来た。そしていった、ぜんぶ手はずはととのってる。ぜんぶ準備できてる、と。もし、じぶんの代わりにミロが帰ってこなかったら、逃《に》げるように。翌日、迎《むか》えの者が来る。すぐに出発するように、家を立ち去るように。近所の家にかくまってもらうように。じぶんが連れていかれたあとは、ひと晩たりとも家にいちゃいけない、と」

そこでまた声がとぎれて、おばあちゃんは水のコップをさがして、飲んだ。「私は長居してしまった。どうしても見捨てて行けなかったんだよ。私のヤギたち。ネコたち。ニワトリたち」

毎年夏を過ごしたおじいちゃんとおばあちゃんの家のことを考えると、わたしはまた胸をしめつけられた。リンゴの木が燃やされてしまったあと、おばあちゃんが苗を植えた野菜畑。暑さと日照りにもかかわらず、何でもびっくりするほどよく育って、ツルをのばした。入り口の上にハートが描《か》いてあるニワトリ小屋。小さなヤギたち。わたしの子どもも時代のすべて。でも、野生化した家畜《かちく》がうろうろしてる、あの荒《あ》れ果《は》てた土地のことは思い出したくなかった。けものたちはエサと、雨風をしのげる屋根と、飼い主をさがし求めていた。じぶんたちのことを知っていて、世話をしてくれるだれかを。道ばたにころがる骨。わたしはそれをぜんぶ見てきた。わたしたちはそういうところを通りぬけてきたんだ。そして山に入った。そこは暗闇《くらやみ》で目を光らせるオオカミだらけだった。でもわたしはオオカミのことが、道で出会ったかわいそうな迷子の家畜《かちく》ほどいやじゃなかった。あの道を歩いてから、なんて長い時間がたったことだろう。わたしはなんて早く何もかも忘れようとしたことだろう。なのに、わたしの心の糸にだれかがふれたとたん、何もかもなんてはっきりよみがえってくることだろう。

「あいつらが来る前に、あの子はお金をくれた。大金をね」

ママはおどろいた顔をした。大金の話なんて、わたしたちはまるで知らなかった。そのお金がどこから来たのか、見当もつかない。だって、うちは一文なしだったんだから！ それからパパがもしものためにいろいろな準備をしてたことも、わたしたちは知らなかった。パパはわたしたちをたくさんの謎《なぞ》のなかにおきざりにした。これがはじめてじゃない。いま、ようやくわかってきた。パパにはわたしが思ってたよりたくさん秘密があるんだ。パパがどうやってそのお金を手に入れたのか、考えたくもなかった。どうしてそれをだまってたのかも。ママは顔をしかめた。そしてわたしはまぎれもなく見た。ママが疑いの念をふりはらおうとする横で、アミーナおばさんがあざけるように片方の口のはしを上げるのを。私はあいつを信じたことなんか一度もない、そうアミーナおばさんの目はいっていた。でもおばさんは賢明《けんめい》だから、その思いを口に出しはしなかった。おばさんはわたしの視線を受けとめて、目を伏《ふ》せた。

「それで、お義母《かあ》さんは何をしたの？」ママは聞いた。

「ニワトリをおとなりさんにあげたんだよ。ヤギは、となり村の友人が引き取りに来てくれた。ヤギのお金まで、いくらかくれたよ」

「だけど、エリは？」まるでおばあちゃんの話がやっといま理解できてきたみたいに、きゅうにママがさえぎった。「エリはどうなったの？　生きているの？」
「いいからお聞き」おばあちゃんはいった。「あの子には、あまり時間がないのがわかってたんだよ。そしていっしょに過ごせたわずかな時間、あの子はずっとおまえのことばかり話していた」そしておばあちゃんはわたしをまっすぐに見つめた。「マディーナ、おまえのことをね」

もう書けない。あとでまた書きに来る。

パパがわたしのことを話してたなんて。ママのことでも、ラミィのことでもなく。わたしとうまくいかなくて、パパはどれだけ悩《なや》んでただろう。わたしと仲良くやれたら、ってどんなに願ってただろう。わたしは沈黙《ちんもく》という罰《ばつ》を受けることになった。もう何もパパに伝えられない。何も説明できない。パパに許してもらうこともできない。パパを許す、っていうこともできない。わたしの進む道を祝福してもらうこともできない。わたしのことをだれにもパパに伝えてもらえない。パパは戦争の霧《きり》のむこうに消えた。赤線《レッドライン》を越《こ》えて、行ってしまったんだ。

「あの子はわたしに、清めの儀式《ぎしき》をしてほしいといった」おばあちゃんは話をつづけた。これ以上聞くのはむり、ってわたしは思った。立ちあがって、廊下《ろうか》に出ると、冷たい窓ガラスにおでこをぎゅっと押《お》しつけた。あんまり強く押《お》しつけたので、ガラスに跡《あと》がくっきり残った。まるで脱皮《だっぴ》するために、わたしの表面の一部を脱《ぬ》ぎ捨《す》てたみたいだった。そして考えた、ここではだれもこんなばかなことしないのに、って。だれも。わたしの故郷《くに》だけ、みんな頭がおかしい、って。それからラウラのことが頭に浮《う》かんだ。ラウラのお父さんは、ガラスのドアごしにスージーを蹴《け》ったんだ。おなかの傷あとを、スージーは日光浴するときに堂々と見せている。ラウラのお父さんは出ていって、わたしたちが来た。わたしたちがいま住んでいる部屋は昔、ラウラのお父さんの会社の事務所だったんだ。

ううん、人間はどこの場所でもおかしくなるものなんだ。どこでも。

おばあちゃんの声はくぐもっていたけど、それでもそのひと言ひと言が閉まったドアごしに聞こえた。

「あの子が帰ってこられるか、私たちにはわからなかった。でもあの子は、そのまま逃《に》げることを望まなかった。だから私はあの子の希望どおりにした。あの子を祝福した。するともうやつらが来た。弟はどこだ、ってあの子は聞いた。あいつらはいった、あの子が野営地《キャンプ》に着いたら、弟を解放してやると。あの子は私を抱《だ》きしめて、トラックに乗りこんだ。私は待った。だれももどってこなかった。私はまる一日、一人でいた。それからあの子がいっていたことを思い出して、家畜《かちく》をよそで引き取ってもらった。それからとなりへ行って、かくまってもらった。夜、やつらが来て、家に火を放った」

アミーナおばさんがおばあちゃんを抱《だ》きしめた。「お義母《かあ》さんがここにいてくれてよかった」

「でも、私の息子《むすこ》たちは」おばあちゃんは片手をのばして、指をひろげ、空《くう》をつかんだ。「夜が明ける前に、男たちがやってきた。私を国の外へ連れ出すと、あの子に約束した男たちだよ。そうして日の出とともに、私の旅がはじまった」

わたしは特別早起きして、おばあちゃんがほんとにいるか、ただの夢じゃなかったかたしかめた。ううん、夢じゃない。おばあちゃんはほんとにいる。寝室《しんしつ》はもわっとしてる。おばあちゃんが汗《あせ》をかいたからだ。おばあちゃんが何度も寝返《ねがえ》りを打つたびに、ベッドがぎいぎいきしんだ。ママとアミーナおばさんは、折りたたみベッドの上で身を寄せあっていた。おばさんはママをぎゅっと腕《うで》に抱《だ》いた。二人のおろした髪《かみ》が混じりあった。白髪《しらが》と、ヘナで染めた赤い髪《かみ》。二人ともぐっすり眠《ねむ》りこんでいて、わたしは二人の寝息《ねいき》を聞くのに、もう一歩近くへ寄らなきゃならなかった。

おばあちゃんはいっぺんにぜんぶは話せなかった。少し話すと疲《つか》れてしまって、ふるえたり咳《せき》こんだりした。とにかくわかったのは、おばあちゃんがすごくいっぱい手紙を書いてくれてたのに、ぜんぜんとどかなかったってこと。施設《しせつ》あてに出したんだって。でも、とどかなかった。なぜなら、おばあちゃんがいうには、戦闘行為《せんとうこうい》が激化したから。ただ、あの一通だけがとどいた。たぶん戦闘《せんとう》地域の外から発送したんだろう。

昨日の夜、気づいたらまたおとぎの森にいた。前にここを通りぬけたときとは、ようすがちがっていた。道はさらにまがりくねり、木々は雲がつぎつぎ流れてく黒い空にむかって突《つ》きだしている。月も、星明かりもない。暗かった。いつも以上に暗い。わたしはふしくれだった枝のあいだを、ひっかからないように気をつけながら、手さぐりで進んだ。枝のあいだから、ときどき二つの目が闇《やみ》のなかで光って、わたしのあとについてきた。わたしは峡谷《きょうこく》へ行く道を見わけられると思った。峡谷《きょうこく》は森と海岸のあいだにあって、その海岸には海賊船《かいぞくせん》が錨《いかり》を降ろしている。いつか夢のなかで、海をわたる旅にわたしを連れていってくれた船だ。セイレンと嵐《あらし》の海を越《こ》えて、まっすぐにわたしの故郷《くに》へ、おばあちゃんのところへ。わたしははだしだ。足の裏に小石がささって、血が出ている。ヘンゼルとグレーテルみたいに、わたしは血をこぼして、跡《あと》を残していく。パンのかわりに。光る目のけものたちがきれいになめちゃうかもしれない。そしたら、わたしはもうもどれなくなる。峡谷《きょうこく》に着いた。なかへ入っていく。そのうちに気づいた、この世のどんな船も、わたしを故郷《くに》へ連れて帰れないんだって。わたしが帰っても、そこには何もない、わたしを待っている人はいないんだ。でも、ふりかえると道は消えていて、わたしの後ろには濃《こ》いやぶが立ちはだかっていた。どのいばら姫《ひめ》の映画で見たよりも背の高い、とげだらけのやぶ。そのやぶのなかで、枝がポキポキ、メリメリと音をたてた。何かすごく重たい物が道を切りひらこうとしているみたいに聞こえた。わたしは後ずさりした。後ろは岩壁《がんぺき》だ。つるつるした、高い壁《かべ》。どこにも登れない。閉じこめられてしまった。わたしがものすごい声でさけ

びだす前に、毛むくじゃらの巨大《きょだい》な生き物がいばらのなかから飛びだして、ひと飛びでわたしの前に着地した。爪《つめ》の折れた、血だらけの巨大《きょだい》な前足が、わたしのはだしとならぶ。わたしはしゃがみこんだ。わたしを引きさくには、前足の一撃《いちげき》で足りるだろう。そいつはぞっとするような吠《ほ》え声《ごえ》をあげた。それが攻撃的《こうげきてき》な声じゃなく、痛みにみちた声だとわかるまでしばらくかかった。そいつが鼻面《はなづら》をわたしのほうへ向けたとき、顔にかかるもじゃもじゃの灰色の毛皮とおそろしいねじれた角の下に、パパのおもかげが見えた。

わたしは起きて、ベッドのわきの床《ゆか》に吐《は》いた。わたしを過去と結びつけていたものが、今度こそほんとに、ぜんぶ破壊《はかい》されてしまった。おばあちゃんの家まで。おばあちゃんの家はずっと、わたしの避難《ひなん》場所だったのに。少なくとも、わたしの想像のなかでは。もどる道はない。現実でも、おとぎの森でも。一つもないんだ。

「マディーナ、どうかしたの?」ママが暗闇《くらやみ》のなかから声をかけた。

――――――――

ママといっしょにキッチンにすわっていた。わたしたち以外はみんな寝《ね》ていた。ここの通りと向かいあうように、月がモミの木のこずえの上を移動していく。ママは共犯者《きょうはんしゃ》みたいな顔でわたしを見つめて、いった。「パパは生きてる。私にはわかる。感じるの。あの人は消えてなんかいない。もどってくる」

わたしは答えられなかった。でも、そう信じたかった。希望を持ちたかった。だれだってそうだ。同時にわたしは心のなかで思う、パパってほんとはどんな人なんだろう。または、どんな人だったんだろう。

ヴィシュマン先生はわたしにありったけのティッシュペーパーを出してくれたけど、それでもぜんぜん追いつかなかった。ヴィシュマン先生がいなかったら、とてもたえられなかったと思う。

カッサンドラはすぐにおばあちゃんを群れの仲間に迎《むか》え入れ、ベッドに近づこうとする人全員からおばあちゃんを守った。カッサンドラが吠《ほ》えたりうなったりすると、ママはあいかわらずかなりの敬意を払《はら》ってる。毛をさかだててるカッサンドラに、おばあちゃんがそっと手をおくと、カッサンドラはすぐしずかになって、おばあちゃんの足元におとなしくすわる。おばあちゃんはヤギやニワトリや牛にも同じようにしてた。動物たちはみんな、おばあちゃんにふれてほしがった。おばあちゃんはちょっと魔女《まじょ》みたいなんだ。いい魔女《まじょ》だよ。ヤギの魔女《まじょ》。

19

ちぇっ、最高。問題発生だ。しかも大きな。あと、ものすごく心配。もし学校からうちに電話がかかってきたら、問題がもっと大きくなるんじゃないか、って。もっとも、電話に出るのはたいていわたしなんだけど。でも、何があったの、ってママが聞いてくるかもしれない。これって小さいころのままの、子どもっぽい感情なんだ。ずっと昔、おりこうにしてなきゃいけないのに、してなかったことがあって、そのうちにそれがばれちゃって。一瞬《いっしゅん》、昔みたいな不安まで感じた。そしてわたしは考えた。こんな昔の不安なんてわらえる。もし学校がママに電話してきたとしても、どっちみちわたしと話さなきゃならないんだから。ぜんぶわたしの手のなかだ。だからばかげてる。

おばあちゃんはラミィの髪《かみ》の毛に顔をうずめて、ささやいた。「よかった、おまえたちといられて」

ラミィはわらっていう。「おばあちゃん、息がくすぐったいよ」さっと逃《に》げだして、庭に消える。

そして庭からさけんだ。「で、パパはいつかえってくるの？」

おばあちゃんとじっくり話して、ここにたどり着く前の時間に逆もどりするたび、またラウラのところへもどってくるのに苦労する。ラウラの世界は、おばあちゃんの世界とは信じられないくらいちがう世界なんだ。わたしはこっちの世界からあっちの世界へ引っぱられる。空中にはられたロープの上でバランスをとってる。そこにもう足場はない。こっち側にも、あっち側にもない。

よろこぶのが早すぎた。学校の事務室から。もちろん電話がかかってきた。もちろんわたしの携帯《けいたい》電話にだ。

「いまだれも家にいません」わたしは嘘《うそ》をついた。そしたら、ヴィシュマン先生にもう話を通してある、っていうんだ。それでママもいっしょに学校に来るようにって。わたしはきちんと謝罪しなきゃいけないって。

つまり、わたしがまったく後悔《こうかい》していないことであやまれっていうんだ。うちの家族にストレスがかからないようにするためだけに。わたしがかっとなると、ママがひどくおどろいてわたしを見た。

「あなたのパパみたい。パパにそっくり」

で、なんで？　わたしがあのアホにお仕置きしてやっただけで？　あいつは自業自得《じごうじとく》だよ！

わたしが怒《いか》りに燃えて鼻息を荒《あら》くするのを見て、ママはわらいをこらえなきゃならなかった。たぶん、見た目がパパそっくりだったからだ。パパからママにとどいた、小さなこだま。そのこだまを運んだのはわたし。ママは聞いた。「いったい何があったの？」

するとまた怒《いか》りがこみあげてきた。まるでドラゴンのおなかのなかの炎《ほのお》みたい。いま話しはじめたら、くちびるが燃えだすんじゃないか、って思った。だから学校のかばんを踏《ふ》んづけて、ちょっとさけんで、じぶんの枕《まくら》をなぐった。枕《まくら》は角がぴょこんとウサギの耳みたいになった。

だって、わたしがほんとにがまんできないことがあるとしたら、それは何かがフェアじゃないときだから。それで、けっきょく話すことにした。

学校のアホな男子のこと。そいつがわたしの新しいジーンズのことで、アホみたいに話しかけてきたこと。そいつがほかの人たちと木曜日にデモに行ってること。ここの出身じゃなさそうな外見の生徒に、しょっちゅうちょっかいを出すようになったこと。そいつが革《かわ》ジャケットのイケメン野郎《やろう》で、じぶんでもそのことをよくわきまえてること。ただ難癖《なんくせ》をつけちらすだけじゃなくて、するどい言葉で人を刺《さ》すようなやつだってこと。あいつは人に屈辱《くつじょく》をあたえる。まわりじゅうに怒《いか》りを拡散して、それをおもしろがってるんだ。休み時間に学食で、あいつはまずひととおりみんなにお世辞をいわせたり、レモネードやお菓子《かし》をおごらせたりした。くだらない身代金《みのしろきん》みたいに。そうやってみつぎ物がすんだタイミングで、ばかなことに、ちょうどわたしが通りかかったわけだ。ただのぐうぜんだった。じぶんとラウラのコーラを買おうと思って。前に一本おごってもらったままになってたから、今度はいいところを見せたかった。わたしはリラックスしきって学食に入った。あいつのまわりの人だかりを横目で見ながら、何も考えずにそこを通りすぎて、カウンターへ行った。店員がおかしな顔をするのを見て、やっと何か起きたことに気づいた。わたしはくるりとふりかえった。あのアホが、わたしのすぐ後ろに立ってた。いつの間にか忍《しの》びよって、わたしの背中に何か紙を貼《は》りつけてたんだ！　とっさに取ろうとしたけど、手がとどかない。あいつの仲間たちが、いまいましいハイエナの群れみたいにわらった。そしてあいつはにっこりしながら、すごくしずかにわたしにいった。「おまえの国に帰れよ」

わたしは吐《は》き捨《す》てるようにいった。「わたしの国は、ここなんだよ」そしてばさっと上着を脱《ぬ》いだ。紙が床《ゆか》に落ちた。「ゴミ」って書いてあった。

それからあいつはいった。「ばあさんもさっさと連れてってくれ。公共のお荷物でしかないからな」あいつは効果をねらって、わざと間を開けた。みんながわらう。「どうせもうすぐ死ぬだろうけど。それまでけっこう高くつくから」

そのとき、わたしのなかで何かがはじけた。故郷《くに》を出てからずっと背負っていた何かが。慎重《しんちょう》に行動すること。念のため、じっとたえること。だけどもう、むりやり何かを飲みこむのはいやだった。むりにわらったり、がまんしたくなかった。もう何も聞かなかったふり、見なかったふりはいや。だれかがわたしの味方をしてくれたり、わたしを守ってくれたり、わたしに向けられた侮辱《ぶじょく》に代わりに応えてくれるまで待つのはいや。もうマルクスを待つのはいやなんだ。またはラウラ。またはスージー。またはヴィシュマン先生。わたしは攻撃《こうげき》態勢の雄牛《おうし》みたいに頭を低くして、スピードを上げて、あいつにむかって思いきり突《つ》っこんだ。あいつはよろよろと後ろに下がって、両腕《りょううで》でこぐようにしてバランスをとろうとした。わたしはさらに押《お》して、あいつをひっくり返した。かばんに入ってたお菓《か》子《し》やガムをぶちまけながら、まるで魔法《まほう》みたいにカラフルな流れ星の尾《お》をひいて、あいつは床《ゆか》にたおれこんだ。

「このクソ女」あいつはわめいた。「オレに暴力をふるいやがったな！ 後悔《こうかい》するぞ！」

わたしは何もいわず、くるりと向きを変えて立ち去った。苦労してためたわたしのお金で買った、わたしのコーラが二本、ぽつんとレジに残った。だれもわたしを止めなかった。だれも何もいわなかった。でも、教室にもどって次の授業の準備をしながら、もう嵐《あらし》は去ったと思っていたら、わたしの名前がスピーカーで呼びだされた。校長先生のところへ来るようにって。わたしの心臓が、冷たいつま先まで落っこちた。耳と耳のあいだあたりで、いまだにはげしい怒《いか》りが燃えていた。そのあたりがとにかく気持ちわるかった。

校長室は大きくて明るかった。机はもっと大きくて、リムジンみたいに黒っぽい。エナメル。校長先生がそこに映ってる。白鳥の湖の黒鳥のバレリーナみたい、ただしプラス百キロかな。こんなふうに面と向かって校長室で会うのははじめてだった。まだこの学校に来たばかりで、じぶんがどんなに大したことないか、みんなに証明したくてしかたないんだ。校長先生は身を乗りだして、気づかわしげな顔をしてみせた。「私はこの学校で、こういうことを許すわけにはいきません」

わたしは心のなかで思った。ふうん、だったらあんたはここでやること、まだクソみたいにたくさんあるってことだね。そして声に出していった。「でも、あっちが先にはじめたんです」すると校長先生がさえぎった。

「手を出したのはあなただけです」

そして校長先生は咳《せき》ばらいして、教育的な間をとったけど、威厳《いげん》をもたせようとして、ちょっと長くしすぎた。校長先生はさらに付け加えた。「私はじつのところ、あなたからは感謝の念を期待していたのだけれど。それがこれですか」

ひと言ひと言、まるで鞭《むち》で打たれるみたいな気がした。わたしは下を向いた。わたしの感謝は、この人にあげるものじゃない。わたしはこの人には感謝してない。わたしが感謝してるのは、キング先生がわたしのために時間をさいてくれたこと、スージーがいつもわたしを助けてくれること、ラウラが友だちでいてくれること。でも、だれもわたしにそのお返しを要求したりしなかった。この人、吐《は》き気《け》がする。なんて吐《は》き気《け》がするんだろう。頭でちゃんと考えて理解する前に、わたしははっきりそう感じた。だってこの人は個人的にまったく何もわたしにしてくれてない。去年はここにいなかったんだから！　怒《いか》りで髪《かみ》の毛が帯電してブラシみたいにさかだって、いまにも放電しながら、パチパチと音をたてそうだった。わたしは破滅《はめつ》の女神《めがみ》カーリーだ。

わたしがもうどうでもよくなって、じっさいに大あばれしはじめる前に、ドアがいきおいよく開いて、キング先生が駆《か》けこんできた。

「どうかこの生徒ときちんと話をさせてください。なんといっても私はこの子の担任ですから」

「ええ、そうしてください。そしてあなた、あなたは謝罪すること」校長先生は書類に何か書きこんだ。「当面、訓戒《くんかい》のままにしておきます」

「はい、それもこのあと話しあいます」

キング先生はわたしを廊下《ろうか》に引きずりだした。わたしの手首をにぎりしめた先生の手は、まさに鉄みたいだった。先生にこんな力があるなんて、思ってもみなかった。ほんの一瞬《いっしゅん》、カラスっぽさが後退して、ワシみたいな感じになった。

「なんてことをしたの」キング先生はできるかぎりのきびしさでいった。そして職員室のだれにも聞かれないように、廊下《ろうか》をだいぶ進んでから、こういった。

「あなたのお父さんと、少しも変わらない！」

わたしは下を向いた。

「私にできるのは仲介《ちゅうかい》の努力だけ。何も約束はできません。もっと慎重《しんちょう》に行動しないと。私たちの目標は、あなたが今年度をいい形でしめくくることでしょう」

それからキング先生は、小さな黒いハンドバッグのなかをごそごそとかき回した。そしてメモ帳をとりだして、何か書きつけると、そっとわたしにくれた。「いつでも電話していいから」

そして先生は電話番号と、ぽかんと口を開いてるわたしを廊下《ろうか》におきざりにした。となりのクラスのヨナスが出てきて、わたしを硬直《こうちょく》から解いてくれた。

「カッコいいなあ、あいつに目にもの見せてやるなんて」ヨナスはそういいながら、うちのおばあちゃんのおんどりのとさかみたいに真っ赤になった。

家に帰ってからやっと、あれはほめ言葉だったんだ、って気づいた。

まあそんなわけで、もうじき死ぬおばあちゃんがどうこうってところは、わたしの説明ではぶい

た。ママに聞かせたくなかった。ラミィにも。アミーナおばさんにも。それにおばあちゃんにだって！　わたしが聞いただけで十分。

「ほんとに、あやまらなくちゃいけないわ」ママはあのクソ校長のこだまみたいにくりかえした。「神に誓《ちか》って、ここでいざこざは無用だもの」

「ママ！　わたしはあやまらなきゃいけないことなんか、何もしてないよ！　あいつが攻撃《こうげき》してきたんだ。わたしは防戦した。それだけだよ」

「でも、校長先生がいうなら……」

「校長先生、校長先生って！　あの人は何もわかっちゃいない。こういうことがこの学校で起きるってことは、校長先生がこの学校をうまくコントロールできてないってことなんだよ！」

「マディーナ！　目上の人に、何ていい方するの！」

わたしはなだめようとするママの手をはらいのけた。なだめられたくなんかない。わたしはじぶんの怒《いか》りを感じたかった、防戦したのは正しかったって思いたかった。正しかったんだ。

「ほかの子に味方してもらえばよかったのに」アミーナおばさんが口を出した。「たのんでみればよかったのに」

わたしはがんこに下を向いた。わたしの味方はいなかった。一人も。

アミーナおばさんがいった。「たしかにあなたは正しかったんでしょう。でも、暴力はほんとに、解決にはならない」

おばさんはわたしににっこりしてみせた。その顔からは、あのこわいきびしい表情が消えてきていた。まるで最悪のものが、だんだんきれいに洗い流されてくような感じ。ぬらしたスポンジで水彩画《すいさいが》をふくみたいに。ううん。洗い流すっていうのはちがう。けど、ぼかした感じになったんだ。おばさんは二年前より若返って見える。おばさんはほほえんだまま、いった。「暴力はけっして解決にならない。知ってるはずよ」それからいった。「ここの人たちは親切よ」おばさんはみんなが何ていってるかぜんぶわからないから、そう思うだけだよ、っていいたいのを必死にこらえた。

よかったじゃん、アミーナおばさんがここでいい経験ばかりしてきたなんて。おめでとう。まあ、わたしはこれまで、ぜんぜんちがう経験もいくつかしてきてるけどね。

わたしがあのクソ野郎《やろう》にあやまるとしたら、まずあいつがここ数週間でいやがらせした子たち全員にあやまってからだ！　以上！

ちなみにラウラが、わたしのことカッコいいって。すごくカッコいいって。ラウラとヨナス。やったね、ブラボー！

ラウラがいう、あたしたちも防戦しなきゃって。そして目をかがやかせる。わたしはあいかわらず、ラウラは事の重大さがいまいちわかっていないんじゃないか、って気がする。いまだにわくわくしてるように見える。でも、わたしはぞっとしかしない。マルクスはいい感じに、両方の極のあいだで落ち着いてる。

となりのおじさんがしょっちゅう柵《さく》のところに立って、わたしたちのようすをうかがってる。おばあちゃんがわたしといっしょに庭に出て、ちょっと新鮮《しんせん》な空気を吸おうとしたとたん、おじさんの表情が変わった。集中したはりつめた顔だったのが、あきらかに不満そうな顔になった。わたしはじぶんから、超愛想《ちょうあいそ》よくあいさつした。わたしが仲良くする努力をおこたったって、だれにもいわれないように。おじさんはひげのなかで何かぶつぶつつぶやいて、じぶんの家に引っこんだ。

おばあちゃんは疲《つか》れきっていて、ほとんどずっと眠《ねむ》ってる。おばあちゃんがちょっとでもわが家にいるみたいな気持ちになれるように、ママはじぶんのいちばんきれいなショール、つまりママのお気に入りのペイズリー柄《がら》のショールをおばあちゃんにかけてあげた。カッサンドラは、おばあちゃんが家族という鎖《くさり》のいちばん弱い部分になってるのを瞬時《しゅんじ》に見ぬいて、昼も夜もおばあちゃんを守った。犬ってすごくかしこい。ベッドの下におしっこさえしなければね。

そうだ、カッサンドラが何をしたか、三回あてていいよ。

革《かわ》ジャケット野郎《やろう》と仲間のハイエナどもに逆風が吹《ふ》いてる。最近、ほかの子たちもあいつらに抵抗《ていこう》するようになったんだ。一人めは、となりのクラスの男子。名字のせいで、さんざんいじられてた。つづいてまた何人か。わたしたちはだまらなくていいんだ。そんな必要ない。先生たちの態度はまちまちだ。まぬけのボスが「ガイジンは出ていけ」Tシャツを革《かわ》ジャケットの下に着てきたのに、午前中まるまる何もいわれなかった。生物の先生が、最後から二つめの授業で教室から追い出した。家に帰って、着がえてこいって。それから追加のレポートも書かせた。でも、その前の先生たちは反応しなかったわけだ。見すごしたのか。それともそうじゃないのか。どうでもいいと思う人がいたなんて、考えたくない。または、どうでもいいどころか……去年、こんなことになるなんて予想した？　ううん。そりゃ、わたしをからかうやつは何人かいたし、わたしのドイツ語のまちがいをわらうやつだっていた。リサイクルボックスから来た、わたしの変てこな服とか。でも、いまのこれは、それとはちがう、もっと大きな、もっと重大なことで、学校のなかと数人のアホですむ話じゃぜんぜんない。わたしはじぶんがこの雰囲気《ふんいき》に打ちのめされはじめているのを、わたしの居場所はここにある、じぶんも何かの一員なんだ、っていう自信がけずられはじめてるのを感じた。これはわたしのぼろぼろの靴《くつ》

とか、ぶかぶかの体操着の問題じゃない。おそろしいくらいの速さで……ごくありきたりのことになってしまった。このテーマがいつもあることが。それがいやでたまらない。半年前はだれもそんな話はしなかった。いまではひっきりなしに議論される。どうしてこんなことになったんだろう。わたしにはわからない。マジでわからない。

スージーのところにまた匿名《とくめい》の電話がかかってきて、口汚《くちぎたな》くののしった。スージーは電話を切り、ワインのびんを抱《かか》えて暖炉《だんろ》の前にすわった。マルクスは、電話番号を変えれば、って提案した。スージーは飲みつづけながらことわった。

毎晩、パパの夢を見られますように、って期待しながら目を閉じる。パパがどうしてるか、何かヒントが見つかりますようにって。

おばあちゃんの具合が悪い。熱と咳《せき》。ハチミツ入りのあったかい紅茶を飲ませて、本を読んであげた。昔、おばあちゃんがわたしにしてくれたみたいに。咳《せき》の発作《ほっさ》の合間に、おばあちゃんは荒《あ》れた小さな手で、わたしの手をそっとなでてくれた。そりゃ具合悪くなるよ、こんなつらい旅を乗りこえて

きたんだもの。二人の息子《むすこ》をなくしたかどうかもわからなくて。おまけにこれからどうなるかも、わからないんだもの。わたしはおばあちゃんのおでこにかかった細い髪《かみ》をどけてあげた。夕方になると、おでこが熱くなるんだ。そしておばあちゃんのおでこにキスした。「やめときなさい」おばあちゃんはいった。

「うつるから」

「何いってるの」

「ラウラのこと、話しておくれ」おばあちゃんはすごく小さな声でいった。わたしはラウラの誕生日パーティーのことや、学校のテストのこと、ラウラのだいたんな恋愛《れんあい》の話をした。ゾフィーのことは何もいわなかった。おばあちゃんにいっぺんに負担をかけなくたっていい。一つ話すたびに、二人のあいだの空白がちょっとずつ小さくなっていった。それは、何年も会わずに遠くにいたことで生まれた空白だった。おたがいの生活がどんどんはなれていってたから。だからすごく慎重《しんちょう》に、手さぐりしながら進まないと。目が見えない人みたいに。

- - - - - - - - - - - - - - -

わたしはもうぜんぜん夢を見ない。空っぽになったら、夢も見られないんだ。

- - - - - - - - - - - - - - -

おばあちゃんはスージーのかかりつけのお医者さんへ行った。レントゲンをとって、ビタミン剤《ざい》をもらった。あと抗生剤《こうせいざい》も。

もうおばあちゃんの咳《せき》は聞こえなくなった。毎晩、壁《かべ》のむこうで咳《せき》をしてたけど。よかった。

スージーが、羊を一匹《ぴき》飼おうか検討してる。庭で。おばあちゃんのためと、草刈《くさか》りする人がいない雑草のため。おばあちゃんはヤギしか飼ってなかったけど。でもめちゃくちゃいい考え。

二週間したらもう、おばあちゃんは外に出られるようになった。小さいらせんを描《えが》くみたいに。おばあちゃんはお医者さんに行かなきゃならないし、役所にも行かなきゃならない。わたしたちはもうとっくに役所に届けを出してるけど、おばあちゃんはまだだから。ちゃんと許可《きょか》をもらって住むのはこれからだ。必要な書類に公印《スタンプ》をもらうとやっとここで正式に暮らせるようになるんだけど、その公印《スタンプ》にはまだインクすらついてない。それには時間がかかる。わたしたちのときもそうだったように、いつだって時間がかかるんだ。わたしは役所のちっぽけな部屋の、机のむこうにいる女の人に説明しようとした。おばあちゃんが、わたしたちと引きはなされて難民滞在施設《なんみんたいざいしせつ》に入れられるのをどんなにおそれてるか。その人はじりじりしながら、わたしを見ていった。「私は以前、あなたたちの住居への引《ひ》っ越《こ》しを許可しました。あなたのおばあさんの入居も許可できます。申請《しんせい》を出してください」

わたしはこの役所の小さなみすぼらしい部屋を知ってる。このみすぼらしい机も、みすぼらしい建物も、じぶんの服のポケットくらい知りつくしてる。たとえもっとずっといい暮らしをするようになっても忘れない。わたしの心のどこか片すみに、このみすぼらしい小さな部屋があって、その部屋の前で永遠にみじめな申請者《しんせいしゃ》のわたしが立ってるんだ。ヴィシュマン先生は、そのみすぼらしい机の前で永遠に待っている女の子を守ってあげてね、大事にしてあげてね、ってわたしにいう。でも、そんなのできない。わたしはいや。


ラミィのお迎《むか》えをたのまれた。まったく行く気がしない。行く気ゼロ。

「あたしもいっしょに行ってあげる」ってラウラがいった。でも、残念ながら何の役にも立たないのはわかってた。むしろその反対。幸いアミーナおばさんが、わたしの代わりに行ってくれることになった。わたしはフランツィのお母さんに会いたくなかったんだ。だまっていられないんじゃないか、って心配で。あと、じぶんの怒《いか》りをおさえられないんじゃないかって。だからラウラにいっしょに来てほしくなかった。ラウラもじぶんをおさえられないタイプだから。それに、わたしたちがラミィの親友のお母さんを人前でこてんぱんにやっつけたところで、ラミィはちっとも助からないだろうから。たぶん。

帰り道、ラミィはずっと泣いてた、ってアミーナおばさんがいった。フランツィの家に行きたいんだ。春で、ウサギの赤ちゃんが生まれたんだけど、ラミィは見せてもらえない。

はあ、わたしにはもうどうすることもできない。スージーですら、できなかったんだから。


ヴィシュマン先生はわたしにハンカチをくれて、じっとだまっていた。気まずい沈黙《ちんもく》じゃない。あなたと話すことは何もありません、っていってる沈黙《ちんもく》じゃない。どっちかっていうと、わたしが話しはじめる前に、心を落ち着かせるゆとりをくれるような沈黙《ちんもく》だった。

「フランツィのお母さんと、話してもらえませんか」わたしはあえぎながらやっといった。ヴィシュマン先生はひどく気の毒そうにわたしを見た。

「それはよくないと思うの」

「でも、だれかが何とかしないと」わたしはいった。いままでヴィシュマン先生に相談してきたなかで、先生の魔法《まほう》の力もわたしの生活の何かを変えるには足りないんだ、って感じたのは二度めだった。先生はいい魔女《まじょ》だけど、その力がおよばない領域はどんどん拡大して、わたしたちをぐるっと取りかこみ、いつかわたしたちを閉じこめてしまうんじゃないか。

「幼稚園《ようちえん》の先生たちはどうかしら」ヴィシュマン先生が提案した。そうだ、幼稚園《ようちえん》の先生にたのんでみよう。ただわたしは何となく、この嵐《あらし》がおさまるとは思えなくなっていた。クラクション野郎《やろう》がわたしたちの村にひろげた波紋《はもん》はどんどん大きくなって、もう小さな池のなかじゃなく、巨大《きょだい》な土星の環《わ》みたいになっていた。わたしはきゅうにひどく孤独《こどく》でたよりない気持ちになった。ひろい宇宙のなかで、一本の細いロープで宇宙船につながっているだけの宇宙飛行士みたいに。宇宙船から遠くへただよっていくにつれて、そのロープはどんどん長くなっていく。しかも宇宙船はたぶんこわれてるんだ。

よし、わかった。それなら、わたしがじぶんで変えられるものを変えるだけだ。ほかにすることもないんだから。

- - - - - - - - - - - - - - - - -

ママの代わりに買い物に行った。アミーナおばさんがおばあちゃんといっしょにスーパーに行ってからまれて以来、ママは家を出たがらないんだ。ここにはもうじゅうぶんガイジンがいる、なんでそんなばあさんまで、ってそいつがわめいたらしい。とにかくおばさんにはそう聞こえたって。聞きまちがいならいいと思う。それでも、代わりに行くことにした。ママはよく休んで、スージーと旅行に行かなきゃいけないんだから。二人とも、いますぐそうしたほうがいい。

おばあちゃんはパパのことをあれ以来話したがらない。その気持ちはわかる。でも、わたしは希望を捨てたくない。ママと同じ。まだ終わってない、ってじぶんにいい聞かせる。わたしはひそかにまた手紙を書きはじめた。もうおばあちゃん宛《あ》てじゃない、パパ宛《あ》ての手紙。

大好きなパパへ。パパに会いたい。ママも会いたがってる。ラミィも。夜空を見ると、パパとベンチにすわっていたときのことを思い出すんだ。難民滞在施設《なんみんたいざいしせつ》で。パパは拾ったタバコの吸いがらをとっておいてたね。またタバコを吸うようになってたから。パパがもどってきたら、最高級のタバコを吸えるからね。でももどってきたら、きっとまたタバコをやめるんだよね、だってママが、パパの服にタバコのにおいがつくのをいやがるから。いっしょに広場のカフェに行こう、わたしがおごってあげる。そしたらカフェの店主と知りあいになれるよ。きっと話が合うと思う。店主はチェスが好きなんだ、パパみたいに。それからラミィとバドミントンをしに行こう。パパがいなくなったときより、ラミィはもう頭一つ分くらい大きくなったんだよ！　あと犬も飼ってる、カッサンドラっていう名前。きっと好きになるよ。そして夏になったら、森へ散歩に行こう。新しい道をいっぱい教えてあげるね。そしていつかわたしに説明して。どうして何もかも、クソみたいにエスカレートしちゃったのか。お願い。

一輪の青い花になった。

マディーナより

泣きじゃくって手紙に涙《なみだ》をこぼしちゃった。「マディーナより」がにじんで、一輪の青い花になった。または骸骨《がいこつ》。ほんとは何に似てるのか、よくわからない。

わたしはそうして何通も手紙を書いて、封筒《ふうとう》に封《ふう》をして、束にしてベッドの下においた。郵便局には持っていけなかった。送るには住所を書かなきゃいけない。だけどわたしたちの家はもうないって、おばあちゃんから聞いて知ってるから。

ときどきパパにむしょうに腹が立つ。わたしの机の上に飾《かざ》ってあるパパの写真を、びりびりやぶきたくなるくらい。どうしてパパは、わたしにこんな仕打ちができたんだろう！　どうしてママにこんなことできたんだろう！　ラミィにだって！　それに……わたしたちに嘘《うそ》をつくなんてことが、どうしてできたんだろう。パパはスフィンクスみたいだ。勝手にくだらないなぞなぞを出しておいて、答えを待ちもしない。あとはもうどうなってもいいからなんだ。

20

わかってた。とにかくわかってた。いつかやばいことになるって。いつかおもしろいじゃすまなくなるって。そしていまとなってはもう、わたしにはどうにもできない。

リンネがまた電話してきたんだ。落書きギャング出動！　で、わたしたちは出かけた。もうおなかのあたりにいやな予感があった。

「あんたはいつだって、おなかにいやな予感がするんだから」ラウラがからかったけど、残念ながらその通りだった。そんなわけで、わたしたちは夜と霧《きり》のなかを出かけた。まるでホラー映画みたいに、風が木の枝を鞭《むち》のように鳴らしている。いざ、犯行現場へ。

犯行現場は自動車工場だった。リンネの家がある村と、わたしたちの村の中間あたり。街灯は幸いそれほど近くない。わたしがいつも最初に気にするのはそれだった。街灯は危険だ。その光のなかに入ると、まるでトレイの上みたいにまる見えになるから。

「亡命者め――ゴミども出ていけ」建物の正面いっぱいに、そう書きつけてあった。ベージュ色の外壁《がいへき》に、どぎつい赤のペンキ。古い外壁《がいへき》は手入れされていなくて、ひび割れた部分からペンキがはげていた。「オレらの村を、オレらの仲間の手に」

クソ長い落書きだった。これを上からスプレーして消すにも、クソ長い時間がかかるだろう。うまく行けばだけど。わたしはあいかわらず心臓がばくばくしていた。その建物は中央通りの真ん中にあったから、わたしたちはすぐに見つかりかねなかった。

「気にしない、気にしない」ってラウラがいって、わらった。でも、気にしたほうがよかったんだ。わたしたちが作業にとりかかったとたん、つまりリンネが「亡命者」という文字の上から最初の緑色の太い線を吹《ふ》きつけ、わたしがその反対側からはじめようとしたとたんに、ふいにむかいの家から懐中《かいちゅう》電灯の光がさっと照らした。だれがこのいまいましい懐中《かいちゅう》電灯を持っているのかも見きわめられなかった。ひょっとすると、木曜デモに参加してるアホどもの一人かもしれない。

「止まれ」だれかがさけんで、もう一つ懐中《かいちゅう》電灯が加わった。「やっと見つけたぞ。悪いやつらめ！」

二人の見はりのうち、一人は見覚えがあった。駅でときどき夜勤をしてる人だ。いつか物ごいをしてる人に、すごく意地悪にしてた。もっとも、その物ごいの人がその前に何をしたかはわからない。ちょうどいまのわたしたちみたいに、何かやらかしたのかもしれない。それにしても、この偶然《ぐうぜん》はすごく妙《みょう》な気がした。もしかして、だれかが塗《ぬ》りつぶしに来るのを待ってたんじゃないか。最初に落書きしたやつを捕《つか》まえたらよかったのに。でももしかしたら、はじめからその気がなかったとか。懐中《かいちゅう》電灯の光は交差したり、あちこちさまよったり、道路の上をすべるように移動したりした。まるで手さぐりするような、危険な光の指先。わたしは建物の角まで後退した。そこは影《かげ》が黒い穴のように濃《こ》い。穴はわたしをすっぽり飲みこんだ。光の指がさっと上へ動いてラウラをとらえ、すぐにもう一本の指がリンネをとらえた。光のなかに、リンネのおどろいてまばたきする目が見え、ラウラのぎょっとしている顔が闇《やみ》のなかの白い点のように見えた。

そしてすべてがひっくり返った。

「おい、そこのおまえ！　出てこい！」

わたしは、あいつらに、つかまるわけに、いかない、ぜったいに。考えるひまなんかなかった、わたしはスプレー缶《かん》を投げ捨て、狂《くる》った雄《おす》ヤギみたいに横跳《よこと》びにしげみに飛びこんで、走って走って、ひたすら走った。わたしはクラスでいちばん足が速いから、すごくうまく走れた。ふしくれだったやぶを、枝に顔を打たれながらくぐりぬけ、足もくじかずにモグラの土の山を跳《と》びこえた。わたしは足と呼吸だけになった。動きと鼓動《こどう》だけになって、わたし自身は存在しなくなった。体がコントロールを引き受け、頭ははじけ飛んだ。ぜいぜい息をしながら、ひっかき傷だらけの顔でスージーの家の近くにたどり着いたときになって、ようやくほかの二人のことを思い出した。

わたしは足音をしのばせて、まるで妄想《もうそう》だらけの泥棒《どろぼう》みたいに、四方八方やたらにようすをうかがいながら、裏口から家に入った。裏口の扉《とびら》はライラックとそのとなりのしげみのかげにうまく隠《かく》れていて、葉っぱや枝をかなり押《お》しのけて進まないとたどり着けないようになっていた。それからわたしはラウラの部屋で、永遠に思えるくらい長い時間、じっとすわって、待った。

待った。

ひたすら待った。

わたしはラウラの目覚まし時計の針を見つめ、チクタクという音をかぞえた。その音が頭のなかでおそろしいくらい大きくひびいた。光に照らしだされたラウラの顔が、何度も何度も目の前に見えた。

本を手にとって、読もうとした。何の本を読もうとしているのかもわからなかった。文字が意味のある言葉にならない。まるで中国語で書いてあるみたいだった。そのうちにガウン姿のスージーが見に来た。

「ラウラは？」

「まだ友だちと会ってる」わたしは嘘《うそ》をついた。

スージーはじっとわたしの顔を見た。わたしはあまり嘘《うそ》をついたことがないから、練習不足だ。スージーは肩《かた》をすくめて、ため息をついた。「どうせまた男の子とほっつき歩いてるんでしょ」そしてあくびをしながら寝室《しんしつ》へもどっていった。スージーがアミーナおばさんほどつらい試練に鍛えられてきた人でなくて助かった。おばさんだったら一発で見ぬかれたと思う。

そのうちにドアが開いた。ラウラが入ってきた。灰色の顔をして、ふるえていた。上着を床《ゆか》に投げ捨て、すぐにあったかい毛布にくるまった。わたしはラウラを抱《だ》きしめようとした。

「何よあんた、あたしをおいて逃《に》げたくせに」歯がガチガチいわなくなるとすぐ、ラウラはわたしに食ってかかった。

わたしは何もいわなかった。うん、覚えてる、わたしも去年、まったく同じことをラウラにいいたかった。パパが学校の前であばれて、ラウラがさっさといなくなっちゃったとき。ラウラにはほかにどうしようもなかったんだ。恐怖《きょうふ》で。

わたしたちのだれもが何かしら、どうしてもできないことがある。

わたしの場合それは、家族を危険にさらせない、ってこと。ラウラにはわからない。ラウラはそういうことを考える必要がないんだから。もしラウラが問題を起こしたとしても、そのせいで家族が危ない目にあうことはぜったいにない。外出禁止になるか、おこづかいを減らされるくらいだ。それでお母さんが怒《おこ》ったり、悲しんだりすることはあるかもしれない。でもラウラの場合、じぶんがお利口にしているかどうかに家族四人の運命がかかっていたりはしないんだ、クソッ。

「あたしは一時間以上、あのクソいまいましいやぶのなかでねばってた」そして小さな声でいった。「リンネが捕《つか》まった」

わたしはとっさに携帯《けいたい》電話に手をのばした。

ラウラは付け加えた。「むだだよ。あたしもずっとかけてるけど、つながらないんだ」

わたしが最初に考えたのは、もしリンネがわたしたちのことをばらしたらおしまいだってこと。そしてすぐ、じぶんを恥《は》ずかしく思った。リンネがほんとにクソまずいことになってる、って考えなきゃいけないところなのに。

「あたしもあいつらに腕《うで》をつかまれたんだけど、ふりきった。あたしがどうにか逃《に》げられたのは、あいつらがそのあと、リンネに集中したからなんだ。それにあいつら、あんまり頭の回転速くなかったから。でもあたしは少なくとも一瞬《いっしゅん》、顔を見られた。あたしの髪《かみ》も、ぜんぶ。また会ったら、ばれるかもしれない。真っ赤な髪《かみ》の子なんて、このあたりにそんなにいないし」

「だったらもう、やることはわかってるじゃん」

「ブロンドか黒?」ラウラはただ聞いた。

わたしはいった。「あんたが明日までにやれることは何。明日は学校だよ。そしたらわたしたち、帰りにあいつらに見られるかもしれない」

ラウラはあわててバスルームをかきまわしたけど、見つかったカラーリング剤《ざい》は、いちばん過激にいろいろ実験してたころのブルーだけだった。ラウラはわたしにハサミをわたした。

「短くして」とだけいって、ため息をついた。

わたしは去年のじぶんを思い出した。パパが出て行くって決めたとき、わたしは髪《かみ》をばっさり切った。じぶんの過去を捨てるみたいに。わたしはいった。「秋までにはまた伸《の》びるよ」

パパもわたしにそんなふうにいったっけ。

まるで園芸用のハサミで切ったような、緑がかったどろ茶色のショートヘアになったラウラが、ベッドに入ってふわふわの毛布を鼻までかぶったとき、携帯《けいたい》電話が鳴った。わたしたちは二人とも電話に飛びついて、ごつんとぶつかった。リンネだった。

わたしは何も気がつかれないように、わざとリラックスしたふりをして、階下のママのところで朝食をとった。ママは何も気づかなかった。おばあちゃんはラミィと森へ行きたがったけど、ラミィは幼稚園《ようちえん》に行かなきゃいけない。おばあちゃんはどうして幼稚園《ようちえん》に出席義務があるのか、わからないみたいだった。けっきょく、アミーナおばさんがおばあちゃんとラミィといっしょに出かけた。わたし

はコーヒーを流しこんで、バスにすべりこんだ。ラウラといっしょに。ラウラはドラマチックに黒く目元を描《か》いて、スージーの巨大《きょだい》なイヤリングを拝借してきていた。ラウラのアレンジで、わたしがしくじった髪型《かみがた》さえ何となくカッコよく見えた。バスに乗ってた子がすぐに話しかけてきた。ラウラはすごくさりげなく答えた。「いま流行のスタイルなの。パリのね」

わたしはまるでひっくり返った米袋《こめぶくろ》みたいに窓ガラスにもたれたまま、頭のなかでリンネとの会話をはじめから何度も何度もくりかえした。いつも強気なリンネが、あんなにおろおろして。そして言葉につまっているなんて。言葉につまるリンネなんて、想像したこともなかった。

あの二人が、どんなふうにリンネにどなりつけたか。高い罰金《ばっきん》を払《はら》わせるから覚悟《かくご》しとけ、って。協力しないと、最近あのあたりで多発してる落書き行為《こうい》をぜんぶリンネのしわざにしてやる、って。そして名前を聞いてきた。リンネは口をわらなかった。あんな人たち知らない、ってリンネはいった。じぶんは共犯者じゃなくて、その反対だ、追いはらおうとしたんだ、って。うちの村でもあちこち落書きした悪いやつらにちがいない。あんなの、許せない。リンネはそういって、世界一無害そうな顔をしてみせた。そしたらあいつらは、身分証を出せって要求してきた。リンネは見せた。

「リンネなんて、変てこな名だな」一人がいった。「どこの出身だ？」リンネは名字を指さした。ロルフっていうのはあいつらにとって変てこな名前じゃないらしい。リンネは絶望と怒《いか》りで千回くらい死にそうだったけど、どうにかさとられずにすんだ。そして、悪意にみちた下手くそな落書きに憤慨《ふんがい》してみせた。とうとうそいつらはリンネを解放した。あまり回転の速いやつらじゃなかったらしい。運がよかった。また何か気づいたら連絡《れんらく》するようにいわれた。このあとどうなるか、リンネにもわからないって。

「あたしの一世一代の芝居《しばい》だったよ」リンネがいった。そういいながらリンネがわらってるといいな、ってわたしは思った。「けど想像してみてよ、もしあたしがパパの名字だったらって」リンネは付け加えた。「そんなのばかげてるよね。そんなのフェアじゃない」

フェアなんてあるわけない、ってわたしは思った。こういうことに、フェアなんてない。いったん石がころがりはじめたら、あとはもっと大きな事態がつぎつぎに引きおこされていくんだ。大きな石を水に投げこんだときみたいに。そのまわりに波紋《はもん》がひろがっていくのを、ただながめてるんだ。

親には何もいわないことにしよう、ってわたしたちは決めた。運がよければ、そのうちにぜんぶ砂に吸いこまれるみたいに消えちゃうだろう。砂漠《さばく》なみに大量の砂がありますように。

ラウラとカッサンドラといっしょに、夕方の散歩に出かけた。スージーが夕食を作る前の、短い時間。わたしたちの家につながる細い路地で、革《かわ》ジャケット野郎《やろう》を見かけた。そわそわしてるように見えた。すごくそわそわしてた。

「ここで何してるんだろう、あいつ」わたしは聞いた。「あいつがここに来たことなんて一度もなかったのに……」

ラウラは肩《かた》をすくめた。

「だれかの家にでも行くんじゃないの」

わたしがふりかえると、やつはいなくなっていた。

- - - - - - - - - - - -

ママが羽みたいに軽いシルバーのスーツケースに荷物をつめた。あまりに気が進まなさそうにしてるから、やっぱり旅行はやめる、っていいだすんじゃないかと思った。

「ほんとにあなたたちだけで大丈夫?」ママはわたしに聞いた。眉間《みけん》に深いしわが寄っている。

「もちろん大丈夫よ」アミーナおばさんが力強くいった。「あなたは骨休めしてきていいから」そしてママを抱《だ》きしめた。「ううん、骨休めしなくちゃだめなの。私たちに必要なのは、健康な、たっぷり休養をとったあなたなんだから」

それならママは何か月もバカンスに行かなきゃ、ってわたしは思ったけど、あわてて口を閉じた。屋根の上のハトより、手のひらのスズメ。ここに来てから、いつもじぶんにいい聞かせてる。その結果、スズメじゃなくてクジャクになったことだって、何度もあるんだから。

ラミィがぐずぐずいう。するとおばあちゃんがラミィに耳うちした。「こんな大きい子なんだから、二日くらいお母さんがいなくたって、平気だね? おまえがそばにいてくれると、おばあちゃんは具合がよくなるんだよ」ラミィはおばあちゃんに抱《だ》きついて、涙《なみだ》をこらえると、ママを行かせてあげた。わたしたち全員が、別れの問題を抱《かか》えてるんだ。もう二度と会えないんじゃないか、って考えちゃうから。ラミィは庭の門の前に立って、遠ざかっていくスージーの車の音が聞こえなくなっても、まだ手をふっていた。

――――――――

幸いなことに、今回はだれもうちに電話してこなかった。だれもわたしやラウラのことを聞いてこなかった。学校も警察も、ほかのだれも。どれだけほっとしただろう。

21

あさってはまた歳《とし》の市《いち》だ。屋台やメリーゴーラウンドを積んだ車が、今日、もう横づけになっていた。もうじきまた、わたあめやビールやフライドポテトの油のにおいがしてくる。もうじき音楽が森をこえてひびいてくる。そしてディスコライトがどぎつい色彩《しきさい》を吐《は》きだすんだ。そう、わたしたちも歳《とし》の市《いち》に行く。前回の記憶《きおく》なんかに台なしにされてたまるか。もちろん行く。すてきだろうな。あまいわたあめで口がべとべとになって、フライドポテトとソーセージを食べて、ラウラとメリーゴーラウンドでふわふわ飛んで、ゴーカートに乗ってだれよりも速く走るんだ。それから踊《おど》る、汗《あせ》びっしょりになって、くたくたになるまで。そういうのをぜんぶ、いやな思い出にうばわれてたまるか。わたしは、クラクション野郎《やろう》みたいなやつにおどかされるために、ここへ来たんじゃない。わたしは固く決心していた。ママには何もいわなかった。そうじゃなかったら、スージーとの旅行に出かけたかどうかわからないから。アミーナおばさんがおばあちゃんといっしょに留守番してくれるだろう。ここに最初に来たころのわたしみたいに、おばあちゃんが花火におびえないように。だっておばあちゃんにとって、はじめての花火だから。わたしたちのうちで体験するのははじめて、って意味だけど。いまそう書きながら、気づいた。「うち」っていうのは、スージーの家って意味だ。まずそう書いてしまってから、あとからそれが新しい感情だって気がつくのは、すごくすてき。前は「うち」っていったら、故郷《くに》の家のことだったから。わたしたちの庭があって。おばあちゃんのヤギがいる家。

――――――――――

今日、ラウラとわたしが学校から帰ってくると、庭はひっそりしていた。マルクスはいなかった。気になってる大学を見るために、街へ出かけたんだ。おばあちゃんがいてもいいはずだけど。わたしは庭の門扉《もんぴ》を後ろで閉めて、おばあちゃんを呼ぼうとした。すると、それが見えた。スージーのすてきな家の表側、全体にちゃんと調和するか、スージーがさんざん悩《なや》んで選んだ色で、ていねいにしっくいを塗《ぬ》った正面《ファサード》――きれいに改修した建物の前面いっぱいに、こう書いてあった。

「ここにゴロツキが住んでる。ガイジンは出ていけ！」

ここで何が起きてるのか理解できないような、ひょっとしたら現実じゃないんじゃないか、っていう感じでわたしたちがぼうぜんと立ちつくしてるあいだに、ラウラの携帯《けいたい》電話が鳴った。二人ともその番号を知っていた。

「このアマ」ってメッセージには書いてあった。「おまえはまちがったほうを選んだのを後悔《こうかい》することになるぞ」

ラウラは携帯《けいたい》電話を落とした。

「あいつ、ゾフィーのこと何か知ってるんだ！」

「ばかいわないで。あいつは、わたしと家族のことをいってるんだよ」

わたしは携帯《けいたい》電話を拾って、ラウラの手にできるだけ強く押《お》しつけた。

ラウラはかすかにふるえていた。これまで半年以上のあいだに積みかさねられてきたことが、遠くからわたしたちのところまで、忍《しの》びよってきていたんだ。ほとんど気づかないくらいゆっくりと。そしていま、姿をあらわした。もう、よその工場の壁《かべ》とか、中央広場の石像の落書きじゃない。わたしたちの家の、ど真ん中に。

「あんなやつ、消えればいいんだよ」わたしはいった。「気にしないで、ラウラ」いつもラウラがわたしにいってくれるみたいに。

そしてクラクション野郎《やろう》の電話番号をブロックした。ラウラに聞かずに。

それからわたしは家に入っていった。

歳《とし》の市《いち》は明日だ。わたしは服をベッドの上にひろげて、いちばんすてきなのを選ぼうとした。おばあちゃんは横になってる。アミーナおばさんが、ラミィの靴《くつ》に合うくらい小さなおばあちゃんの足をマッサージしてる。カラフルなベッドカバーをかけたおばあちゃんは、ちょっとお人形みたいに見えた。アミーナおばさんが、お気に入りの紅茶をときどきすする。二人とも、外で起きたことに気づいていないらしかった。わたしも二人をわざわざこわがらせたくなかった。マルクスは、街の大学に先に通っている友だちのところに泊《と》まってる。わたしはマルクスがいるこの家しか知らなかった。マルクスの部屋で音楽がかかってないのは、変な感じだった。マルクスが足を引きずるようにしてキッチンを歩いていないのも。わたしはマルクスがもうじき家を出ていくことを考えた、そしたらいつもこ

れくらいしずかなんだろうな。そしたらたぶん、ラウラがマルクスの部屋をもらうんだろう、そっちのが大きいから。そしたらもしかすると、わたしがラウラの部屋をもらえるかもしれない。おばあちゃんが来てから、階下のわたしたちのところはほんとに手狭《てぜま》になった。でもそれを考えると、胸がちくりとする。わたしは何かが変わるのがいやなんだ。そのくせ同時にうれしくもある。頭がおかしいよね。ラウラがスージーに電話をかけた。何度もむなしく鳴る、だれも出ない。もしかしたら移動中かも。または夕食の最中かもしれない。もしかしたらそれでよかったんじゃないか、ってわたしは思った。だってそうしないと、バカンスがいますぐ台なしになっちゃう。帰ってきたらどうせいやなサプライズが待っている。だったら、いま知らなくてもいいんじゃないか。夕方、わたしは家の玄関《げんかん》に鍵《かぎ》をかけた。ここに住むようになって、はじめてだった。

「どうする？」ラウラが聞いた。なんとなくちょっと元気がなかった。「やっぱりまだ歳《とし》の市《いち》に行く？　それとも……やめとく？」

「もちろん行くよ」わたしは答えた。「行かない理由なんてある？」

それでわたしたちは出かけた。二人で。ラウラとわたしで。でもラウラは不安のあまり、向かう途《と》中《ちゅう》で吐《は》いてしまった。食べた魚が悪かったんだ、ってラウラはがんこにいいはった。わたしは魚のせいとは思わなかったけど。遠くから音楽がひびいてきて、照明が空を行ったり来たりしていた。ラウラは口についたつばをぬぐって立ちあがると、いった。「ねえ、すごくめまいがする。これ以上はむり」

わたしはラウラの体を支えながら、落書きされたわたしたちの家へもどった。ほんとは上からスプレーしたほうがいいんだろうけど。でも、マジでもうそんな気力はなかった。

もどってくると、わたしはあくまで念のため、今度は庭の門扉《もんぴ》にも鍵《かぎ》をかけて、すべて問題ないか部屋を見てまわった。みんなベッドで眠《ねむ》っていた。それから上のキッチンへ行って、ラウラのために胃にやさしいお茶をいれた。ラウラはおなかのまわりにショールを巻きつけた。カッサンドラはわたしたちのそばに、耳をぴんと立ててすわった。注意深く、まるで庭の物音に耳をすませているみたいだった。

「どうしたの？」わたしはカッサンドラに声をかけて、ぴんと立った耳の後ろをそっとかいてあげた。それからお茶をラウラのほうに押《お》しやった。ラウラは顔をしかめた。「飲んでごらん、楽になるから」

「わかんないけど。何かある。妙《みょう》な感じがする」

ラウラにも妙《みょう》な感じがすることあるんだ、ってわたしは意外に思った。いつもなら、そわそわするのはわたしだから。カッサンドラはずっと聞き耳をたてていたかと思うと、きゅうに猛烈《もうれつ》に吠《ほ》えながら、階段を駆《か》けおりていった。わたしは何も考えずにあとを追った。

のぞき窓からのぞいてみる。暗い庭しか見えない。でも、外で何か動くのが見えたような気がした。

だれか外にいる。ラウラがわたしの後ろからついてきていた。扉《とびら》の取っ手に手をかける。「ママ？　帰ってきたの？」

わたしはラウラを引きもどした。「だめ。扉《とびら》を開けちゃだめ」

わたしは必死にもう一つの扉《とびら》、裏口の扉《とびら》もちゃんと閉まっていたかどうか考えた。そのとき、何かが聞こえた。人の声だ。何人か、声が近づいてくる。カッサンドラが吠《ほ》えまくって、歯をむきだした。カッサンドラがこんなふうに歯をむくなんて、見たことがなかった。

「何なの？」ラウラがささやいた。

恐怖《きょうふ》で目を大きく見開いている。

「クラクション野郎《やろう》だ」わたしはささやきかえした。あいつの声をはっきり聞き分けられた。あいつがいる。しかも一人じゃない。カッサンドラは口から泡《あわ》を飛ばしながら唸《うな》ったり、吠《ほ》えたりした。すると今度はラミィの声まで聞こえてきた。寝《ね》ぼけてカッサンドラを呼んでる。それからアミーナおばさんの声も。わたしはすぐに二人のそばへ駆《か》けつけた。いま、明かりをつけてほしくなかった。外から姿を見られちゃう。

「部屋にもどって」わたしはラミィとアミーナおばさんにいった。それからラウラにむかっていった。「助けを呼ばないと」

ラウラはマルクスに電話した。マルクスは出なかった。スージーも出ない。そしてリンネも。歳《とし》の市《いち》に行ってるか、またはぐっすり寝《ね》てるかだろう。

「もう、どうしよう？」ラウラがささやいた。「あいつ、何するつもりなんだか！」わたしは正直いって知りたくなかった。あいつの声はまあまあ酔《よ》っぱらっているように聞こえた。あいつが吐《は》いてどこかに消える可能性は、運がよければ、けっこう高い。わたしはそうなる前にエスカレートさせたくなかった。ラウラはぼうぜんと階段にすわりこんで、歯をガチガチいわせてる。

「わたしたち、助けを呼ばなきゃ」わたしはラウラにいった。

するとラウラはいった。「わかってる、でも警察だけはやめて。スプレーしに行って見られたとき、やつらきっと、あたしのこと届けてる」

わたしはヴィシュマン先生の番号にかけた。指がふるえて、何度も押《お》しまちがえてしまう。それからずっと通話中の音。ぷつっという音がして、留守番メッセージに切りかわった。「こちらはヴィシュマンの相談室です、予約をおとりになりたい方は、ピーッという音のあとにお話しください」

わたしはもうほかにいい方法を思いつかなくて、キング先生の電話番号をさがした。「もちろん、いますぐ警察に電話なさい」キング先生はいった。「私も十五分後にそちらへ行きますから」

ラウラは声をたてずに泣いていた。わたしはカーテンのすきまから外をのぞいた。クラクション野《や》郎《ろう》は庭の門の真ん前に陣《じん》どっていた。キング先生があれをどうやって突《とっ》破《ぱ》するつもりか、見当もつかなかった。わたしが携《けい》帯《たい》電話に手をのばすと、ラウラがわたしの手をぐっとおさえた。「お願い、警察に電話しないで、あたしの顔がばれたらどうするの！」

「ラウラ」わたしはいった。「これは冗《じょう》談《だん》とかじゃない。もう遊びじゃないんだよ。重大なことなんだ」

「じゃあ、少なくともキング先生が来るまで待って！」

ラミィが泣きだした。アミーナおばさんがあわててラミィとおばあちゃんをなだめに行く。まるで昔みたいだった。爆弾《ばくだん》から身を守ろうとしていたあのころみたい。できるだけリラックスして。必要なだけ集中して。わたしは家じゅうをまわって、ぜんぶのカーテンを閉めた。

わたしの頭は、一瞬《いっしゅん》で非常時モードに切りかわった。完全に冷静になった。わたしの半分はじぶんの外側にいた。地下室で手術をしてたときのわたしみたいに。外科医《げかい》がにぎるメスみたいに、正確で狂《くる》いがない。ただし今回は、わたし自身が外科医《げかい》で、わたし自身がメスにならなきゃいけない。わたしは窓から窓へ、移動しながら確認《かくにん》した。重たいソファを、玄関《げんかん》の扉《とびら》の前へ押《お》していった。

庭のようすをうかがった。また何人か増えてる。大声でわめいてる。みんな明らかに酔《よ》ってるらしい。三々五々、歳《とし》の市《いち》からここまで道を上ってきていた。うちの学校の、あのいまいましい革《かわ》ジャケット野郎《やろう》もまじってる。わたしはあいつの鼻にかかったごうまんな声を、わめいている群れのなかでも聞き分けられた、マジで。なんて卑怯《ひきょう》なクソ野郎《やろう》なんだろう！　松明《たいまつ》を手にしてる人もいた。一人か二人、またはもっとたくさん。あまりはっきりとは見えなかったけど、わたしの恐怖《きょうふ》が、じっさいに見える以上におそろしい絵を暗闇《くらやみ》のなかに描《えが》きだした。

「いますぐ警察に電話して。じゃなきゃわたしが電話するよ、ラウラ」

それでもさらに何分か、息苦しい時間が流れて、やっとラウラは警察の番号を押《お》した。キング先生がわたしにかけ直してきた。

「あなたたちの家の前に、酔《よ》っぱらいの集団が立っているけれど」

「裏口へまわってください。そっちを開けますから」わたしはいった。「ただ、それにはとなりの家の敷地《しきち》に入って、柵《さく》を乗りこえなきゃいけないんです」

キング先生はおどろくほど落ち着きはらっていた。とっても英国的《ブリティッシュ》。「いずれにせよ、私が敷地内《しきちない》に無断侵入《むだんしんにゅう》しても、おとなりさんに見つかる心配はなさそうね。彼《かれ》はあなたたちの庭の門の前に立って、旗をふっていますから」

柵《さく》を乗りこえているキング先生を想像したら、このクソいまいましい状況《じょうきょう》にもかかわらずわらいそうになった。

「警察はもう来たの?」

「いいえ」わたしはいった。

いつ来るか、見当もつかなかった。わからない。裏口の扉《とびら》をほんのちょっと開けて、キング先生がするりとすべりこんできたとき、声がだんだん増えてきてるのがわかった。中央広場でもさけんでいたような、むかつくスローガンも聞こえた。

「オレらの国を、オレらの仲間のために!」クラクション野郎《やろう》がさけんで、庭の門扉《もんぴ》をゆさぶった。ガチャガチャ、キーキーという金属の音がした。でも、そこを跳《と》びこえる勇気はないようだった。ありがたいことに。そいつのまわりに、松明《たいまつ》の明かりと、さけんだりわめいたりする声があつまっていた。故郷《くに》と同じだ。昔と同じだ。なのに警察はあいかわらず来ない。わたしたちの家の柵《さく》の前の通りは、だんだん人でいっぱいになっていった。うちの庭の門のまわりに、完全に輪ができあがった。おおぜいの人。おおぜいすぎる。

「跳《と》びこえろよ」だれかがさけんだ。べつのだれかがわらった。

「いや、やめとく、高くつきそうだからな」クラクション野郎《やろう》はいった。少なくともそれが理解できる程度には、酔《よ》っぱらってないらしい。でも、ほかの人たちはもっと酔《よ》っていそうだった。

おばあちゃんは泣いていた。ラミィも。アミーナおばさんは二人といっしょに子ども部屋に引っこんで、つばさのように腕《うで》をひろげて二人を抱きかかえていた。おばさんは問いかけるように、じっとわたしを見た。どうする？　それがわたしにわかったら。外で、何かが庭の小道でくだける音がした。卵だ。それからもっと重い物。幸い窓はそれた。たぶん石だ。

「ガイジンは出ていけ」たくさんの声が合唱するのが外から聞こえた。そしてまた庭の門扉《もんぴ》がゆさぶられた。金属がキーキーこすれあう音。門扉《もんぴ》は鋳物《いもの》で、ほんとに重い。そこに鍵《かぎ》をかけるように教えてくれたじぶんの勘《かん》に感謝した。

わたしは外の怒《いか》りがどんどんふくれあがって、津波《つなみ》よりもっと高くなりそうな気がした。高く高くもりあがった大量の水が、その波のアーチが持ちこたえられる限界点にもうじき達する、その瞬間《しゅんかん》、わたしたちの上にどっとおそいかかってくるだろう、そしたら何もかも、その下に埋《う》めつくされてしまうだろう。

キング先生がじっとわたしを見つめた。おばあちゃんが横になっている部屋を見た。そして玄関《げんかん》の扉《とびら》へ向かった。

「もう一度、警察に電話しなさい」とだけ、先生はわたしにいった。

「だめです、やめてください」ラウラはぎょっとしていうと、キング先生の手前で扉《とびら》をおさえようとした。けれども先生は、止めようとする手をどけて、扉《とびら》を開け、外に出た。家のなかの動きに気づいて、人びとの群れがどよめいた。松明《たいまつ》の照り返しで、キング先生はいつも以上にガリガリにやせて見えた。結《ゆ》いあげた灰色の髪《かみ》がひと房《ふさ》ほどけて、後ろになびいてる。その顔だちは、わたしが思っていたよりシャープだった——でももしかすると、いまはじめてそんな顔つきになったのかもしれない。

先生はコートを風にはためかせ、落ち着きはらって家を出ると、庭を通って、門扉《もんぴ》のところまで行った。敷石《しきいし》の道に落ちるコートの影《かげ》は、まるでスーパーヒロインのマントみたいに見えた。集団がさけんで、絵の具入りの袋《ふくろ》が先生のわきをかすめて飛び、卵が一つ、まるで手榴弾《しゅりゅうだん》みたいに道の上で破《は》裂《れつ》した。もう一つ。上等なエナメルの靴《くつ》に、黄色い斑点《はんてん》がつく。キング先生はそれには反応もしないで、しっかりした足どりで歩きつづけた。本物の女司令官みたい。門扉《もんぴ》の手前で、先生は足を止めた。

「もうお帰りになる時間ですよ、紳士《しんし》のみなさん」

人びとはわめいた。

わたしははっと息をのんだ。クラクション野郎《やろう》が集団から抜《ぬ》け出して、先生のほうに近づいたからだ。先生のひょろ長い体にくらべて、そいつはごつくてずんぐりして見えた。闘《たたか》う前のボクサーみたいに、片脚《かたあし》からもう片方の脚《あし》へぴょんぴょん跳《は》ねている。

「あなたにはまだ、これを解散させるチャンスがあります」先生はそいつにむかっていった。「警察が来るまでの短い時間ですが」

「オレらの仲間は警察にもいるんだよ、ばばあ」

「かもしれませんね。でも、十分じゃない」先生はそいつに答えた。

二人は顔と顔をつきあわせて立っていた。そいつはあまり大きいほうじゃなく、キング先生はかなり長身だった。二人はまるで銃《じゅう》で決闘《けっとう》する前のカウボーイみたいに見えた。クラクション野郎《やろう》の背後で、薄暗《うすくら》がりのなか、人びとが波のようにうねった。三十人、それとも五十人、わたしには見当もつかなかった。キング先生は、たった一人で外に立っていた。そんなわけにはいかない。そんなのだめだ。後ろでおばあちゃんがしくしく泣いているのが聞こえた。アミーナおばさんが荒《あら》い息をしている。そしてラウラは小さな声ですすり泣いてる。家の扉《とびら》にはがんじょうなかんぬきがかかっていて、わたしたちは安全な場所にいる。全員の息づかいが聞こえた。息を吸って、吐《は》いた。わたしはこれを知ってる。まるであのころみたいだ。近所の人たちが、忌《い》み嫌《きら》ってる人の家々をおそって、略奪《りゃくだつ》した。それは人間が、ほかの人たちを人間と思わなくなった瞬間《しゅんかん》だった。それからわたしは畑にころがっていた死体を思い出した。地下室に運びこんだうちのダイニングテーブルの上の、手術したての人たちを思い出した。わたしはそのぜんぶを思い出した。そしてわたしは、じぶんがこれをだまって受け入れたりしない、ってわかってた。ここでは。たとえたいしたことなさそうにはじまったとしても。この場所では。わたしはごめんだ。そしてわたしはキング先生一人を外に立たせて、じぶんたちを窮地《きゅうち》から救ってもらうつもりなんかないのもわかってた。わたしはそんなことしない。扉《とびら》のかんぬきを外すには少し時間がかかるし、もう一度しっかりかんぬきをかけるのにも時間がかかるだろう。

「カッサンドラをしっかりおさえてて」わたしはラウラにいった。それからさっと窓によじのぼった。考えるより早く窓から飛びだして、スージーのバラの花壇《かだん》の真ん中に着地した。とげがジーンズに突《つ》き通《とお》った。

「マディーナ、だめ！」アミーナおばさんがさけんだ。わたしはじぶんが呼吸する空気でむせそうだった。でも、そんなのどうでもよかった。心臓が肋骨《ろっこつ》を吹《ふ》っとばして、のど元で踊《おど》ってる。あいつらはまだわたしに気づいてない。暗すぎるんだ、街灯はずっとむこうの、キング先生の立ってるところだ。

よし。いまだ。

わたしはぐいと立ちあがると、かげのなかから姿をあらわした。集団がうなり声をあげた。

「あそこにいたぞ、寄生虫め！」

わたしは肩《かた》をそびやかした。いままでだれかがわたしにふざけた態度をとってきたときに、数えきれないくらい何回もしてきたように。わたしは学んだ。わたしにはできる。わたしの目は、投げつけられる汚《きたな》いものをぜんぶはじき返す盾《たて》になるんだ。でも、こんなにたくさんの悪意にみちた視線を、いっぺんに相手にしたことは一度もなかった。わたしは深呼吸して、キング先生のほうへ歩いていった。わたしの影《かげ》が、先生の影《かげ》のとなりにならぶ。わたしの頭をかすめて卵が飛ぶ。または石かもしれない。

歩いているあいだに、後ろに足音が聞こえた。

「私もいっしょよ」アミーナおばさんがいって、わたしの肩《かた》に手をおいた。スカートがやぶれてる。おばさんもバラのしげみに引っかかったんだ。わたしたちは参上した。わたしたちはスーパーヒロインだ。まるで打ちくだかれた小隊の最後の戦士みたいに、わたしたちはそこに立った。

そこへ予期しない援軍《えんぐん》があらわれた。暗闇《くらやみ》のなかで群衆がざわつき、波うって、まるで海がわれるように二つに分かれた。さけび声があがり、人びとが押《お》しあっている。「通してくれ」カフェの店主の声が聞こえた。「おまえらいったい、ここで何してるんだ？　さあ通してくれ、はやく！」

店主は一人じゃなく、村の人を何人か連れてきていた。たくさんじゃないけど、それでもいた。しかもうちの学校の子も二人いた。でも、警察はあいかわらず来ない。

キング先生は全体を見わたそうと、暗闇《くらやみ》に目をこらした。そしてクラクション野郎《やろう》をふたたび視界にとらえた。わたしが学校で知ってる、いつもの先生の目。この目でにらまれたら、すぐに石に変えられちゃうんだ。一瞬《いっしゅん》で。カラスのキング先生は、メドゥーサよりすごいんだから。

「恥《はじ》を知りなさい、そこの若者よ。こんなふるまいをするなんて。あなたにこれほどたくさんの可能性をあたえてくれた国で、じぶんのもっとも下劣《げれつ》な欲求にしたがうことを選ぶのですね」

クラクション野郎《やろう》はこぶしをふりあげたけど、打ってかかっては来なかった。そのこぶしは先生の顔の高さで中途半端《ちゅうとはんぱ》に宙に浮《う》いたまま、ぶるぶるとふるえていた。先生はまつげ一本動かさなかった。

「あなたが暴力をふるおうと、私はべつにかまわない。私は病気です。もう長くないでしょう。でも、あなたには時間がたっぷりある。じぶんの怒《いか》りの後始末をしなければならない時間がね」

そして先生はそいつにもう一歩近づいた。

そいつは後ろに下がった。

口笛と不満の声がわき起こる。カフェの店主がまわりの人を押《お》しのけて、わたしたちのところに来ようと闘《たたか》っていた。だれかが店主を押《お》した。店主はよろめいたけど、バランスをとりもどして、押《お》し返《かえ》した。店主はクマみたいに大きくて、クマみたいに重いから、押《お》し返《かえ》された男はひっくり返った。人びとの群れに大きな波が走った。それからさざ波が起こって、くずれた。さけび声、松明《たいまつ》の明かり。

わたしはただ祈《いの》るしかなかった。だれもあの松明《たいまつ》を投げようなんて思いつきませんように。生《い》け垣《がき》のむこうから、うちの窓とか、玄関《げんかん》をねらって。おばあちゃんがもう一度、庭が燃えるのを見なきゃいけないなんて、そんなことになってほしくない。わたしは庭の門の前に、キング先生とアミーナおばさんとならんで立った。たとえどんな犠牲《ぎせい》をはらっても、ここに立ちつづけるんだ。何もかも、現実とは思えなかった。映画みたい。ファンタジー映画かもしれない。

遠くでパトカーのサイレンが聞こえた。そしてもう一台。警察が来た。いまだにその音で恐怖《きょうふ》がよみがえった。わたしにとっさに起きる反射は、いつだって恐怖《きょうふ》なんだ——兵士がわたしたちを連れていこうとするんじゃないかって。でも、ここではちがう。わかってる。そこは疑ってない。警察が来る。警察は、わたしたちを守るために来るんだ。

「おく病者!」だれかがやじった。

「警察だ!」べつのだれかがさけんだ。

パトカーがタイヤをきしませて停《と》まり、警察官がわたしたちの頭ごしにアナウンスをくりかえした。人びとの群れは暗闇《くらやみ》や明かりのついていない路地や森のなかへ散っていき、警察官にたまたま取《と》り押《お》さえられた数人だけが残った。クラクション野郎《やろう》は脚《あし》をふんばって、パトカーの前で身体検査を受けていた。退却《たいきゃく》のラッパを吹《ふ》くかわりに、罵詈《ばり》雑言《ぞうごん》を吐《は》かずにいられなかったからだ。何もかもがわたしのまわりを流れ去って、くずれていくような気がした。そのとき、キング先生の体がぐらっとかたむいた。先生は門扉《もんぴ》から手をはなして、たおれた。紙みたいに軽く。スローモーションで、敷石《しきいし》の上にたおれた。敷石《しきいし》はパトカーの青い光を受けて、脈打つようだった。先生の体は軽すぎて、地面にたたきつけられる音すら聞こえなかった。でももしかすると、どっちみち何も聞こえなかったかもしれない。サイレンの音がわたしの耳のなかでいっぱいに鳴っていて、じぶんの脚《あし》や指の感覚すらなくなっていたから。先生がたおれたとき、アミーナおばさんがさっと動いて、先生の頭をひざで受けとめて、さけんだ。わたしはだんだんその意味がわかるようになった。「水！」おばさんはさけんでいた

「水をお願い！　あと医者を！」

この奇妙《きみょう》な狂《くる》った夜は、キング先生と同じように、音もなく、スローモーションでくずれていき、とうとうわたしたち全員を飲みこんだ。

22

「あなたはほんとにかしこい、若い女性ね」キング先生はそういって、弱々しくほほえんだ。いつもみたいにきつく結《ゆ》わずにおろしたままの繊細《せんさい》な髪《かみ》は、見なれない感じがした。それが先生の頭のまわりに灰色の冠《かんむり》をつくって、先生の家にある絵に描《か》かれた後光みたいに見えた。その冠《かんむり》と枕《まくら》とスチールベッドのヘッドレストの上で、ピッピッと規則正しい音が鳴るあいだに、一本の線が小さな山をいくつもモニターに描《えが》きだした。キング先生の心臓の鼓動《こどう》を表しているらしい。きれいに規則的に見える。黄色い入院着からは線や挿管《カニューレ》がぶらさがっていて、ちょうど看護師さんが挿管《カニューレ》から点滴《てんてき》の細い管を抜《ぬ》いたところだった。挿管《カニューレ》は質がよくて清潔で、もしわたしとパパがこんないい器具を持っていたら、あんなにたびたび沈黙《ちんもく》しなくてもよかっただろう。その沈黙《ちんもく》はわたしたちに告げていた。ここではもう闘《たたか》えない、って。

「あなたの人生はこれからね」

先生は咳《せき》ばらいして、苦しそうに息をした。わたしは水の入ったコップをとって、先生のくちびるにあてた。じぶんがいままたこういう役割につくことに、一瞬《いっしゅん》も違和感《いわかん》を感じなかった。先生は用心深く、少しずつ飲んだ。その体は透《す》きとおるようで、飲んだ水がのどを流れていくのが皮膚《ひふ》をとおして見えたとしてもおどろかなかっただろう。先生は目を閉じた。まつげは短くて、光沢《こうたく》のないうす茶色で、まるで二つの小さな古いブラシみたいだった。

「もう少ししたら、学校もあと残り一年ね」

わたしはうなずいた。

「私があなたを受けもつことになるか、それともほかの先生が担当することになるかは、まったくどうでもいい……あなたはちゃんとやれる。私にはわかる」

そういいながら、先生の目はほとんど閉じかけていた。

「少し疲《つか》れたわ、ごめんなさい」

外からまばゆい光がさしこんでいた。あたたかい日だった。最初のほんとにあたたかい春の日。日ざしのなかで、病院のほこりの粒子《りゅうし》が、まるで小さな宇宙みたいにぐるぐる回っている。わたしはほこりが踊《おど》るのをながめた。キング先生は太陽のほうに顔を向けた。ベッドの頭の部分はとても高く上げてあって、そのとなりのサイドテーブルもほとんど先生の頭の高さにあった。そのサイドテーブルの上には、すごく大きいカラフルな花束が飾《かざ》ってあって、真っ赤な花と紫《むらさき》の花のあいだに、わたしたちの学校からの小さなカードがはさまっていた。おだいじに。そしてそのとなりに隠《かく》れて、わたしたちからのヒヤシンスの小さな花束。わたしとママから。うちの庭のヒヤシンスだ。窓の下に咲《さ》いていたんだ。先生はまるで、おとぎの森の木にもたれて休んでいるみたいに見えた。

「わたし、またあとで来ましょうか、キング先生」

先生はほほえんだ。「いえいえ、いてちょうだい」

そして先生はまた力をふりしぼって、すごく小さな声でいった。わたしは聞きとるために、先生のほうにかがみこまなきゃならなかった。

「ごめんなさいね。私は思いちがいをしていた。去年。あなたはきっと、とてもすばらしいお医者さんになる」

ほんとはぜんぜん書きたくない。新しいスーツケースに片手をおいて、もう片方の手にわたしたちへのおみやげをさげたまま、ママがこおりついたように家の前に立ちつくしてたこと。スージーが、新しいピンクの口紅に血がにじむほど、ぎゅっとくちびるをかんでいたこと。アミーナおばさんがママを庭につれていき、落書きを見せて、こういったこと。「落書きは消える。そして私たちはとどまる。それが大事なこと。聞いてる？　大事なのはそれだけなのよ」

これ以上書くのはやめる。反すうしたくないから。鼻につく、吐《は》き気《け》がするんだ、この過去は。いつか朽《く》ちてばらばらになるだろう、そして腐敗臭《ふはいしゅう》も散っていくだろう。それからどうなるか、だれにもわからない。

- - - - - - - - - - -

それより何かすてきなことを書こう。いやなことは今年じゅうぶん起きたから。おばあちゃんがうちのキッチンでお菓子《かし》を焼いたんだ。そしたらわたしの子ども時代と、スージーの得意なリンゴのお菓子《かし》をかけあわせたみたいなにおいがした。おばあちゃんのほしい香辛料《こうしんりょう》が、ここではぜんぶはそろわないんだ。スージーはおばあちゃんにここの香辛料《こうしんりょう》をくれた。シナモンとハチミツとレーズンとクローブのにおいがする。

今日、おばあちゃんとママといっしょに、キング先生のお見舞《みま》いに行った。おばあちゃんのリンゴケーキを持っていった。先生の具合はよくなってきていた。おばあちゃんは先生の前で、腰《こし》をかがめておじぎした。故郷《くに》の村ではそうするのがふつうだから。でも、わたしは恥《は》ずかしいと思わなかった。おばあちゃんのおじぎも、着古したバラのワンピースも、スカーフも。ちっとも。

わたしがここ何年か片足ずつ乗せていた二つの大陸は、漂流《ひょうりゅう》をやめた。いつか地理の授業で習った、大陸プレートの漂流《ひょうりゅう》のことだ。その漂流《ひょうりゅう》の力が、もとは一つだった大陸をぜんぶばらばらに引きさいたんだ。でもいま、二つの大陸プレートはしっかりした基礎《きそ》になった。わたしの土台。ととのってきた。ぜんぶじゃないけど、だいたいととのった。わたしはここに来た。わたしはここにいる。古いマディーナと、新しいマディーナ。つまり、わたし。

キング先生は、今年度はもう学校にもどってこないんだって。まあ、あとほんの二、三週間だし。すべてが夏にむかって一気にかたむいていく。代理の先生は、あまりわたしたちに関心がない。わたしに対しても。べつにどうでもいい。わたしはじぶんが何をすべきかわかってる。この学年を乗りきるんだ。わたしにはできる。キング先生に約束したんだから。わたしはひそかに、先生のことをもうカラスのキングとは呼んでいない。いまは、ワシのキング、って呼んでる。そのほうが合ってるから。

日ごとに暑くなる。わたしとラウラでカフェへアイスを食べに行った。前みたいに。前のままのものは一つもないけど、そのくせ何もかも前と同じものだ。中央広場のわきの砂利道《じゃりみち》も、石像も。石像のペンキの色はもうあとかたもない。わたしたちのも、あいつらのも。それから街灯、木々、カフェのショーウィンドウも前と同じ。カフェには店主がいた。店員はいない。店主はカウンターのむこうでグラスをみがいていた。ショーウィンドウには一つもトルテがかざってない。残念。店主の頰《ほお》には、いまだに赤いみみずばれが残っていた。わたしたちの後ろから、となりのおじさんが姿をあらわした。ほかのやつらといっしょに、うちの家の前に立ってたおじさんだ。店主はその行く手に立ちはだかった。


「何しに来た？」

「おれのビールを飲みに来たんだよ、いつもの……」

「おまえさんに出すビールはない。とっとと帰りな！」

となりのおじさんはむっとした顔をした。「何かの誤解じゃないか。あんた、いったいどうしちまったんだ？　おれは二十年も前から、この時分にあんたの店でビールを飲んでるじゃないか！」

「誤解がはじまったのは、わめきちらすやつらのお仲間におまえさんがなったときだ。出ていけ」となりのおじさんは咳《せき》ばらいして、帽子《ぼうし》を頭にのせた。それからわたしに気づいた。おじさんはあわてて目をそらした。怒《いか》りと罪悪感が入りまじった顔。いやもしかすると、うちの前にいるところを見つかったせいで、行きつけの店をなくしたのをいまいましく思ってるだけかもしれないけど。

「そんなの、いつまでもつづけられるもんか」カフェから出ていく前に、おじさんはなおもつぶやいた。「あんたの店がそのうちにつぶれちまうだけだ」

チャイムの陽気な音をたてて、ドアが閉まった。たった数か月のあいだに、わたしたちの村は変わってしまった。店主がわたしたちのテーブルに来て、本物の常連さんにするみたいに、わたしにあいさつしてくれた。わたしが常連さんになれたんだ。このわたしが!

「ほんとにごめんなさい」わたしはいった。こんな状況《じょうきょう》になったことに責任を感じた。わたしたちがここに来なければ、何事も起きなかっただろう。スージーがわたしたちを家に迎《むか》え入れなければ、となりのおじさんともめることはなかったろうし、となりのおじさんもカフェの店主ともめなくてすんだろう。

店主は首をふった。「いいんだよ」

わたしたちはあのできごとにはもうふれなかった。でも、わたしたちがお金を払《はら》おうとすると、店主は手をふった。「この店の友だちにはおごりさ」とだけいった。

帰り道、ラウラはだまりこくって、ぴかぴかの新しいサンダルで小石を蹴《け》っていた。小石がわたしたちの前をころがっていく。そのうちにラウラがいった。「でもほんと、あんなことといつまでもつづけられるわけないよね、そうじゃない?」

わたしはなんて答えればいいかわからなかった。故郷《くに》ではごくふつうに、ああいうことをつづけていた。ああいうことや、もっとずっとひどいことも。あっという間だ。こっちでだれかが襲撃《しゅうげき》されたと思ったら、あっちでやり返す。ここでもそんなことがはじまってほしくない。ここはすてきだった、しずかだったのに。どうして人びとがいつもおたがいやっつけ合わなきゃ気がすまないのか、わたしはそれもわからなかった。どこでもそうなんだ。そのましずかにしとけばいいのに。そこへだれかがあらわれて、どうすればそのしずかなのをぶち壊《こわ》せるか、ばかげた考えを口にしはじめるんだ。それでもわたしは、何もいわずにそれを見過ごしたりしない人があちこちにいてくれることがうれしかった。

「それって、カフェの店主はもう、何も起きなかったみたいにふるまうほうがいい、ってこと?」

ラウラは考えこんだ。「さあ、わかんない」

「たとえそうしても、起きたことは起きなかったことにはならないんだよ。ね」


学校は妙《みょう》な空気だった。少しだけど。全員が歳《とし》の市《いち》のことと、うちの前に集まった集団のことを知ってるわけじゃない。でも、うわさはだんだんひろまる。

革《かわ》ジャケット野郎《やろう》は、すれちがいざまにわたしを悪意にみちた目でにらんだ。いまではわかる。あいつがどうして歳《とし》の市《いち》の何日か前に、うちの前をうろついてたのか。でも、あいつは口をつぐんでる。

数週間前、わたしはあいつにあやまった。あやまらざるをえなかったんだ。もういまはしない。わたしはポケットのなかでこぶしを固めた。ひと言でもアホな口をきいたら、このこぶしはポケットのなかにとどまってないから。

ラウラがわたしの表情を見て、わたしの手をそっとにぎった。「はい、深呼吸」

ヨナスが休み時間にまたとなりのクラスから来て、わたしのことをすごく勇敢《ゆうかん》だっていった。どうだろう。キング先生は勇敢《ゆうかん》だった。わたしは先生を応援《おうえん》しただけ。

「そんなことないって」ヨナスはいった。「きみはマジで……ほんとに……カッコいいよ。うん、ほんとに」ヨナスはごくりとつばを飲んで、下を向いた。そして上着をいじくりまわしていたかと思うと、いきなりばっと前を開けた。わたしは思った——ちょっと、何、ストリップでもする気？　ヨナスは上着の下にTシャツを着ていて、そこに安っぽいアイロンプリントで、こう書いてあった。がんばれマディーナ。

- - - - - - - - - -

ラウラと映画を見に行った。映画館の前にゾフィーが立ってて、べつの女の子と手をつないでた。ラウラはゾフィーとどうしてもそんなふうにできなかった。少なくともここには無条件で幸せな、リラックスしてる人がだれかいるってことだ。ラウラのほうをこっそり見たけど、ラウラは気にもしてなさそうだった。

最後の試験が待ってる。わたしとラウラはいっしょに勉強した。あと試験は二つだけ。でも、心配な教科はなかった。もう何も起こりようがない。やった。わたしはマジでやりとげた。燃えるロープを、深淵《しんえん》の反対側までわたりきった。足の裏からちょっと煙《けむり》が出てるけど、まだ足はちゃんとある。

ときどき電話が鳴る。スージーは番号が表示される電話機を買った。そこに「不明」ってなってたら電話に出ない。そのやり方でスージーは一度、役所からのすごく大事な電話を逃《のが》しちゃったことがある。電話してくるのは、匿名《とくめい》のアホだけとはかぎらないから。

スージーの家の落書きは、まもなく塗《ぬ》りつぶされた。保険が使えるんだって。雹《ひょう》とか水害と同じような災害だとでもいうんだろうか。

スージーがお酒を飲んでいる。毎晩。

とうぜん、あいつらはまたいた。木曜日に。いつもほど大人数じゃなかったとはいえ。クラクション野《や》郎《ろう》はいなかった。カフェの店主がののしって、そうじに使った水を歩道にぶちまけた。「ちょっとでもくだらん活動をしてみろ、すぐに警察を呼ぶぞ」そういって店主はおどした。

それからまたべつのご近所さん。犬好きで、カッサンドラのことをよくなでてくれて、いつもおやつを用意しておいてくれるおばさんが、そいつらのところへ行って、胸の前で腕組《うでぐ》みをしながらいった。「だれもあんたらにここにいてほしくないから。あんたらは恥《はじ》さらしだ」わたしはおばさんににっこりわらって、そいつらのそばを通りすぎた。

おばあちゃんは庭のブランコベンチにすわって、角砂糖をいっぱい入れたまっ黒い紅茶をグラスから飲んでいた。そのグラスは、わたしたちがもう一つのわが家で使ってたグラスに似てた。スージーがおばあちゃんのために、街で買ってきてくれたんだ。ときどきわたしは、スージーがわたしたちにかけてくれるたくさんの手間や心づかいのことを考える。どれだけの見返りがあるかもわからないのに。わたしは感謝のあまり、大声をあげて泣きたくなる。そうしてわたしがラウラのいう「道徳的な発作《ほっさ》」を起こしそうになっていると、ラウラはすぐに気づいていう。「ママはたくさんのものをもらって、たくさんの経験をしてきたんだよ、いいことも悪いことも。そしていいことは、分けあいたい

だけ。だから、気にしたいんじゃなくて、いくらかでも恩返しがしたいだけなんだ。
わたしは気にしないの」
そんなわけでおばあちゃんは紅茶のグラスを持って、ブランコベンチをかすかにゆらしながら編みものをしていた。踊《おど》る編み針の下に、カラフルな筒《つつ》がのびてきていた。わたしの靴下《くつした》になるのかもしれないし、ラミィのセーターの袖《そで》になるのかもしれない。カッサンドラはおばあちゃんの足元に寝《ね》そべっていた。ブランコからはみ出てるおばあちゃんの足は、ちゃんと地面に届いてない。わたしはおばあちゃんのとなりにすわって、おばあちゃんのグラスからいっしょに飲んだ。じぶんのをとりに行くのがおっくうだったから。

紅茶のことをブラック・ティーっていうのはきっと、午後に紅茶を飲むと、夜中ずっと黒い色が窓に見えるようになるからだ。

寝《ね》よう。今度こそ。約束する。

ベッドに横になってるのに眠《ねむ》れない。するとおばあちゃんが、昔みたいに戸口にあらわれた。新し

いパジャマを着てる。ぼろぼろに着古した、床《ゆか》までとどくバラのワンピースじゃなくて。そのパジャマはスージーからもらったんだ。スージーがいつかクリスマスにもらったものなんだって。そりにつながれていまにもジャンプしようとするちっちゃいトナカイの絵がいっぱい付いてて、それを着たおばあちゃんはほんとにすごく変てこだった。おばあちゃんは何も聞かなかった。ただ音もなく入ってきて、わたしのベッドのはしに腰《こし》をおろした。昔みたいに。うちのネコがまだいたころ、うちのバラの庭や、しずかな暮らしがあったころみたいに。わたしたちの平和が。おばあちゃんはそばにすわって、わたしのおでこに手をあてて、歌いはじめた。低い声であんまりきれいに歌うから、わたしの心臓はまるでかごの鳥みたいに肋骨《ろっこつ》のなかで跳《と》びはねた。この歌を聞くのは何年ぶりだろう。トナカイのパジャマの襟《えり》から、青いラピスラズリの石がおばあちゃんの褐色《かっしょく》に焼けたしわだらけの首もとにかかってるのが見えた。そしてそれよりさらに下に、真っ白い肌《はだ》が三日月みたいにわずかにのぞいていた。外ではけっして見せない場所だ。この乳白色の肌《はだ》はわたしたちだけ、家のなか、女の人同士でだけ見せていいんだ。おばあちゃんは歌った、するとわたしのなかで、いろんな記憶《きおく》がよみがえってきた。おばあちゃんのミツロウのロウソクとリンゴケーキの甘《あま》いにおい、小窓から魔法《まほう》みたいにおばあちゃんの寝室《しんしつ》を照らしてた満月、小さな屋根裏部屋、おばあちゃんの庭のバラの香りがする石けん、おばあちゃんの家の太い梁《はり》がきしむ音、毛布の下のぬくもり。そのすべてがわたしのなかにしっかりとしまいこまれてて、永遠に存在しているんだ。

23

ラミィが絶望してる。フランツィが幼稚園《ようちえん》に来なくなっちゃったんだ。わたしは電話して、フランツィが幼稚園《ようちえん》をやめたって教えてもらった。

「マディーナ、たすけて」ラミィが泣きついた。夕方、わたしはラミィと手をつないで、まるで二人のどろぼうみたいに、フランツィの家をこっそり見に行った。フランツィの庭にはバラのしげみと野菜畑があった。外のウサギの檻《おり》は空っぽだった。

「夜はいつも、なかに入れなきゃだめなんだ」ラミィはささやいた。そしてこの上なく悲しそうな顔をした。「またいつか、よしよしさせてもらえるかな」一つの窓に明かりがついた。フランツィの顔がひょっこりあらわれた。フランツィは窓ごしにわたしたちに手をふったけど、そのうちにカーテンが閉められちゃった。わたしたちはだまって家に帰った。

- - - - - - - - - -

わたしたちが学校から帰ると、カフェの店主がうちの庭にいた。うちのママとスージーといっしょだ。スージーは興奮ぎみで、ほっぺが真っ赤だった。うちのママは見るからに居心地《いごこち》わるそう。店主のことをこれからはぜったいにヨハンって呼ぶようにいわれた。

となりのおじさんはわたしたちにあいさつしなくなった。わたしたちもあいさつしなくなった。おじさんは一度もあやまらなかった。その代わり、ときどき庭の寝椅子《ねいす》から、こっちのようすをうかがってる。

いつだったか、マルクスがとなりのおじさんに聞いたことがある。「それで？　これからぼくらのご近所づきあいをどうしますか――いがみあうか、それとも午後のコーヒータイムをごいっしょするか」

するとおじさんはきまりわるそうにわらって、もごもごいった。「まあ、何も起きたわけじゃないしな。さわぐ理由なんかないさ」

わたしは内心、ふるえはじめた。すぐにスージーが柵《さく》から身を乗りだして、おじさんに聞いた。それでゲス野郎《やろう》になった気分は、いかがでしたか、って。そしたらおじさんはさっとパラソルをたたんで、家のなかに消えた。どうしたら胃けいれんを起こさないで、このままとなり同士《どうし》暮らしていけるのか、わたしには見当もつかない。

わたしの今年最後の試験。ドイツ語。二をもらった。わたしがだよ。この二はぴかぴか光りかがやくメダルだ。キング先生のタータンチェックの襟《えり》に付けてあげたい。あと、ほんのちょっとだけ、わ

たしの襟《えり》にも。わたしのブタの貯金箱にいくらかお金がたまってる。それを大箱のプラリネに投資しよう。それと花束にも。じぶんで摘《つ》んだ花じゃなくて、ちゃんとした花屋さんの、りっぱな花束。

完了。いまの学年が無事に終わった。信じられない。まるでわたしの肩《かた》にぶら下がってた巨大《きょだい》な毛むくじゃらの怪物《かいぶつ》が、ぼろっとはがれ落ちたような気分。すごくひどい一年ってわけでもないけど、ほんとに楽なリラックスした一年でもなかった。

マルクスはぜんぜんべつの地方の大学へ行くことになった。スージーが泣いた。わたしは泣かなかった。また会える、ってわかってたから。マルクスはわたしの枕《まくら》の下に手紙をおいて、卒業旅行に出かけていった。ラウラの元彼《もとかれ》のクリスティアンもいっしょだった。いつものように。去年の夏だけ、マルクスとわたしはいっしょに、それまでの夏とまるでちがう過ごし方をしたんだ――わたしのそれまでの夏とも、マルクスのそれまでの夏ともちがう過ごし方。それはほんとにやさしい手紙だった。まだ返事は書いていない。旅行中に書くつもり。こんなふうに書こうと思ってる。ときどき何かが期待した通りにならないことってあるよね。でも、ちがってもいいと思う。それはそれで、またいいんだ。ありのままで、いいんじゃないかな、って。

そして思うんだ、わたしはいま、広い世界を見てみたい。根っこを張れたら、そろそろ飛ぶ練習をしてもいい。そう思う。ちなみにスージーは心配しなくていい。だってスージーには、わたしたちがいるんだから。ラミィはまだ当分、甘《あま》えんぼう役ができるだろう。あのちびのおもらしっ子め。そのうちにスージーも、もうたくさん、って思うかもしれないけど。

ラウラとわたしは目と目を見かわして、リュックのふたを閉めた。かがやくような、ほとんどまぶしいくらいの青い空に、白い飛行機雲が交差している。そういう飛行機の一つに、マルクスもこないだ乗っていったんだ。太陽はまだ高く上がってなくて、ちょっとひんやりしている。これから暑くなりそう。

わたしたちはタマネギ方式で服を着ていた。ラウラが教えてくれたんだ。わたしは長旅に最適な靴《くつ》の選び方をラウラに教えた。ママは泣いて、わたしを抱《だ》きしめた。おばあちゃんは泣かなかった。わたしをぎゅっと抱《だ》きよせて、ほほえんだ。ラミィは消えていた。わたしたちが周遊旅行に行こうが、ラミィはこれっぽっちも関心がない。ようするに、おばあちゃんとママとカッサンドラがそばにいればいいんだ。ラミィがどこにいるか、だいたい見当がつく気がした。フランツィといっしょに、こっそりウサギをなでてるんじゃないかな。ロミオとジュリエットなんか、あの二人にくらべたら目じゃないって。

わたしたちは最終的に駅に向かう前に、早くも郷愁《ノスタルジー》にかられて中央広場のカフェに寄った。ヨハンはいなかった。新しい店員はわたしにかなり似てて、まだ強いなまりがあった。わたしより年上。

でも、すごく上っていうのでもない。わたしはにっこりわらいかけて、もうそんなに上手に話せるなんてすごい、っていった。店員もにっこりした。「ここ、きて一年たつね……」

わたしはあのころじぶんが話すのがどんなふうに聞こえていたか思い出した。じぶんがどんなに自信がなかったかも。店を出るとき、わたしは代金のほかに、わたしのありったけの小銭《こぜに》をおいた。そしてわたしたちはリュックを背負って、歩きだした。


二回乗りかえて、もう国内列車じゃなく国際列車の座席にすわって、わたしは家族をおいて旅行に出かけるんだ、ってようやく実感できたとき。景色が通りすぎていき、リュックを頭の上の網《あみ》だなにきちんとのせて、レモネードとサンドイッチとオレンジとグミベアとおばあちゃんのケーキを、まるでもう何日も旅してるみたいにあっという間に平らげたとき。そのときになってようやく、今年起きたいろんなことが、あらためて意識にのぼってきた。ラウラは音楽を聞きながら、窓の外を見てる。その顔に、つぶれたニキビの跡《あと》と沈《しず》む夕日が燃えてる。これから夜どおし走りつづけるんだ。ラウラとわたしだけで。

外の世界もいっしょに。

わたしたちは服を着たまま、シートの上でまるくなって、寝袋《ねぶくろ》をかぶった。列車はわたしを遠くへ運んでいった。松明《たいまつ》の明かりと、わたしの足元ではじける石の音からはなれ、ワシのキング先生といつも過ごした居間や紅茶、ママの涙《なみだ》やスージーのワインの夜、パパの手紙の入ってない空っぽの郵便受けからもはなれて、どんどん遠くへ。ガタンゴトンという車輪の音が、わたしの眠《ねむ》りのなかまでついてきた。

- - - - - - - - - - - - - - -

わたしは山に登っていた。山はけわしくて、斜面《しゃめん》には岩や小さな石がごろごろしてる。慎重《しんちょう》に足をおかないと、小石がころがりだして、それがもっと大きな岩をまきこんで、最後には巨大《きょだい》な岩のかたまりがほこりをまきあげながら谷底へ落ちていくだろう。突《つ》き出た岩にわたしがうっかりつかまると、山腹にかすかな震動《しんどう》が走った。まるでわたしが不器用に起こしてしまったせいで、山全体が深い眠《ねむ》りからさめようとしてるみたいだった。空は日の出前か、それとも遠くで火が燃えているみたいに赤みがかっている。この山はどこか見覚えがある気がした。わたしはここに来たことがある。前に一度、頂上を目ざしたことがある。足の運び方に気をつけたことがある。正しい靴《くつ》を選ぶのがいちばん大事、ってわたしはひとり言をいった。わたしはうまくやった。少なくとも靴《くつ》に関しては。山がまたしてもふるえて、とどろいた。山がふたたびしずかになると、わたしはしがみついていた岩から手をはなして、次の出っぱりを越《こ》え、上へ向かった。ここでは何も育たない。茶色いかわいたコケですら。わたしは次の出っぱりに手をのばした。リュックが肩《かた》に食いこんで呼吸をうばい、わたしを下へ引っぱろうとする。なんでこんなにリュックを重くしちゃったんだろう、って考える。岩の角から手がすべって、やっとつかまっている。次の岩はあまりに遠い。わたしはこのつるつるした岩壁《がんぺき》をどうしても越《こ》えられない。頂上はもう、手がとどくほど近くにあるのに。ここを越《こ》えさえすれば着くのに。

わたしはだんだん重くなるリュックを下においで、ふたを開けた。なめらかなまるい石が、まるで七匹《ひき》の子ヤギを食べたオオカミのおなかみたいに、いっぱいつまっていた。山がまた息をした。わたしはバランスをくずして足をすべらせ、二、三メートル下へすべり落ちた。それでもわかっていた、わたしはやりつづけるんだ、何があっても。リュックをその場に残していく。リュックがかたむいて、なかの石がこぼれ、黒いかたまりになって、背後の谷底へ落ちていった。けれどもわたしは岩のすきまに指を押《お》しつけながら、体を上へと引っぱりあげた。山がその頂《いただき》をゆさぶりつづけるなか、わたしの指はまるで植物の根のように長く、しなやかに伸《の》びていき、細い割れ目をさぐりあててしっかりとつかまると、わたしの体を一メートル、また一メートルと引きあげていった。そしてとうとう最後の張りだした岩をよじのぼり、ころがるように山頂にたおれこんだ。わたしは少しのあいだ、あったかい岩にほっぺをつけたまま、その場に横たわって、力が回復するのを待った。山頂の十字架《じゅうじか》は、いつかパパといっしょに見た、あの十字架《じゅうじか》だ。あそこでパパはわたしに、目標にたどり着く方法を学びなさい、っていったんだ。わたしは最後の二、三歩を近づいて鉄の十字架《じゅうじか》にふれると、そのままずるとすわりこんで、十字架《じゅうじか》に寄りかかった。すると山がすうっと息を吐《は》いて、そのまま固まった。頭上で太陽がのぼり、わたしの足元の、植物が生《お》いしげる熱帯の風景を照らしだした。もしかするとそこには危険がひそんでいるかもしれない。でもそこは、美しかった。

「ほら起きて、あんたってば、火山みたいないびきかいてるんだから！」ラウラがわたしの肩《かた》を強くゆさぶった。わたしは最初まださっきの風景にしがみついてたけど、それがだんだん色あせてくずれていき、列車の座席の表面の、ひび割れたもようになった。そしてわたしはすっかり目がさめた。

「火山はいびきなんかかかないよ」わたしはあくびをした。「それに……山の頂上で何が起きるか、見たかったのにな……」

「山の頂上って何のこと？　ほら、海だよ！」

ラウラは首をふった。スージーの巨大《きょだい》なイヤリングが、時計の振《ふ》り子みたいにぶらぶらゆれた。

「ほら来て、いちばんいいところを見逃《みのが》しちゃう。見て。見て！」

わたしは起きあがって、目をこすった。列車は水の上を走ってるみたいだった。右も左も、濃《こ》いターコイズブルーにかがやく大量の水。それが照明のついた黒い柱でときおり中断される。柱の上にはところどころカモメがとまってる。線路は細い帯のような陸の上を、海をつっきってつづいていた。去年の夏の終わりに、カフェでマルクスの友だちが話してくれた、あの街へと。あれから信じられないくらい長い時間がたったように感じた。ほんの何か月かのあいだに、ゆうに何年分かのできごとが起こったから。この一年は、ありふれた三百六十五日が白色矮星《はくしょくわいせい》に変異したみたいな、濃《こ》い年だった。

列車は海を越《こ》えて走った。海はまるで水平線のところからぶら下がってるみたいに、霧《きり》でにじんだように空と溶《と》けあっている。空は家で見るのとはぜんぜんちがう色をしていた。スージーのところのわたしたちの家とも、昔のわたしたちの家ともちがう。濃《こ》いターコイズブルーで、それが海のターコイズブルーに映ってる。カモメが遠くからさけんでいる。まるでわたしの夢のなかのカモメが鳴いてるみたい。わたしはじぶんの腕《うで》をぎゅっとつねってみた。もしかして夢を見てるのかも、これから何かおかしなことが起きるのかも、もしかして何もかも、いま目に見えてるのとはちがっているのかも……。

「なんて顔してんの」ラウラがわらって、わたしを抱《だ》きしめた。それですぐにわかった。これは現実で、本物なんだ。ラウラのにおいも、あったかさも、ラウラの手のなかの、古くなってにおうチーズのサンドイッチも。

「こっち来て、ほら、見て！」ラウラはわたしを反対側の窓へ引っぱった。「このむこうは大きな海なんだよ！」

「それで街は？」

「街はこの先」

わたしたちは鼻を窓に押《お》しつけた。右手の産業港が後ろに取り残される。最初に赤みがかったしっくいの家々が左手に見えて、だんだん近づいてくる。わたしたちの後ろはひたすら海、わたしたちの前にはラグーンの街。

駅にはヴェネツィア・サンタ・ルチアってきざまれていた。耳なれない、美しいひびきで、わたしがこれまでに聞いたことのあるどの言葉ともちがっていた。列車のドアが開いて、あったかい空気が顔に吹《ふ》きつけてくる。わたしはひょいとホームに飛び降りた。海のにおいと、ちょっとかびくさい運河のにおい、それからコーヒーと焼きたてのブリオッシュのにおいがした。

わたしたちは小さなキオスクで、それを両方買った。コーヒーの最初のひと口で、わたしはひっくり返りそうになった。こんなに強烈《きょうれつ》でなめらかなコーヒーははじめてだった。次元がちがうコーヒー、ってラウラがいってたのは嘘《うそ》じゃなかった。駅前の広場に出た。水路って聞いて、わたしはまちがった想像をしてた。もちろんここには運河のほかに、小さな路地もあるんだ。ぜんぶ舟《ふね》に乗らなきゃいけないわけじゃないんだ。駅前で、わたしたちはありとあらゆる方向へむかう人ごみのなかにまじった。ヴァイキング船を連想するような、ドラゴンの背びれがついたほっそりした黒い舟《ふね》が、大きな運河の水の上でゆらゆらゆれてる。

「これが大運河《カナル・グランデ》だよ」ラウラが世慣れた感じでいった。もう何回もここに来たことがあるんだ。スージーはイタリアが大好きだから。

「紹介《しょうかい》してくれなくていいって」わたしはいった。ラウラは小さくおじぎをした。

「マディーナさん、こちらは大運河《カナル・グランデ》さんです。大運河《カナル・グランデ》さん、こちらはマディーナさんです」

船が一隻《せき》、甲高《かんだか》い汽笛を鳴らして、しぶきを上げながら、駅のむこう側から出ていった。旅行かばん、ヤシの木、高くそり返った細い橋についている白い階段、運河の反対側にならぶホテルの赤みがかった代赭石色《たいしゃせきいろ》の壁《かべ》、窓のかわりに装飾的《そうしょくてき》なとがった大理石のアーチのある丸屋根《ドーム》。魚と甘《あま》いお菓子《かし》のにおい。まったく新しい世界が、わたしたちの目の前にひらかれていた。わたしたちだけに。ラウラはわらって、わたしを引っぱっていこうとした。

「この街いちばんのパスティッツェリアを教えてあげる。すぐそこの小路《こうじ》にあるんだ」

「何それ?」

「お菓子屋《かしや》さん!」

ラウラってば、どうしていつも食べることしか考えないんだろう、ほんとにもう。

わたしはいった。「ちょっと待って」そして立ち止まると、両腕《りょううで》をひろげ、目を閉じて、髪《かみ》を吹《ふ》きとばすようにぐるぐる回転してみた。そして目を開けると、街はまだわたしといっしょに回っていた。太陽がバラ色の光を海に投げている。すべてがかがやいていた。

訳者あとがき

マディーナは十五歳《さい》の少女です。戦争になった国から逃《に》げてきて、いまはお母さん、弟、おばさんといっしょに、親友のラウラの家で暮らしています。お父さんはおばあちゃんたちを助けるために危険をかえりみず故郷へ帰っていき、それ以来連絡《れんらく》がとれません。でも、マディーナはこの国で生きていくと決めました。マディーナはさまざまなできごとや思いを日記に綴《つづ》ります。ラウラとの楽しい生活。きびしいけれども何かにつけてマディーナの味方をしてくれる担任のキング先生のこと。ラウラのお母さんであるスージーのあたたかい心づかい。ラウラのお兄さん、マルクスとの恋《こい》。幼稚園《ようちえん》になかなかなじめない弟のラミィのこと。お父さんがいなくなってから、ふさぎこんでいるお母さんのこと。最近まるで別人のように元気になり、この国の言葉を勉強しはじめたアミーナおばさんのこと。いつもマディーナの相談にのってくれる、社会福祉士《しゃかいふくしし》のヴィシュマン先生のこと。

けれどもある日、マディーナは村の広場で落書きを目にします。「ガイジンは出ていけ」。広場では毎週、外国人排斥《はいせき》のデモが行われるようになり、集まる人数はだんだん増えていきます。マディーナがやっと手に入れた平和な生活は、そうしておびやかされていきます。見て見ぬふりをするか。それとも？　村の人々、学校の生徒や先生たち。差別とどう向きあっていくか、大人も子どもも、一人一人が選択《せんたく》を迫《せま》られます。

本作『あいだのわたしたち』は、前作『あいだのわたし』の続編として書かれました。『あいだのわたし』では「わたし」、つまりマディーナが主人公でしたが、本作ではマディーナだけでなく、「わたしたち」全員が主人公なのであり、読者を含《ふく》むすべての人々の姿勢が、より明確に問われているように思えます。前作が発表されてから六年、なぜいまマディーナの物語の続編を書いたのですか？という質問に対して、作者のラビノヴィチさんは次のように答えています。

「私はもともと『あいだのわたし』を完結した作品と考えていて、マディーナの物語は未解決のまま終わるはずでした。ところが、その後ヨーロッパの雰囲気《ふんいき》が一変したことで、マディーナの物語にはまだ長いつづきがあると気づいたのです。もっとも決定的だったのは、ペギーダ（訳者注：反移民を主張するドイツの極右運動）のデモと、おそらくペギーダ信奉者《しんぽうしゃ》だった女性教師の言動です。この教師がクラス全員の前でどんなことをいい、生徒たちがどんな反応をしたか。それで私は悟《さと》りました。これはだまっているわけにいかないと。私にとってもう一つ重要だったのは、すべての政治陣営《じんえい》にぞくする人々、市民社会が広く団結する必要性があると示すことでした。そして、そうした攻撃《こうげき》を受けている人々に居場所をあたえようと伝えること、そういう目にあった人がどんな気持ちになるか、他の人たちに追体験できるようにすることも、とても重要でした」

ラビノヴィチさんのいう社会の雰囲気《ふんいき》の変化とは、二〇一五年、政情不安や内戦がつづく中東やアフリカから、ヨーロッパに流入する難民が激増したことを背景に、外国人に対する不安や敵対感情が高まり、反移民をスローガンにかかげる極右勢力が台頭したことを指します。

マディーナも体験したような、こうした外国人に対するあからさまな敵意、そしてそれがエスカレートしたとき、どんな取り返しのつかない結果をまねくか。それは遠くはなれた国だけで起こる話ではありません。いまから百年ほど前の日本では、関東大震災《だいしんさい》(一九二三年)直後の混乱のなか、「朝鮮《ちょうせん》人《じん》が井戸に毒を入れたらしい」などというデマにまどわされた一般人《いっぱんじん》の手で、おびただしい数の人々がむざんに殺されました。訳者が子どものころ、祖母はしばしば当時のことをふりかえって「あのときはおっかなかった」と話していました。何が起きたのか、祖母が知りえた範囲《はんい》で、もっとくわしく話を聞いておくのだったと悔《く》やまれます。そして現代でも、二〇二一年には在日コリアンの人々が住む京都のウトロ地区で住宅や倉庫が放火され、大きな火事になりました。インターネットのあやまった情報をうのみにした若者が、在日コリアンに一方的に敵意をつのらせて行ったヘイトクライムです。ほかにも日本各地での街宣活動やSNSで、外国にルーツを持つ人々が「国に帰れ」「ゴミ」などと心ない言葉を浴びせかけられたり、盗撮《とうさつ》されたり、身に覚えのない嘘《うそ》の情報を拡散されたりして、心を傷つけられ、身の危険を感じながら暮らしています。

私たちに何ができるでしょうか？　あまりにも問題が大きすぎるように感じます。日本にもマディーナのように、自分がもといた国では安心して暮らせないため、家族といっしょに命がけで逃《に》げてきた人や、そうした両親のもとに日本で生まれ育った人はいます。そういう若者たちの声を聞く機会が何度かあったので、以下にいくつかご紹介《しょうかい》します。

「私は日本が大好き。でも、ただ通り過ぎる人を見ていると、国に帰れって思ってるんじゃないか、大きな問題に目をそむけてる、じぶんは関係ないって思ってるんじゃないか、って考えてしまう。私たちの話を聞いて、ふーん、こんな問題もあるんだね、で終わりにしてほしくない。何か行動に移してほしい」

「SNSの書きこみを信じる前に、じぶんで考えてみてほしい、調べてほしい」

「まず事実を知って、友だちと話しているときとかに、『〇〇人ってこうなんだって』というような根拠《こんきょ》のない悪口を聞いたら、『それはちがうよ』といってほしい」

「高校進学を前に、親が就労不可のビザに変更《へんこう》されてしまい、働けなくなった。先生に相談したら、先生たちが私の推薦文《すいせんぶん》を書いて、出入国在留管理庁に送ってくれた。その結果何が変わったかじゃなく、先生たちがそれをしてくれたことが、私のなかでは大事なことだった」

「外国人のお祭りやイベントに参加したり、外国人が多く住む町に行ってみて、話しかけてほしい、つながりを持ってほしい。遠くから見てるだけでなく、ぜひ私たちとコミュニケーションをとってほしい。そうしたらうれしい」

あなたや私が人生で出会ったマディーナやラミィのために、何ができるか。いますぐに社会を変えることはできなくても、困っている人の心を温める、小さな希望の火になることはできます。希望の火をたやさなければ、人は生きていけます。まずは、知ることから——知ることはとても大切です。でも、知るだけでは十分ではありません。知ったなら、どうかつぎは行動して、一ミリでもいいから、現実を変えていきませんか。

本巻につづく第三巻、最終巻の『煤《すす》とバラの匂《にお》い』(仮題、二〇二三年)では、マディーナはアミーナおばさんといっしょに、戦争の終わった故郷へ父親を探しにいきます。それは荒れ果てた故郷の現在、そしてしだいに明らかになっていく過去と向きあう旅でもあります。そこからマディーナと家族は、それぞれの未来を歩んでいくことになります。

末筆になりましたが、訳者からの大量の質問に辛抱強《しんぼうづよ》く答えてくださったラビノヴィチさん、登場人物たちの運命に心を寄せ、訳者をいつも温かく励《はげ》ましてくださった編集者さん、訳稿《やくこう》を丁寧《ていねい》に読みこんで正確きわまる指摘《してき》をしてくださった校正者さん、そして今回もみずみずしさと凛《りん》とした決意にあふれるマディーナの素敵《すてき》なカバー画を描《えが》いてくださった蓮池《はすいけ》ももさんに、お礼を申し上げます。どうもありがとうございました。

二〇二五年二月

細井直子

【参考資料】

・『日本に住んでる世界のひと』金井真紀文・絵、大和書房、二〇二二年
・『難民の?(ハテナ)がわかる本』木下理仁著、太郎次郎社エディタス、二〇二三年
・『難民・移民のわたしたち　これからの共生ガイド』雨宮処凛著、河出書房新社、二〇二四年
・『それはわたしが外国人だから?　日本の入管で起こっていること』安田菜津紀著、金井真紀絵・文、ヘウレーカ、二〇二四年
・『私は十五歳』アズ・ブローマ原案、なるかわしんご絵、イマジネイション・プラス、二〇二四年
・特定非営利活動法人　移住者と連帯する全国ネットワーク(移住連)
https://migrants.jp/index.html

訳者　細井直子

1970年横浜生まれ。慶應義塾大学大学院ドイツ文学博士課程修了。ケルン大学大学院に留学。訳書に、C. G. ユング『夢分析II』(共訳、人文書院)、C. フンケ『どろぼうの神さま』『竜の騎士』(WAVE出版)、J. シャランスキー『失われたいくつかの物の目録』(河出書房新社、2021年日本翻訳大賞受賞)、ユリア・ラビノヴィチ『あいだのわたし』(岩波書店)、エミネ・セヴギ・エヅダマ『母の舌』(白水社)など。

あいだのわたしたち　　ユリア・ラビノヴィチ作

2025年3月25日　第1刷発行

訳　者　細井直子《ほそいなおこ》

発行者　坂本政謙

発行所　株式会社 岩波書店
〒101-8002 東京都千代田区一ツ橋 2-5-5
電話案内 03-5210-4000
https://www.iwanami.co.jp/

印刷製本・法令印刷

Japanese Text © Naoko Hosoi 2025
ISBN 978-4-00-116430-5　　Printed in Japan
NDC 943　326 p.　19 cm

10代からの海外文学

STAMP BOOKS

【四六判・並製　248〜412頁　定価1870〜2420円】
定価は消費税10％込です　2025年3月現在

『ぼくだけのぶちまけ日記』『住所、不定』
スーザン・ニールセン作／長友恵子訳　カナダ

『紙の心』
エリーザ・プリチェッリ・グエッラ作／長野徹訳　イタリア

『タフィー』
サラ・クロッサン作／三辺律子訳　イギリス

『クロスオーバー』
クワミ・アレグザンダー作／原田勝訳　アメリカ

『僕たちは星屑《ほしくず》でできている』
マンジート・マン作／長友恵子訳　イギリス

『死の森の犬たち』
アンソニー・マゴーワン作／尾﨑愛子訳　イギリス

『七月の波をつかまえて』
ポール・モーシャー作／代田亜香子訳　アメリカ

『あいだのわたし』『あいだのわたしたち』
ユリア・ラビノヴィチ作／細井直子訳　オーストリア

好評既刊

『アリブランディを探して』
メリーナ・マーケッタ作／神戸万知訳

『ペーパータウン』『どこまでも亀』
ジョン・グリーン作／金原瑞人訳

『さよならを待つふたりのために』
ジョン・グリーン作／金原瑞人, 竹内茜訳

『マルセロ・イン・ザ・リアルワールド』
フランシスコ・X. ストーク作／千葉茂樹訳

『路上のストライカー』
マイケル・ウィリアムズ作／さくまゆみこ訳

『15の夏を抱きしめて』
ヤン・デ・レーウ作／西村由美訳

『飛び込み台の女王』
マルティナ・ヴィルトナー作／森川弘子訳

『わたしはイザベル』
エイミー・ウィッティング作／井上里訳

『サイモンvs人類平等化計画』
ベッキー・アルバータリ作／三辺律子訳

『ペーパーボーイ』『コピーボーイ』
ヴィンス・ヴォーター作／原田勝訳

『ぼくたちは幽霊じゃない』
ファブリツィオ・ガッティ作／関口英子訳

『アンチ』
ヨナタン・ヤヴィン作／鴨志田聡子訳

岩波書店